CORNELIA HÄRTL

TOD AUF FÖHR

Erstausgabe Januar 2023

Copyright © 2023 dp Verlag, ein Imprint der
dp DIGITAL PUBLISHERS GmbH
Made in Stuttgart with ♥
Alle Rechte vorbehalten

Tod auf Föhr

ISBN 978-3-98778-079-0
E-Book-ISBN 978-3-98778-067-7
Hörbuch-ISBN: 978-3-98778-069-1

Covergestaltung: Anne Gebhardt
Umschlaggestaltung: ARTC.ore Design
Unter Verwendung von Abbildungen von
stock.adobe.com: © Nordreisender, © BlickReflex.de
shutterstock.com: © gyn9037, © Jiri Vatka, © Viesturs Jugs, © djgis,
© Konstanttin
Lektorat: Mona Dertinger
Satz: dp DIGITAL PUBLISHERS GmbH
Druck und Bindung: Books on Demand GmbH, Norderstedt

Kapitel 1

Sonntag, 13. Februar

Kari Lürsen stand am Fenster einer Wohnung direkt oberhalb der Strandpromenade von Wyk und starrte auf das dunkle, aufgewühlte Meer hinaus. Am grauschwarzen Himmel zuckten Blitze, ein Donnerschlag folgte gleich darauf.

Das Wetter passte genau zu ihrer düsteren Stimmung.

Hinter ihr öffnete sich eine Tür, Porzellan klapperte. Sie drehte sich um und betrachtete die kleine, schmale Frau, die ein Tablett mit einem blau-weiß gemusterten Teeservice hereintrug. Erfreulicherweise hatte sie eine Flasche Rum dazu gestellt.

»Du magst wirklich nichts essen?«, fragte sie.

Kari schüttelte stumm den Kopf. Sie setzte sich in Bewegung, um Frau Jaspers zu helfen, das Tablett auf dem niedrigen Couchtisch abzustellen. Das Wohnzimmer, in dem sie sich befanden, war ein bisschen überladen und wirkte wie aus den 1970er-Jahren. Dabei war alles blitzblank, sauber und aufgeräumt. Der Duft des kräftigen Tees mischte sich in den der Möbelpolitur. Kari konnte sich an diesen Geruch aus ihrer Teenagerzeit erinnern. Wann immer sie ihre Schulfreundin Wiebke besucht hatte, hing er in deren elterlichem Wohnzimmer. Nun war Wiebke nicht mehr da und der Gedanke daran, was mit ihr geschehen war, zog Karis Herz zusammen. Sie ließ sich in einen der schweren Sessel fallen. »Wann ist es denn passiert?«, fragte sie leise.

»Vor zehn Tagen wurde sie morgens am Strand gefunden«, antwortete Wiebkes Mutter mit halb erstickter Stimme und fuhr sich mit dem Finger unter den vom Weinen geröteten Augen entlang, um eine Träne wegzuwischen.

Vor zehn Tagen. Da hatte Kari ihrem Vorgesetzten gegenübergesessen. Worte wie »unprofessionell«, »Gefahr für deine Kolleginnen und Kollegen« und »beispiellose Verantwortungslosigkeit« waren gefallen. Kari hatte sich das alles stumm angehört. Es war ihr unmöglich erschienen, sich zu äußern, geschweige denn zu verteidigen. »Es tut mir leid, Jo«, waren das Einzige gewesen, das sie herausgebracht hatte. Ein derartig verpatzter Einsatz, das hatte es in ihrer Abteilung bisher nie gegeben.

»Du bist beurlaubt. Ich muss sehen, wie es weitergeht«, hatte Jo Weinheimer am Ende gesagt, bevor er Karis Dienstwaffe und ihren Dienstausweis kassiert hatte.

»Bleib erreichbar. Aber rechne nicht damit, dass es schnell geht.«

Das hieß, dass er versuchen würde, sie herauszuboxen. Ob es ihm gelingen würde, stand in den Sternen.

»Du bist doch bei der Polizei.« Frau Jaspers' Stimme holte sie aus ihren Gedanken. Wiebkes Mutter rutschte unruhig auf ihrem Sessel herum.

»Ja«, antwortete Kari. Polizei verstand jeder. So lautete seit Jahren ihre Standardantwort, wenn sie nach ihrem Beruf gefragt wurde. In Wahrheit war sie beim BKA. Abteilung OE, zuständig für Zielfahndung und Zeugenschutz. Aber das sagte sie Frau Jaspers nicht. Stattdessen murmelte sie die übliche Lüge von der Verwaltung, in der sie angeblich arbeitete.

»Aber du verstehst doch etwas von solchen Sachen«, bohrte Wiebkes Mutter nach. Die Verzweiflung in ihren Augen traf Karis Herz ungefiltert. Wie oft hatte sie in ihrer Jugend hier schon gesessen, den selbst gebackenen Butterkuchen gegessen und sich, zusammen mit Wiebke heimlich kichernd, die Schwärmereien der Älteren für seichte Schlager angehört? Wie oft hatte sie mit ihrer Schulfreundin und ihren Eltern spätnachmittags eine Runde Rommé gespielt, als Belohnung für die zuvor erledigten Hausaufgaben? Stets hatte Frau Jaspers dabei auf leise Art fröhlich gewirkt. Unerschütterlich in ihrem Mutterdasein. Manchmal hatte sich Kari im Stillen eine solch warmherzige Mutter gewünscht. Eine, die immer da war für ihre Tochter. Heute war ihr Gegenüber entsetzlich traurig, ja, sie schien sogar geschrumpft. Aber das war kein Wunder, wenn das einzige und innig geliebte Kind gestorben war.

»Was meinen Sie denn?«, kam Kari auf die Frage zurück. Sie rührte Zucker in ihren Tee und griff nach der Rumflasche. Sie trank für gewöhnlich wenig Alkohol, aber in den letzten Tagen waren einige der bisherigen Regeln ihres Lebens außer Kraft gesetzt worden.

»Ich ..., wir sind so verzweifelt. Warum hat sie nie etwas gesagt? Ich dachte, sie wäre glücklich. Und dann, aus heiterem Himmel ...« Ein Schluchzen unterbrach die Worte der Älteren. Sie beugte sich vornüber, die Arme um den Leib geschlungen als litte sie starke Schmerzen. Kari sah, wie zwei Tränen zu Boden fielen.

Sie erhob sich, kauerte sich neben Frau Jaspers und ergriff deren Hand. Die Haut war viel zu dünn, fühlte sich an wie Pergament. Wie alt war Wiebkes Mutter inzwischen? Schon Anfang siebzig. Die Jaspers hatten die Hoffnung auf ein Kind bereits aufgegeben gehabt, da hatte sich Wiebke angekündigt. Für das Ehepaar war die Geburt ihrer Tochter wie ein Wunder gewesen. Jetzt war Wiebke tot, sie war nur 32 Jahre alt geworden. Was für ein Schock für die Eltern. Die Freunde. Alle, die sie kannten.

»Und dass sie jetzt noch aufgeschnitten wird! Muss das denn sein?«

Ja, das musste sein. »Um jedwede Form von Fremdeinwirkung ausschließen zu können. Auch, um zu sehen, ob Wiebke vor ihrem Tod vielleicht etwas zu sich genommen hat«, erklärte Kari geduldig.

Frau Jaspers schien nicht zu verstehen, was sie damit sagen wollte.

»Alkohol. Beruhigungsmittel.« Drogen, aber das sagte sie nicht. »Eben alles, was ihr Urteilsvermögen hätte trüben können.« Sie ging nicht weiter auf das Thema ein. Das Fernsehen zeigte genügend ausufernde Szenen, die in der Pathologie spielten. So wenig vieles davon mit der Realität zu tun haben mochte, die Tatsache, dass man Tote bisweilen nicht nur von außen, sondern auch von innen anschaute, war tief in den Köpfen der

Leute verankert. Genauso der charakteristische Y-Schnitt, der ja lediglich ein Teil des ganzen Prozedere war.

»Ob Carl etwas weiß?« Frau Jaspers hob plötzlich den Kopf. »Die beiden hatten doch Kontakt, oder?«

Karis älterer Bruder Carl lebte schon lange nicht mehr auf der Insel. Er und Wiebke waren als Teenager einige Jahre ein Paar gewesen. Eine enge, herzliche Beziehung, aber für beide nicht die wirklich ganz große Liebe.

»Ich weiß es nicht«, musste Kari gestehen. Der Kontakt zu Carl war seit einigen Jahren eher lose. Sie hatte sich auf ihren Beruf konzentriert. Sich mit Leib und Seele engagiert. Bis … ja, bis ihr dieser schreckliche Fehler unterlaufen war. Sie schob die Gedanken daran weg.

»Ich kann Carl fragen«, sagte sie und erhob sich. Aber was sollte ein Jugendfreund denn wissen darüber, warum sich jemand viele Jahre nach der Trennung das Leben nahm?

»Gibt es gar keine Hinweise?«, fragte sie, fast schon verzweifelt.

Frau Jaspers schniefte und zog ein bereits ziemlich malträtiertes Taschentuch aus ihrer Jackentasche, um sich die Nase zu putzen. »Sie hat diesen Abschiedsbrief verfasst. Dass sie vom Leben einfach genug hat. Sich viele Träume nicht erfüllt hätten. Und sie es darum hinter sich lassen möchte.« Ein Donnerschlag unterbrach sie, der Regen prasselte immer heftiger und ein starker Wind rüttelte an den Fenstern. »Sie wolle ins Licht gehen, hat sie geschrieben, um dort ihren Frieden zu finden.«

Kari fuhr sich mit dem Finger über die Stirn. So traurig das alles war, Wiebke hatte sich entschieden und was auch immer Frau Jaspers sich von ihr, Kari, erhoffte, es gab nichts, was sie tun könnte. Ihre Schulfreundin hatte sich das Leben genommen und nur sie alleine schien zu wissen, warum.

Kapitel 2

Montag, 14. Februar

Es hatte die ganze Nacht über geregnet und gestürmt. Die alten Fenster in der Kate hatten leise geklirrt und Kari fühlte sich am nächsten Morgen schrecklich ausgelaugt und unausgeschlafen. Herr Jaspers, der sich an dem Gespräch zwischen ihr und seiner Frau in keiner Weise beteiligt und sich den ganzen Abend über nicht hatte blicken lassen, hatte sie am Vorabend mit seinem Wagen nach Hause gefahren. Die Strecke zwischen Wyk und Utersum bei Dunkelheit, Wind und Wetter mit dem Rad zurückzulegen, wäre so gut wie unmöglich gewesen. Er hatte dabei kein einziges Wort gesprochen. Jetzt war der Himmel zwar wolkenverhangen, doch kam kein Wasser mehr von oben und der Wind hielt sich in Grenzen. Als Kari aus dem Haus trat, fuhr ihr dennoch die Kälte unter ihre Joggingkleidung. Langsam trabte sie los, lief aus dem Dorf hinaus in Richtung Meer, am kleinen Kurmittelhaus vorbei hinauf auf den Deich und dort weiter gen Hedehusum. Mehrfach wurde sie von anderen, die sportlich oder bei einem Spaziergang unterwegs waren, mit einem freundlichen »Moin«, gegrüßt. Sie musste sich erst wieder daran gewöhnen, dass man diesen Gruß von morgens bis abends hörte. Es herrschte Ebbe, einige Wanderer und Muschelsucher waren im Watt zugange, aber schon in ein paar Stunden würde die Flut einsetzen, schneller, als viele, die nicht wie sie am Meer aufgewachsen waren, vermuteten. Die Nordsee war tückisch. Besonders die Priele füllten sich mit ungeahnter Geschwindigkeit und das schlickige Watt, das kalte Wasser und beizeiten sogar heimtückische Strudel und heftige Strömungen waren gefährlich. Niemand von den derzeit am Strand Anwesenden schien sich zu weit hinausgewagt zu haben. Eine Mutter stand neben ihren zwei Kindern, die vermutlich Wurmlöcher bestaunten oder einen Einsiedlerkrebs entdeckt hatten. Ein weiblicher Teenager lief mit gesenktem Kopf am Wasser entlang, als suche sie nach Muscheln oder Bernstein. Ein Mann stand am Strand, die Hände in den Hosentaschen vergraben, und sah mit großer Ruhe zum Horizont. Neben ihm saß sein Hund, ein dunkelbraun-weiß gescheckter Deutsch Drahthaar, der unbeweglich in dieselbe Richtung wie sein Herrchen blickte. Bilder des Friedens und der Gelassenheit, von der viele Norddeutsche ausreichend zu besitzen schienen. Nach einer halben Stunde kehrte Kari um. Zu Hause angekommen duschte sie, danach brühte sie sich einen starken schwarzen Tee und toastete sich zwei Brotscheiben, die sie mit Käse belegte. Sie war am Vortag nach Föhr gekommen und hatte am Bahnhof in Niebüll vor der Weiterfahrt nach Dagebüll, wo die Fähre ablegte, rasch ein paar Sachen gekauft. Die Kate ihres Großvaters väterlicherseits, ein weiß gekalktes, reetgedecktes

Friesenhaus mit dunkelblauer Tür und ebensolchen
Schlagläden, stand bereits eine Weile leer. Eine Nachbarin sah nach dem Rechten, machte offensichtlich hin
und wieder dort sauber. Bei Karis Ankunft jedenfalls
hatte es keinerlei unangenehme Überraschungen gegeben, kaum Staub, Fenster und Dach dicht und alles
hatte an seinem Platz gelegen. Das war allerdings auch
nicht schwierig, denn das ebenerdige Haus war nicht
groß und dadurch recht übersichtlich. Vom kurzen
Flur gelangte man direkt in einen offenen, gemütlichen
Bereich mit Küche und Esszimmer. Von dort führte ein
Durchgang zum Wohnraum, in dem in der kalten Jahreszeit stets ein Kaminfeuer brannte. Im hinteren Teil
der Kate gab es zwei Schlafräume, einer davon war in
den vergangenen Jahren nur sporadisch von zu Besuch
weilenden Familienmitgliedern bewohnt gewesen. Das
Badezimmer war winzig, mit Waschbecken und Dusche ausgestattet, das WC daneben separat. Die Kate
war umgeben von einem weitläufigen Garten. Ein kurz
geschorener Rasen, darauf verstreut einige alte Apfel-
und Quittenbäume. Im hinteren linken Teil des Grundstücks stand eine Garage zu der ein, inzwischen reichlich eingewachsener, Grasweg führte. Daneben hatte
Hein Lürsen irgendwann einen geräumigen Holz-
schuppen angebaut, der ihrem Fahrrad als Unterstand
diente. Auch das hatte sie, wie die Kate, von ihrem
Großvater geerbt. Die Garage war verschlossen. Von ihrer Mutter wusste sie, dass Hein sie verpachtet hatte.
Weder Trine noch eines ihrer Kinder hatten die Not-
wendigkeit gesehen, an diesem Arrangement etwas zu
ändern. Der Tod hatte den alten Seefahrer schnell und
unspektakulär vor über einem Jahr geholt. Er war im

Schlaf gestorben, so, wie er es sich immer gewünscht hatte. Seither war Kari nur einmal hier gewesen, bei der Seebestattung und der anschließenden Zusammenkunft im *Seemannskrug*, einer Gastwirtschaft, die es nicht mehr gab. Danach war viel geschehen. Denn Karis Mutter, eine gebürtige Dänin, hatte das Haus am Triibergem, in dem Kari und Carl aufgewachsen waren und das ihr Mann, Karis Vater, ihr alleine vermacht hatte, verkauft. Ohne mit ihren Kindern darüber zu sprechen. Kari spürte, wie sich ein bitterer Zug um ihren Mund legte. Obwohl sie Trine zum Teil verstehen konnte. Alle Familienmitglieder waren gestorben oder weggezogen. Warum hätte ausgerechnet sie bleiben sollen? Jetzt war Heins Haus alles, was Kari auf der Insel noch an Heimat hatte. Nun hatte sie darüber hinaus endlich auch die Zeit, sich in Ruhe darum zu kümmern. Von ihrer Mutter wusste sie, wo sie die Unterlagen fand, die sie benötigte. Hein hatte einen Zettel mit den Kontaktdaten aller für ihn wichtigen Personen in einer Schublade in der Küche liegen. Die klemmte ein wenig, und Kari musste daran ruckeln, bevor sie den Plastikordner mit dem linierten Din-A4-Bogen Papier darin herausziehen konnte. In Heins steiler und akkurater Schrift waren die Namen und Adressen von drei Personen notiert. An erster Stelle stand die direkte Nachbarin, Jette Beckum, die die Schlüssel für Heins Kate besaß und sich auch um das Grab von Karis Vater auf dem Friedhof St. Laurentii kümmerte. Kari hatte nicht vor, an dem Arrangement etwas zu ändern. Sie kannte die Frau, die schon ihr ganzes Leben nebenan wohnte. Da sie selbst nicht wusste, wie kurz oder lang ihr Aufenthalt hier sein mochte, würde sie sie lediglich über ihre Anwesenheit informieren. Der zweite Name gehörte einem alten Freund von Hein, einem Notar, der auch die Erbangelegenheiten geregelt hatte. Den konnte sie von der Liste streichen. Bent Sörensen wurde an dritter Stelle genannt. Das war also der Garagenpächter. Ihn kannte Kari nicht und sie wunderte sich über die Anschrift. War das nicht das Lokal *Zur blauen Möwe,* eine Kneipe, an der sie am Vortag vorbeigekommen war? Lange konnten er und Hein Lürsen sich nicht gekannt haben. Hein hatte in den letzten Lebensjahren kein Auto mehr besessen. Der Mietvertrag war ein Jahr vor seinem Tod abgeschlossen worden. Aber wieso mietete ein Mann, der, für die Verhältnisse am Ort, eine ganze Ecke weiter weg wohnte, hier eine Garage? Karis Neugier war geweckt. Am Schlüsselbrett hing ein Schlüssel für die Garage. Als sie sie öffnete, stieß sie einen überraschten Pfiff aus. Was sich unter der Abdeckplane verbarg, hatte mit einem einfachen Auto nicht viel zu tun. Ein Oldtimer der besonderen Art, ein silberfarbener Lamborghini Espada, war dort untergestellt. Sie hatte es beruflich einmal mit einer Autoschieberbande zu tun gehabt und wusste, dass es für diese Art von Automobilen einen Markt gab. Was der Wagen wohl wert war? Gefahren wurde er offensichtlich nicht, die Nummernschilder waren abgeschraubt. Sie hob die Plane ein bisschen mehr an, bevor sie sich eines Besseren besann. Wer wusste schon, was dieser Sörensen für einer war und wie er tickte. Manche Männer rasteten ja regelrecht aus, wenn nur der Hauch eines Kratzers an den Lack ihres Autos kam. Und bei diesem Stück ... Den Schaden mochte sie sich überhaupt nicht vorstellen. Besser, sie schloss die Tür wieder und tat so, als habe sie das Gefährt nie gesehen. Sie ging zurück ins Haus, trank den Rest ihres Tees und zog sich um. Sie hatte einen Besuch vor sich, der sich nicht verschieben ließ.

Kapitel 3

Wer Sesle Bracht aus ihrer Jugendzeit kannte, hätte unmöglich annehmen können, dass dieser teilweise reichlich rebellische Teenager einmal Pfarrerin werden würde. Auch Kari hatte lange Zeit das Bild einer dünnen jungen Frau mit hüftlangem, zerzaustem Haar im Kopf gehabt, die die Nächte durchtanzte. Sogar mal ein paar Tage verschwunden war – hinterher hatte sich herausgestellt, dass sie trotz des Verbots ihrer Eltern ein dreitägiges Open-Air-Konzert auf dem Festland besucht hatte. Besonders in ihrer Teenagerzeit hatte sie weder besonders angepasst noch brav gewirkt. Irgendwann musste sich das geändert haben und niemand war von ihrer Berufswahl mehr überrascht gewesen als Kari. An diesem frühen Nachmittag standen sich die beiden in Sesles Arbeitszimmer im Pfarrhaus der Kirchengemeinde St. Laurentii in Süderende gegenüber. Sesle war voller geworden – »Essstörungen hatte ich lange genug« –, die dunklen Haare trug sie zu einem ordentlichen kinnlangen Bob geschnitten und die warmen braunen Augen wirkten hinter den Gläsern ihrer modischen Brille lebhaft und groß.

»Schön, dich zu sehen.« Sie zog Kari an sich und drückte sie fest. Dann hielt sie sie auf Armlänge von sich, ihr Blick war getrübt. »Auch wenn der Anlass kein angenehmer ist.«

»Ich war gestern Abend bei Wiebkes Eltern. Sie verstehen die Welt nicht mehr.«

»Das ist auch nicht zu verstehen.« Sesles Augen glitten ab, schienen einen Moment ins Nirgendwo zu starren. »Kaffee?«, fragte sie dann. Daran hatte sich nichts geändert. Sesle war schon immer eine Kaffeetante gewesen. Als Kari nickte, nahm ihre Jugendfreundin die Glaskanne von der Kaffeemaschine und schenkte ihnen beiden ein. Mit den Tassen in Händen setzten sich die Frauen einander gegenüber an einen Tisch, der vermutlich sonst Gesprächen mit den Gemeindemitgliedern vorbehalten war.

»Weiß man schon, wann die Beerdigung stattfindet?«, wollte Kari wissen.

Sesle schüttelte den Kopf. »Die Leiche wurde bisher nicht freigegeben.« Sie verzog leicht den Mund beim letzten Wort. »Du, als Polizistin, weißt ja sicher, dass das bei Suiziden so üblich ist.«

Kari nickte. Wobei es an Wiebkes Freitod keinen Zweifel geben konnte. Sie hatte einen Abschiedsbrief verfasst, ihren Schlüsselbund in den eigenen Briefkasten geworfen. War bei Ebbe losgelaufen – wann und wo genau ließ sich aufgrund der wechselnden Strömungen kaum sagen –, in der einsetzenden Flut ertrunken und zwei Tage später angespült worden. Sie kannte sich aus mit den Gezeiten, den Tücken der See, denn sie war hier aufgewachsen. Sie wusste, dass man alleine nicht ins Watt ging. Ein Versehen konnte da ausgeschlossen werden. Dazu gab es keinerlei Anzeichen von Fremdeinwirkung. Wiebke war im kalten Wasser der Nordsee ertrunken, weil sie ihrem Leben ein Ende hatte setzen wollen.

»Wirkte sie denn bedrückt in letzter Zeit?«

Sesle schüttelte den Kopf. »Sie kam mir eher aufgekratzt vor. So, als freue sie sich auf etwas. Aber was das war ...« Sie zuckte mit den Schultern. » ... das weiß ich leider nicht. Sie kam immer seltener zu mir. In den Wochen vor ihrem Tod haben wir uns kaum noch gesehen.«

Dabei war die Freundschaft zwischen Wiebke und Sesle die engste innerhalb ihrer Gruppe gewesen und die beiden hatten als Kinder nicht weit voneinander entfernt gewohnt, bevor die Familie Jaspers nach Wyk gezogen war.

»Und Mareike?« Mareike war die Vierte im Bunde in ihrer Freundinnenclique. Zu Schulzeiten waren sie alle unzertrennlich gewesen. Danach hatten sie ihre Wege auseinandergeführt. Als sie sich vor knapp zwei Jahren zu Sesles dreißigstem Geburtstag zuletzt gesehen hatten, waren sie lediglich gute Bekannte, die von alten Zeiten schwärmten, aber in der Gegenwart nicht mehr wirklich viel miteinander anfangen konnten.

»Mareike ist voll auf Karrierekurs. Sie fährt auf Sylt mit einem Porsche herum und dreht irgendwelchen reichen Leuten teure Häuser an, die dann fünfzig Wochen im Jahr leer stehen!« Auf Sesles Stirn hatten sich tiefe Falten gebildet. Es war ihr anzusehen, dass sie die Arbeit ihrer Schulfreundin kritisch bewertete.

»Sie ist jetzt auf Sylt?«

»Zumindest beruflich. Nachdem sie hier auf Föhr eher einen bescheidenen Umsatz hatte, scheint es dort zu boomen. Aber frag mich nicht nach meiner Meinung.« Sie blickte weg, als wollte sie nichts mit dem zu tun haben, was die Jugendfreundin trieb. Kari musste schmunzeln. Eines hatte sich nicht verändert. Wenn

Sesle etwas kritisch sah, merkte man es ihr immer am Gesichtsausdruck an. Sie sah aus, als hätte sie in eine Zitrone gebissen.

»Apropos Arbeit. Gab es Ärger an Wiebkes Arbeitsplatz?«, bohrte sie weiter. Auf der Suche nach einer Erklärung. Sesle zuckte mit den Schultern.

»Wiebke war nicht mehr glücklich mit ihrem Job im Drogeriemarkt. Fühlte sich unterfordert, wobei sie ja schon lange als stellvertretende Filialleiterin gearbeitet hat. Sie wollte etwas Neues anfangen. Was das war, darum hat sie ein großes Geheimnis gemacht.«

Bei diesen Worten flog die Tür auf und ein kleiner Junge stürmte ins Zimmer.

»Lars! Ich habe dir doch gesagt, dass du anklopfen musst«, ermahnte Sesle ihren Sohn liebevoll und mit einem Lächeln in den Augen.

»Klopf, klopf«, machte der Kleine und grinste Kari so breit an, dass alle seine Zahnlücken zu sehen waren.

Sesle schüttelte sanft den Kopf und strich ihrem Sohn über den flachsblonden Schopf. Lars war ganz der Vater. Alles an ihm schien zu leuchten. Das Haar, die helle Haut, die blauen Augen. Und wenn er auch sonst nach Magnus Bracht kam, würde er sehr groß, sehr breitschultrig und ein Mensch voller Herzenswärme werden. Bei dem Gedanken zog sich Karis Herz kurz zusammen. Sie gönnte Sesle ihr Glück. Doch beim Anblick der kleinen und überaus harmonisch wirkenden Familie hatte sie bereits zwei Jahre zuvor so etwas wie Neid verspürt. Jetzt kam Sesles Mann in den Raum.

»Lars, Händewaschen.« Er war spürbar darum bemüht, seine Stimme streng klingen zu lassen, es gelang ihm jedoch ebenso wenig wie seiner Frau. »Moin Kari.« Er nickte ihr mit einem Lächeln zu, während er den Arm um die Schulter seines Sohnes legte und ihn sanft zur Tür dirigierte. Dann verschwanden Vater und Sohn und zurück blieb etwas in der Atmosphäre, das Kari zugleich fröhlich und traurig stimmte.

»Wie schön, dass ihr euch die Kinderbetreuung teilen könnt«, bemerkte Kari.

»Ja.« Sesle schob sich eine vorwitzige Strähne hinters Ohr. »Magnus kann sich seine Arbeitszeiten frei einteilen.« Sie blickte zu ihrem Schreibtisch, der recht voll wirkte. »Komm doch heute Abend zum Essen zu uns. Mein Mann kocht und wie üblich reicht das für eine Großfamilie.«

»Gerne. Aber bevor ich gehe, habe ich noch eine Frage. Kennst du einen Bent Sörensen?«

»Den Kneipenwirt der *Blauen Möwe*?« Sesle zog die Brauen fragend nach oben.

»Vermutlich ja. Er hat von meinem Großvater die Garage gemietet. Ich bin dem Mann bisher nicht begegnet. Ich frage mich, was er wohl für einer ist.«

»Tja.« Sesle rieb sich ausgiebig die Nase. »Ich kenne ihn kaum. Er ist kein Mitglied meiner Kirchengemeinde und kommt nie zum Gottesdienst. Da wir abends für gewöhnlich nicht ausgehen ...« Sie beendete den Satz mit einer vielsagenden Geste.

Ja, vermutlich war es sowieso besser, wenn Kari sich den Mann selbst ansah. Doch jetzt musste sie erst ein paar Dinge einkaufen, danach die Kate auf Vordermann bringen und den Haken an der Hintertür erneuern. Gestern war ihr aufgefallen, dass er zu viel Spiel hatte. Als sie sich auf ihr Rad schwang, hatte der Wind aufgefrischt, aber es blieb trocken. Tief die würzig-

salzige Luft einatmend fuhr Kari auf direktem Weg
durch die Marschen zurück nach Utersum, um dort im
einzigen Supermarkt einzukaufen. Eine halbe Stunde
später war sie damit beschäftigt, ihre Einkäufe auszupacken, den Kühlschrank und die Vorratskammer zu
säubern, das Bad gründlich zu wischen. Dann zeigte ihr
ein Blick auf die Uhr, dass es kurz vor sechs und daher
Zeit war, zum zweiten Mal an diesem Tag ihre alte
Freundin Sesle aufzusuchen.

Kapitel 4

Die Wohnung spiegelte all das wider, was Sesle und ihrer Familie wichtig war. Große Fenster ermöglichten den Blick auf einen um ein weitläufiges Rasenstück liebevoll angelegten Garten voller Hortensien, Hundsrosen und Hagebuttensträucher, der selbst jetzt, im Februar, wunderschön aussah. Die Einrichtung war gemütlich, ohne plüschig zu wirken. Überall standen gerahmte Fotos von Familie und Freunden. Gleichzeitig war alles kindgerecht arrangiert. Als Kari ankam, lag der kleine Lars schon im Bett. Im Kamin knisterte ein Feuer und aus der zum Wohnzimmer hin offenen Küche zog der Duft nach Geschmortem durchs Haus. Sesles Mann winkte ihr lediglich kurz zu, bevor er sich wieder dem Herd zuwandte.

Kari kannte Magnus kaum. Er war einige Jahre älter als sie und in Niebüll aufgewachsen, wo er eine kleine Homestageing-Firma gegründet hatte. Wenn Leute ihre älteren Immobilien verkaufen wollten, hübschte er sie auf. Sorgte dafür, dass weder Gerüche noch altmodische oder abgewohnte Möbel, angegraute Tapeten oder verschlissene Teppichböden Käufer abschreckten und den Preis drückten. Im Gegenteil: Ein attraktiver wohnlicher Eindruck sorgte für gute Verkaufspreise. Aus diesem Grund unterhielt Magnus ein kleines Netzwerk von Handwerkerfirmen, sowie ein Lager für Möbel und Wohnaccessoires. Er wurde sowohl von Verkäufern direkt als auch von Maklerunternehmen beauftragt und sein Service musste sich trotz der Kosten wohl lohnen. »Du glaubst gar nicht, wie sehr der erste Eindruck sich auf das Kaufverhalten auswirkt. Menschen müssen eine Idee davon bekommen, was sie selbst aus einem Haus machen könnten, ohne direkt die viele Arbeit zu sehen, die sie nach dem Kauf hineinstecken müssten. Außerdem will doch niemand das Vorleben eines Hauses mitkaufen«, hatte Magnus ihr vor zwei Jahren erzählt. All das gelte auch für Immobilien in begehrten Lagen. Kari hatte schon damals den Eindruck gewonnen, dass Magnus sein Geschäft mit Begeisterung und Elan führte.

Während Sesle sich und ihrem Gast ein Glas Wein einschenkte, schlenderte Kari in dem großen Raum, einer Kombination aus Ess- und Wohnbereich, herum. Beeindruckt wanderten ihre Blicke über raumhohe, gut gefüllte Bücherregale, bevor sie das Klavier registrierte, das schräg vor einem der Fenster zur Gartenseite hin stand.

»Du hast wieder angefangen?«, wollte sie von Sesle wissen. Die hatte sich in Teenagerjahren mehr schlecht als recht mit dem Unterricht geplagt.

»Ja und nein«, entgegnete sie mit einem leichten Lächeln. »Unser Sohn soll es lernen. Er scheint, so hat es uns eine Pädagogin erklärt, ungewöhnlich musikalisch zu sein.« Kari kam es etwas übertrieben vor, für einen Dreijährigen gleich ein Klavier zu kaufen, aber Sesle ging derartig in ihrer Mutterrolle auf, dass es für sie wohl selbstverständlich war, die Begabung ihres Sohnes zu fördern.

»Was gibt es denn zu essen? Es riecht lecker«, wechselte Kari das Thema.

»Salzwiesenlamm mit Schwarzwurzelgemüse, eines unserer Lieblingsgerichte«, antwortete Sesle, bevor sie einen Schluck von ihrem Wein trank.

Tatsächlich stellte sich das Lammgericht als hervorragend heraus. Das Fleisch war auf den Punkt gegart und man schmeckte dezent die Würze aus Kräutern und Senf. Magnus heimste eine ganze Reihe von Komplimenten sowohl von seiner Ehefrau als auch von ihrem gemeinsamen Gast ein. Als Nachtisch kredenzte er eine köstliche rote Grütze und Kari konnte den angebotenen Schnaps nicht ablehnen, denn sie fühlte sich im wahrsten Sinne des Wortes kugelrund.

Kein Wunder, dass Sesle ein bisschen zugelegt hatte in den vergangenen Jahren. Aber es stand ihr gut. Neidlos musste Kari anerkennen, dass ihre Jugendfreundin extrem entspannt und in sich ruhend wirkte. Ganz im Gegensatz zu ihr selbst, aber das war kein Thema für den heutigen Abend. Allen, die sie gefragt hatten, hatte Kari dieselbe Antwort gegeben. Sie habe Urlaub und wolle sich ein bisschen dort erholen, wo sie einen Teil ihrer Kindheit und Jugend verbracht hatte. Da alle Föhrer ihre Insel liebten und sie für die meisten davon darüber hinaus der schönste Platz auf dieser Erde war, wunderte das niemanden.

»Ich habe noch ein paar Fotos von Wiebke. Willst du sie sehen?«, fragte Sesle, nachdem das Mahl beendet, der Tisch abgeräumt war und die Espressomaschine in der Küche zischte. Während Magnus den Geschirrspüler einräumte und sich jegliche Hilfe energisch verbat, gingen die beiden Frauen zur Sitzgarnitur. Sesle fummelte an ihrem Handy herum, verband es mit dem Fernseher. Dann erschien das erste Foto auf dem Bildschirm. Es zeigte Mareike, Wiebke, Sesle und Kari. Die vier Frauen hatten sich die Arme um die Schultern gelegt und strahlten in die Kamera. Im Hintergrund sah man den mit Ballons und Lampions geschmückten Garten der Brachts, an Stehtischen prosteten sich kleine Grüppchen zu.

»Das war an deinem Geburtstag vor zwei Jahren«, sagte Kari.

»Ja. Das letzte Mal, als wir alle vier zusammen waren«, antwortete Sesle, bevor sie das nächste Bild aufrief. Wiebke und Sesle saßen in einem Lokal, die Weingläser erhoben in Richtung der Person, die fotografierte. Weitere Fotos waren bei einem Strandspaziergang und um die Weihnachtszeit entstanden. Und dann war da noch ein Sommerbild, wiederum aufgenommen in Sesles Garten an deren Geburtstag. Wiebke saß auf einer Bank, sie hielt einen Kuchenteller in der Hand und blickte direkt in die Kamera. Etwas in diesem Blick verursachte Kari eine Gänsehaut. Er schien so voller Schmerz und Sehnsucht. Es war, als präsentiere sie ihre Seele völlig nackt. Kari schluckte schwer. Es war eines der Fotos, bei denen man sich beim Betrachten unwillkürlich vorkam wie ein Voyeur, weil die Person auf dem Bild, ohne es zu wissen, in diesem Moment tief in ihr Innerstes blicken ließ. Auf einmal bekam sie eine Ahnung davon, dass die früher immer so fröhliche Wiebke auch eine andere Seite gehabt haben könnte. Etwas, das verborgen geblieben war, sogar vor ihren Freundinnen.

»Fällt dir nichts auf an ihr?«, fragte Kari.

»Was meinst du?«

»Ihr Blick. So … melancholisch.«

Sesle antwortete nicht sofort. »Ja, du hast recht«, meinte sie dann. »Merkwürdig.«

Kari blickte weiterhin auf den Bildschirm. Versuchte, tief in Wiebkes helle blaue Augen einzutauchen. Was hatte sie so verzweifelt werden lassen? Jetzt erst bemerkte sie, dass ihr Blick ganz leicht an der Kamera vorbeiging. Und dann durchzuckte sie ein Gedanke, der so ungeheuerlich war, dass sie ihn sofort ignorieren wollte. Sie tat es nicht. »Wer hat das Foto aufgenommen?«, fragte sie mit heiserer Stimme.

»Das? Mein Mann«, antwortete Sesle, die just in diesem Moment von eben diesem Mann abgelenkt wurde, der zu ihnen getreten war.

»Möchte jemand noch einen Schnaps?«, fragte er und wischte sich die Hände an einem Geschirrtuch trocken.

Kari und Sesle schüttelten unisono den Kopf.

»Ich muss dann langsam«, sagte Kari. Sie war zwar kein bisschen müde, hatte aber nach all der familiären Harmonie, dem üppigen Essen und den Gesprächen, die natürlich zwischendurch immer wieder auf Wiebkes Freitod gekommen waren, das Gefühl, ihren Kopf auslüften zu müssen. Bevor sie ging, warf sie einen weiteren Blick auf das Foto. Es hatte sich nichts verändert und in Kari wuchs eine beklemmende Vermutung.

Kapitel 5

Es war etwas windig und der Jahreszeit entsprechend frisch. Kari schwang sich auf ihr Rad und fuhr von Sesles Haus in Süderende den direkten Weg nach Utersum. Dort entschied sie sich, nicht in Richtung Kate abzubiegen, sondern weiterzufahren in den Jaardenhuug. Es war noch recht früh, gerade mal Viertel nach zehn. Für jemanden wie sie, die die letzten Jahre in einer Großstadt verbracht hatte, sicher keine Schlafenszeit. Sie würde sich die *Blaue Möwe* und den Wirt Bent Sörensen einmal genauer ansehen. Im Laufe des Abends hatte sie auch Sesles Mann Magnus nach Sörensen gefragt. Aber wie schon seine Frau schien er den Kneipenwirt kaum zu kennen. Warum also sich nicht direkt einen Eindruck von demjenigen verschaffen, dem Karis Großvater seine Garage vermietet hatte. Während Kari ihre Richtung änderte, gingen ihr die Bilder des Abends nicht mehr aus dem Kopf. Es war eindeutig, jedenfalls für sie, dass Wiebke den Fotografen angesehen hatte. Mit einer so schmerzhaften Sehnsucht im Blick, dass allein die Erinnerung daran Kari wieder einen Kloß im Hals bescherte. Das Naheliegende erlaubte sie sich erst jetzt zu denken. War

Wiebke in Sesles Mann verliebt gewesen? In den Mann ihrer besten Freundin? Hatte sie Liebeskummer gehabt? Oder – und bei dieser Überlegung breitete sich ein fader Geschmack in Karis Mund aus – waren die beiden, von Sesle unbemerkt, ein Paar gewesen? Hatte Magnus mit Wiebke Schluss gemacht, hatte sie deshalb keinen Sinn im Leben mehr gesehen?

Das Lokal *Zur blauen Möwe* befand sich in einem zweistöckigen, rotbraunen Bau. Durch die Buntglasfenster fiel schummriges Licht auf den Asphalt. Das beleuchtete Schild über der Tür wirkte wie frisch gewienert. Als Kari die wenigen Stufen hinaufschritt, schlug ihr schon im Windfang Stimmengewirr entgegen. Sie zog die Tür auf, blieb einen Moment stehen und ließ den Raum auf sich wirken. Dunkles Holz, der Boden reichlich abgetreten, die halbrunde Bar glänzend poliert. Direkt neben dem Eingang drei Nischen, weiter hinten locker gestellte Tische. Sie ging zur Theke. Im Gegensatz zu den Tischen, die alle belegt waren, gab es hier noch einige freie Plätze. Kari hangelte sich einen der hohen, mit rotem Samt bespannten Hocker hinauf. Ihr Blick fiel dabei auf die Spiegelwand, vor der eine beachtliche Anzahl von Spirituosen aufgereiht war. Zwischen einer hellblauen Gin-Flasche und einem Waldbeeren-Likör schaute ihr ihr eigenes Gesicht entgegen. Ihr schulterlanges haselnussbraunes Haar war zerzaust und sie fuhr sich mit den Fingern durch, um es zu glätten.

»Moin schöne Frau.« Vor ihr war der Wirt aufgetaucht. Jedenfalls vermutete Kari, dass es sich um Bent Sörensen handelte. Er war ein kleines Stück größer als sie, vermutlich etwas über eins achtzig, schlank, mit breiten Schultern. Ein Typ, den man sich gut als Model für Outdoor-Kleidung vorstellen konnte.

»Moin«, antwortete sie spröde. Der Mann strahlte etwas aus, das alle ihre inneren Stacheln dazu brachte, sich aufzustellen.

»Sie sind von hier?« Er wischte mit dem Lappen über den Tresen und betrachtete sie ungeniert.

»Wieso?«, wollte sie irritiert wissen. Zwar gab es um diese Jahreszeit eher wenige Touristen, dennoch wunderte sie sich über seine Bemerkung.

»Die Touris sagen immer Moin Moin.« Er lachte schelmisch. »Aber ihren Augen nach könnten Sie auch vom anderen großen Meer stammen.«

»Was meinen Sie denn damit?« Der Kerl redete in Rätseln.

»Ostsee. Bernstein.« Er grinste und zeigte dabei eine Reihe weißer, schön geformter Zähne.

Puh! Wenn das seine Art der Anmache war.

»Ich nehme einen trockenen Weißwein«, beendete sie das Geplänkel. Wie hätte sie seine Augen beschrieben? Heller Schiefer vermutlich. Und die Haare schwarz wie Kohle. Vielleicht doch eher Pirat als Model.

»Stets gern für Sie beschäftigt«, antwortete er, zwinkerte ihr dabei zu und brachte gleich darauf das Gewünschte. Erfreulicherweise ohne weitere komische Bemerkungen. Der Wein war fruchtig, frisch und perfekt gekühlt, und während sie die ersten Schlucke trank, beobachtete sie den Kerl so unauffällig wie möglich.

»Bent, noch 'ne Runde!«, rief jemand von einem der Tische. Der Angesprochene nickte und begab sich zum

Zapfhahn. Er war es also wirklich. Sie hatte nicht vor, ihm gleich zu erzählen, wer sie war. Seine neue Vermieterin. Wollte sich erst einmal ein Bild machen von diesem Mann. Und geriet dabei unweigerlich in eine Gedankenschlaufe, die ihr nicht guttat.

So hatte es angefangen. Damit, sich ein Bild zu machen von jemandem. Bei einer verdeckten Ermittlung. Sie war gut darin. Zwar kein Super-Recognizer wie ihr damaliger Partner. Auch nicht mit einem fotografischen Gedächtnis ausgestattet wie eine ihrer Kolleginnen. Doch sie konnte sich viele Details merken und vor allen Dingen Gespräche präzise wiedergeben. Der Mann, auf den sie angesetzt war, hatte sich schnell als jemand erwiesen, der ganz anders war als erwartet. Sie wusste zum damaligen Zeitpunkt nicht alles, was sie hätte wissen müssen. Jo, ihr Vorgesetzter, hatte das später damit begründet, dass auch die besten Ermittlerpersönlichkeiten nicht immer in der Lage waren, sich so unwissend zu stellen, wie sie sein sollten, um sich der Zielperson unbefangen zu nähern. Sie hatte ihre Rolle gut gespielt. Hatte es geschafft, keinerlei Misstrauen zu erregen. War nah dran gewesen. Sehr nah. Zu nah. Zu nah am Feuer. Und sie hatte sich verbrannt. Gewaltig. Nicht nur ihre berufliche Ehre hatte gelitten, auch ihre Seele. Ihr Selbstbewusstsein war erschüttert und ebenso ihr Gefühlsleben. Sie schüttelte die Gedanken ab. Es nutzte nichts, über Dinge zu brüten, die man nicht mehr rückgängig machen konnte.

»Schmeckt er Ihnen?« Bent Sörensen war vor ihr aufgetaucht. Er stützte sich auf seiner Arbeitsplatte ab und betrachtete sie intensiv. Unter seinem aufgekrempelten dunkelblauen Hemd zeigten sich überraschend muskulösen Unterarme. Kari hob den Blick.

»Danke, ja. Ist sehr lecker.«

»Noch einen?«

Sie hatte bereits bei Sesle zwei Gläser Wein getrunken, wenngleich sparsam eingeschenkt, und einen Schnaps. Es war besser, zu gehen.

Sie setzte gerade zu einem »Nein, danke« an, als Sörensen fortfuhr. »Sie könnten mir helfen. Ein neuer Lieferant hat mir eine Probierflasche dagelassen. Sauvignon Blanc. Ich trinke ja eher Bier, wie die meisten meiner Gäste. Da bräuchte ich eine qualifizierte Meinung. Geht natürlich aufs Haus, das ist ja klar.«

»Wenn bei Ihnen fast alle Bier trinken, warum dann der Aufwand? Dieser Grauburgunder schmeckt sehr gut.«

»Na ja. Manchmal schneit hier dann doch eine schicke Frauensperson herein. Oder eine Mädelsclique zum Vorglühen, bevor es in einen der Clubs in Wyk oder aufs Festland geht. Da möchte ich etwas bieten können. Man muss was tun, um sich hier halten zu können.« Wieder das Lächeln. Fast wie eine Zahnpastawerbung. Kari war sich sicher, dass dieser Mann keine Gelegenheit ausließ, seinen Charme zu versprühen. Oder das, was er dafür hielt, um weiblichen Gästen etwas *zu bieten.*

»Danke schön. Vielleicht ein anderes Mal.« Sie rutschte vom Hocker,

»Schade«, murmelte er. »Das hat vor ein paar Wochen ein weiblicher Stammgast auch gesagt. Aber dann kam sie nicht mehr wieder.«

»Das kann ja noch werden«, entgegnete sie leichthin.

»Wohl kaum. War ein endgültiger Abschied.« Er hatte schon die auf der Theke liegenden Münzen eingesteckt und nach Karis leerem Glas gegriffen, als die wie vom Blitz getroffen innehielt.

»Was haben Sie gesagt?«

»Dass mich schon einmal jemand deswegen versetzt hat. Nur leider für immer.«

Kapitel 6

Sie war geblieben und hatte den Wein probiert. Möglicherweise hatte es sich einfach um eine Art Lockmittel gehandelt. Doch nachdem sie begriffen hatte, dass dieser Sörensen nicht nur ihren Großvater gekannt hatte, sondern auch Wiebke, war ihre Neugier geweckt gewesen.

»Erzähl mir von ihr«, bat sie ihn. Sie waren unkompliziert zum Du übergegangen. Inzwischen hatte sich die Kneipe merklich geleert. Außer ihnen war lediglich ein älteres Paar anwesend, das nur Augen füreinander hatte, und eine Dreierrunde Männer, die bei Bier und Korn in wechselnder Lautstärke die Themen des Lebens abhandelte.

»Du wirst es sowieso erfahren, hier am Ort spricht man von nichts anderem als diesem Selbstmord.«

Suizid, korrigierte sie innerlich sofort. Verdammte Berufskrankheit.

»Sie war häufig hier im letzten Jahr. Kam immer alleine. Ging immer alleine. Sie war schwer einzuschätzen. Wirkte häufig orientierungslos, dann wieder traurig. Bei ihren letzten Besuchen hier war sie anders drauf. Aufgekratzt. Optimistisch. Hatte Pläne.«

»Pläne? Was für Pläne denn?« Karis Zunge war schon ein bisschen schwer. Sie winkte ab, als Bent nachschenken wollte.

»Keine Ahnung. Ich höre so viele Dinge jeden Abend.« Er schien nachzudenken. »Doch, jetzt fällt es mir wieder ein. Sie hatte vor, sich selbstständig zu machen. So was in der Art. Hatte wohl ihre Berufung gefunden.«

Das wurde ja ständig verwirrender!

»Außerdem wirkte sie wie frisch verliebt.«

»Also kam sie doch nicht immer alleine.«

Er schüttelte den Kopf. »Doch. Sie war nicht mit dem Typ hier. Ich habe sie in Wyk gesehen. Ist ungefähr ein halbes Jahr her. Sie hockten in der *Milchbar* und hatten nur Augen füreinander. Aber der Kerl ist nicht von hier. Habe ihn weder vorher noch nachher wieder gesehen.«

»Hat sie dir nichts erzählt?« Kari war auf einmal hellwach. Mit wem hatte Wiebke so engen Kontakt gehabt? Magnus konnte es nicht gewesen sein, den hätte Bent erkannt.

Statt zu antworten, stellte er ihr eine Gegenfrage. »Warum interessierst du dich denn für diese Frau?«. Nach diesen Worten deutete er fragend auf die Kaffeemaschine.

»Gerne. Schwarz, mit etwas Zucker«, beantwortete sie zunächst die nonverbale Frage. Dann entschloss sie sich, ihm reinen Wein einzuschenken. »Ich kannte Wiebke. Sie und ich, wir sind eine Zeit lang zusammen zur Schule gegangen. Hatten uns inzwischen aus den Augen verloren. Es ist jetzt zwei Jahre her, dass ich sie zuletzt sah.«

»Du kommst also tatsächlich von hier?«

Sie nickte. »Ich bin Hein Lürsens Enkelin.«

Bent hielt mitten in der Bewegung inne. »Ach herrjeh«, sagte er dann langsam. »Heins Erbin. Die Polizistin.« Er wirkte, als müsse er das erst mal verdauen. »Meine neue Vermieterin. Hätte mir gleich auffallen müssen. Dein dänischer Vorname ... deine Mutter ist ja von dort. Warum hast du nichts gesagt?«

Er wirkte etwas beleidigt.

»Ich wollte nicht mit der Tür ins Haus fallen und war mir anfangs nicht sicher, ob du du bist. Hättest ja auch ein Angestellter sein können.«

Bent brummte ein paar unverständliche Worte. Dann zeigte er mit dem Finger auf sie. »Du bist Polizistin. Bist du etwa aus beruflichen Gründen hier?« Er machte den Eindruck, als überlegte er nachträglich, ob er ihr etwas erzählt hatte, das gegen ihn verwendet werden konnte.

Kari musste wider Willen lachen beim Anblick seiner geschockten Miene.

»Du kannst beruhigt sein. Ich bin privat hier. Aber ich habe erst gestern von Wiebkes Tod erfahren und frage mich, was sie dazu bewogen hat, ihr Leben zu beenden.«

»Das fragen sich in einem solchen Fall immer viele Menschen. Die Hinterbliebenen ahnen oft nichts.« Bent stellte den Kaffee vor ihr ab. Er duftete so aromatisch, dass Kari zu schnell trank und sich die Zunge verbrannte. Die folgenden Schlucke nahm sie vorsichtig zu sich und schweigend.

»Wir müssen den Mietvertrag für die Garage umschreiben«, informierte sie den Kneipenwirt dann. »Ich mache das gleich morgen.« Mit diesen Worten rutschte sie vom Hocker und zog ihren Pulli glatt. »Danke für den Wein. Ich würde ihn an deiner Stelle auf die Karte nehmen.«

Bent bedankte sich und brachte sie zur Tür. Als sie ins Freie trat, zog sie den Reißverschluss ihrer gefütterten Lederjacke hoch. Ein kühler Wind blies ihr die Haare um den Kopf.

»Wo wohnst du? In Heins Kate?«, wollte Bent wissen.

Kari nickte und schloss ihr Rad auf. Mit einem Mal war sie hundemüde und konnte es kaum erwarten, in ihr Bett zu kommen. »Bis die Tage.« Sie schwang sich auf ihren Drahtesel, hob grüßend die Hand und strampelte los. Auf dem Heimweg gingen ihr immer wieder Bents Worte durch den Kopf. Wiebke hatte Pläne für eine berufliche Veränderung gehabt. Und dann? Was war geschehen, dass sie alles über den Haufen geworfen hatte? Doch es gab an diesem Abend keine Antwort auf diese Fragen.

Wiebke hatte mit ihrem Leben abgeschlossen, das ging aus dem Abschiedsbrief klar hervor. Sie war bei Ebbe ins Watt gegangen und nicht mehr zurückgekehrt. Was, wenn sie es sich anders überlegt hatte und es einfach zu spät gewesen war? Die Flut bereits die Priele gefüllt und ihr den Rückweg abgeschnitten hatte? Kari schauderte bei dem Gedanken daran, dass das durchaus im Bereich des Möglichen lag. Dann wäre Wiebke im eiskalten Wasser ertrunken, vielleicht im Schlick festgesteckt, unfähig, sich zu retten. Oder in eine der gefürchteten Strömungen geraten. Sie hatte alles gut vorbereitet. Sie war kurz vor ihrem Suizid krankgeschrieben gewesen, sodass ihr Fehlen im Betrieb nicht auffiel. Ihren Eltern hatte sie am Tag vor ihrer Entscheidung am Telefon gesagt, sie fühle sich müde, würde versuchen, ein paar Tage kürzer zu treten. Als die zwei Tage nichts von ihr gehört und sie auch nicht erreicht hatten, waren sie in Wiebkes Wohnung gefahren. Dort hatten sie auf dem Schreibtisch im Wohnzimmer den handgeschriebenen Abschiedsbrief gefunden. Wiebke hatte ihr Handy ausgeschaltet und ihren Schlüsselbund beim Verlassen des Hauses in den eigenen Briefkasten geworfen. Es war klar, was das bedeutete – sie wollte nicht mehr zurückkehren. Was sie danach, in ihren letzten Stunden, getan hatte, war ungewiss. Handy und Tasche, alles hatte die Flut mitgenommen. Nur die Leiche, die hatte sie zurückgebracht.

Kapitel 7

Dienstag 15. Februar

In dieser Nacht schlief Kari tief und fest. Als ihr Wecker klingelte, fühlte sie sich erholt. Lediglich ein stumpfer Druck hinter der Stirn mahnte sie, zukünftig weniger Alkohol zu trinken. Auch diesen Tag startete sie mit einer Joggingrunde. Wieder fiel ihr der Mann mit dem Hund auf. Beide standen am Strand und blickten gedankenverloren aufs Meer hinaus. Die See war heute dunkel, wild bewegte Wellen trugen schmutzigweiße Gischtkronen und schleuderten sie an den Strand. Am Himmel jagte der Wind graue Wolken, hob an Land Haare, Jacken und Mäntel der Menschen an und fegte nachlässig gebundene Schals oder locker sitzende Mützen von den Köpfen der morgendlichen Spaziergänger. Ein Kitesurfer nutzte das Wetter und preschte durch die See. Hob ab und segelte sekundenlang durch die Luft, um jedes Mal wieder sicher aufzusetzen. Kari bewunderte die Körperbeherrschung des Mannes und fröstelte gleichzeitig bei der Vorstellung, jetzt im Wasser zu sein. Nach ihrer Runde frühstückte sie, danach ging sie ins Nachbarhaus. Jette Beckum hatte sie am

Vortag nicht erreicht. Heute öffnete sich ihr schon beim ersten Klopfen die Tür.

»Nanu, Lütte, du hier?«, rief sie bei Karis Anblick aus. Kari musste schmunzeln bei der Anrede. Jette war etwas kleiner als Kari, sehnig und schlank. Ihr schlohweißes Haar bildete einen lebhaften Kontrast zum sommers wie winters braun gebrannten Gesicht und den dunkelblauen, wachen Augen. Ihre Familie stammte aus Brandenburg, sie selbst lebte seit ihrem fünfzehnten Lebensjahr auf Föhr und war schon immer Heins Nachbarin gewesen. Zuerst mit ihren Eltern, dann alleine. Ihr Händedruck war fest und sie zog Kari regelrecht in ihr kleines Haus. »Machst du Urlaub?«

Kari bejahte und erklärte, sie wisse noch nicht genau, wie lange sie bleibe. Den angebotenen Tee nahm sie an und erfuhr im Gespräch mit der Nachbarin die Neuigkeiten aus dem Ort. Bald war sie informiert über Geschäftsaufgaben, Neuankömmlinge, geplante Hochzeiten und Kinder, die erwartet wurden. Denn Jette saß an der Quelle. Sie hatte jahrelang Post ausgetragen, kannte so ziemlich jeden und jede auf der Insel und schien einen guten Draht zu ihren Nachfolgern zu haben.

»Das mit Wiebke tut mir leid. Ihr beide wart ja befreundet«, sagte sie schließlich. Auch sie konnte sich nicht erklären, warum die sich das Leben genommen hatte. »Wo sie doch bei *Blumen-Astrid* in Wyk einsteigen wollte.«

Blumen-Astrid hieß der Laden nur im Volksmund. Offiziell stand »Becker Floristik« über dem Geschäft. Kari horchte auf. Schon Bent hatte von beruflichen Plänen der Toten gesprochen, aber nichts Näheres dazu sagen können. Blumen jedoch, das passte zu Wiebke. Sie hatte Pflanzen geliebt und es immer bedauert, dass die Familie nach dem Umzug nach Wyk keinen eigenen Garten mehr hatte.

»Woher weißt du das?«, fragte sie. Jette zuckte mit den Schultern, ein bisschen verlegen, wie es schien. »Astrid hat es vor einiger Zeit mal erwähnt. Danach habe ich nichts mehr davon gehört.«

Kari verabschiedete sich eine halbe Stunde später. Sie hatte Jette lang und breit Auskunft über ihre – erfundene – berufliche Tätigkeit bei der Verwaltung der Berliner Polizei und ihr in Wirklichkeit nicht vorhandenes Privatleben gegeben. Außerdem hatte sie versprochen, die Tage mal zum Abendessen zu kommen. »Es bleibt aber alles beim Alten«, sagte sie, bevor sie ging. »Ich will, dass du die Schlüssel behältst und ein Auge auf die Kate hast, wenn ich nicht da bin. Ach ja – nicht du solltest mich einladen, sondern ich dich!« Jette winkte ab. Sie war eigen, was das Essen betraf, betrat niemals ein Restaurant und war bekannt dafür, sogar zu Feiern ihre Tupperdosen mit Selbstgekochtem mitzubringen.

»Ein anderes Mal«, erwiderte sie. Es war ihre Standardantwort. Sie winkte Kari nach, als diese davonfuhr.

Etwas ging Kari im Kopf herum, aber so richtig zu fassen bekam sie es nicht. Weil die Gedanken keine Ruhe gaben, fuhr sie an diesem Morgen erneut nach Wyk zu Wiebkes Eltern. Frau Jaspers blickte Kari traurig an, als die fragte, ob sie kurz reinkommen könne.

»Ich muss Sie mal was fragen«, stieß sie, noch im Flur stehend, hervor. »Wollte Wiebke sich beruflich verändern?«

Es dauerte einen Moment, bis die Ältere reagierte. »Beruflich? Nein. Wiebke war doch zufrieden mit ihrer Stelle. Immerhin war sie stellvertretende Filialleiterin.« Ein wenig Stolz schwang in diesen Worten mit, verpuffte aber beim nächsten Satz. »Sie hat nicht viel gesprochen über ihre Arbeit.«

Dann hatte sie ihren Eltern also nicht erzählt, was sie vorhatte.

»Sie hat sich dazu um ein Ferienhaus in Utersum gekümmert. Das gehört Bekannten von uns.« Die waren weggezogen, vermieteten ihr Haus jetzt an Feriengäste. Wie so viele in der Gegend. Für Wiebke war es ein kleines Zubrot gewesen.

»Warum fragst du das denn?« Frau Jaspers hob den Kopf und sah Kari direkt an.

»Weil, wenn es stimmt, frage ich mich ...« Sie brach den Satz ab, als ihr klar wurde, wie unsensibel sie vorging. Sie konnte Wiebkes Mutter nicht mit einem vagen Verdacht konfrontieren. Andererseits war sie erst zwei Tage auf der Insel und hatte derartig widersprüchliche Aussagen zu hören bekommen, dass ihr die ganze Sache einfach keine Ruhe ließ.

»Vielleicht war sie doch nicht mehr glücklich in der Drogerie?«

»Nicht mehr glücklich?«, entgegnete Frau Jaspers. Die Verwirrung stand ihr ins Gesicht geschrieben. »Sie hatte doch alles, was sie sich wünschte. Nette Kolleginnen, sie war beliebt ...« Sie brach unvermittelt ab, schüttelte heftig den Kopf. Sie wusste nichts von einem geplanten Jobwechsel, schon gleich gar nicht von einer möglichen Selbstständigkeit. Ihren Mann brauche sie dazu gar nicht zu befragen, der wisse noch weniger als sie.

Blumen-Astrid lag in der Nähe des Wyker Hafens, im Erdgeschoss eines gepflegten Hauses. Angesichts der Temperaturen standen keine Pflanzen vor dem Geschäft, aber die bodentiefen Schaufensterscheiben boten einen Blick auf die bunte Pracht im Inneren. Als Kari die Tür öffnete, ertönte das Bimmeln einer altmodischen Klingel. Gleich darauf nahm sie intensiver Blütenduft gefangen. Sie verstand nichts von Pflanzen, aber in diesem Moment hätte sie am liebsten einen ganzen Arm voll gekauft, nur um ihre Nase in diese Duftsymphonie zu stecken.

»Moin.« Die Frau, die aus einem der Hinterzimmer in den Laden trat, war vermutlich Ende fünfzig, Anfang sechzig. Ihr krauses, graues Haar trug sie zu einem unordentlichen Knoten geschlungen. Die hellen grauen Augen blickten wach.

»Moin.« Bis jetzt hatte Kari nicht darüber nachgedacht, wie sie das Gespräch beginnen sollte. Sie hatte sich auf ihre Instinkte und ihr berufliches Know-how verlassen. In diesem Moment fiel ihr Blick auf eine Bodenvase mit langstieligen weißen Lilien und da wusste sie genau, was sie sagen musste.

»Sind Sie Frau Becker?«

Die Floristin nickte.

»Ich bin womöglich ein bisschen zu früh dran, aber ich wollte ein Trauergesteck vorbestellen.«

Astrid Becker zog einen Block aus einer Schublade unter ihrem Verkaufstresen hervor, suchte nach einem

Stift, fand ihn und schaute Kari auffordernd an. Auch ein bisschen neugierig.

»Ich bin Kari Lürsen. Die Enkelin von Hein aus Utersum.«

»Ach ja.« Ein Lächeln huschte über Frau Beckers Gesicht. »Dich hat man ja lange nicht mehr hier gesehen.«

»Ja. Jetzt bin ich für ein paar Urlaubstage hier und habe erfahren, dass eine Schulfreundin von mir gestorben ist.«

»Gestorben? Aha. War sie krank?«

Der Stift verharrte reglos über dem Papier.

»Nein. Sie wurde von der Flut überrascht.«

Frau Beckers Augen zogen sich kurz zusammen. »Sprichst du von Wiebke Jaspers?«

Kari bejahte und behielt Frau Becker fest im Blick. Die seufzte leise auf. »Das arme Mädchen. So eine schreckliche Geschichte.«

»Sie kannten sie?« Wenn Kari eine Informationsspur erahnte, gab es immer diesen Punkt, an dem sie sich fühlte wie ein Spürhund, der Witterung aufgenommen hatte. Es war ein leiser, unsichtbarer Ruck, der durch ihren Körper ging und sie zu höchster Konzentration befähigte.

Frau Becker senkte den Blick. Jetzt tanzte der Stift nervös zwischen ihren Fingern. »Ja, ich kannte sie.« Dann entschied sie, es sei genug. »Du möchtest also ein Gesteck für die Beerdigung? Steht denn der Tag schon fest?«

»Einen Termin gibt es noch nicht. Ich dachte mir, dass wir heute alles festlegen und ich den Auftrag dann endgültig erteile, sobald das klar ist.«

Frau Becker nahm sämtliche Daten auf, bevor sie sich den Pflanzen zuwandten. »Wenn Sie Wiebke kannten, wissen Sie doch sicher, welche Blumen sie besonders gernhatte«, schlug Kari den Bogen wieder zurück zur Bekanntschaft der beiden Frauen. Astrid Becker indessen schien auf einmal unschlüssig.

»Weiße Blumen mochte sie am liebsten«, entgegnete sie leise.

»Diese Lilien dort?«, schlug Kari vor.

Frau Becker zögerte, schüttelte bedächtig den Kopf. »Zu auffällig. Wiebke war … bescheiden. Sie hätte andere Blumen lieber gemocht.« Sie drehte sich langsam um sich selbst, mit einem Blick, als sähe sie ihre Auslage zum ersten Mal.

»Weiße Freesien müsste ich besorgen können. Und zartrosa Ranunkeln. Drei pinkfarbene Rosen dazu. Zur Auflockerung Gräser, die etwas überstehen. Das binde ich dir dann schön zusammen. Möchtest du eine Schleife?«

Kari nickte. »Auf jeden Fall. Helles Grün?«

»Da habe ich was Passendes.« Jetzt kehrte Frau Becker wieder zu ihrem Tresen zurück, um die Aufschrift für die Schleife zu notieren.

»In Freundschaft. Kari.« Während Frau Becker schrieb, fiel Kari zum ersten Mal auf, dass ihre Hände leicht zitterten. Dazu waren drei Finger mit Pflastern beklebt. Die Floristin bemerkte ihren Blick.

»Tremor. Wird nicht mehr besser. Macht die Arbeit manchmal schwierig. Aber keine Angst, noch kriege ich alles hin in meinem Geschäft.« Sie riss den Durchschlag des Auftrags vom Block und reichte ihn ihrer Kundin.

»Haben Sie denn keine Angestellten?«

Frau Becker hob die Brauen. »Jemanden einzustellen, das kann ich mir nicht leisten, das trägt dieser Laden nicht.«

»Gibt es niemanden, der mit einsteigen könnte?«

Frau Beckers Augen wurden wachsam. Sie betrachtete Kari einige Augenblicke. Aber die war es von Berufs wegen gewohnt, ein Pokerface aufzusetzen. Scheinbar zerstreut drehte sie den Ständer mit den Glückwunschkarten, der auf der Theke stand.

»Es gab eine Interessentin, die als Teilhaberin einsteigen wollte. Hat sich leider zerschlagen.« Frau Becker straffte ihre Schultern und sah Kari mit einem geschäftsmäßigen Lächeln an. »Ruf an, sobald du Bescheid weißt.«

Kari nickte. Sie hatte erfahren, was sie wollte. Wiebke hatte vorgehabt, bei *Blumen-Astrid* als Teilhaberin einzusteigen. Was hatte sie dazu veranlasst, ihr Angebot zurückzuziehen? Denn dass der Abbruch der geplanten Kooperation nicht von Frau Becker ausgegangen war, war offensichtlich.

Kapitel 8

Als sie aus der Blumenhandlung auf die Straße trat, kam ihr eine Frau entgegen, die sie erst auf den zweiten Blick erkannte, so sehr hatte sie sich innerhalb der letzten zwei Jahre verändert.

»Mareike«, rief Kari aus. Die andere hob den Blick vom Display ihres Handys.

»Kari. Was machst du denn hier?« Dann verdüsterte sich ihre Miene. »Bist du wegen Wiebkes Beerdigung gekommen?«

»Da steht bislang kein Termin fest«, entgegnete Kari. Ein bisschen erstaunt darüber, dass der anderen das nicht bekannt war. »Wiebkes Eltern sagen mir Bescheid, wenn es so weit ist.«

»Wie geht es ihnen?«

Kari hob die Schultern und ließ sie wieder sacken. »Sie können sich keinen Reim machen auf das, was geschehen ist. Sie denken, dass ich Ihnen helfen kann, das Rätsel zu lösen.« Sie lachte verlegen.

Mareike murmelte, dass man die Dinge manchmal einfach akzeptieren müsse, so wie sie waren. So schmerzhaft das alles auch sei.

Kari musterte ihre Schulfreundin. Mareikes rotes, von Natur aus welliges Haar, war kastanienbraun getönt und zu einem rasanten Kurzhaarschnitt getrimmt, der zudem nach einem ausgiebigen Einsatz eines Glätteisens aussah. Dunkler Kajal um die hellen grünen Augen, stark deckendes Make-up, das keiner Sommersprosse eine Chance gab, sich zu zeigen, und ein hellgraues Kostüm, das so perfekt saß, als sei es maßgeschneidert. Darüber ein offener, teuer aussehender Mantel, der die optische Veränderung zusätzlich unterstrich. »Willst du ebenfalls ein Trauergesteck bestellen?«

Mareikes Augen weiteten sich kurz, dann flog ihr Blick zum Blumenladen. »Äh. Nein. Heute nicht.« Sie wirkte irritiert. »Ich wollte einen Strauß abholen.«

Kari erinnerte sich, ein fertiges Gebinde gesehen zu haben. Groß und auffällig. »Gibt es was zu feiern?«, fragte sie.

»Ja!« Mareikes eben noch ernstes, fast schon abweisendes Gesicht erhellte sich. »Ich treffe mich gleich zur Schlüsselübergabe mit Kunden, denen ich ihr Traumhaus in Nieblum verkauft habe. Junges Paar, erfreulich solvent.«

»Oh. Ich dachte, du arbeitest jetzt auf Sylt?«

»Lass mich raten. Die Buschtrommel namens Sesle?«

Kari fand es unangebracht, so über ihre alte Freundin zu sprechen. Sesle war keine Klatschbase. »Sie meinte, du seist dort jetzt als Maklerin unterwegs. Stimmt das nicht?«

»Doch!« Mareike zog den dunkelgrauen Wollmantel enger um den Körper. Der Pelz am Kragen sah echt aus. So wie die Handtasche mit dem Doppel-C. Überhaupt sah Mareike wesentlich mehr nach Sylt aus als nach Föhr.

»Doch«, antwortete sie erneut, dieses Mal mit einem leichten Seufzen. Es klang ein bisschen genervt. »Ich vermakle Häuser und Wohnungen auf Sylt, aber auch hier auf der Insel. Immerhin lebe ich hier.« Sie warf einen Blick auf ihre Uhr. Die war das Produkt einer teuren Marke.

»Sorry, Kari. Aber ich wusste nicht, dass du in der alten Heimat bist, und ich bin heute in Eile. Das mit Wiebke ... das ist doch schlimm, oder?« Ihre Augen füllten sich urplötzlich mit Tränen, ihr Mund verzog sich vor Schmerz. »Ich bin noch ganz durcheinander deswegen.« Sie holte ein Stofftaschentuch aus ihrer Manteltasche, tupfte sich die Augenwinkel ab und schnäuzte sich heftig. Ihre Wimpern waren feucht und auf einmal sah Kari wieder ihre alte Schulfreundin vor sich. *Feuermelder* hatten einige sie wegen ihrer Haarfarbe gehänselt. Oder *Streichholz*, was weitaus verletzender gewesen war, denn Mareike war diejenige im Jahrgang gewesen, die als erste in die Höhe geschossen war, sich dabei am spätesten entwickelt hatte. Zwischen all den anderen Mädchen, die schon weiblichere Formen herausgebildet hatten, hatte sie lange Zeit einfach nur blass, dünn und kindlich gewirkt.

»Wollen wir mal was trinken gehen? Morgen oder übermorgen?« Sie sah Kari bittend an. Die nickte. »Ja? Ich rufe dich an.« Mareike legte ihr die Hand auf den Arm, drückte ihn kurz, um dann ihren Weg fortzusetzen. Kari sah ihr hinterher und sog den Duft eines edlen Parfüms ein. *Donnerwetter*, dachte sie. Da war aus Mareike, die früher eher mäßig erfolgreich gewesen war, doch offensichtlich eine gut situierte Maklerin geworden. Jemand, die sich aus ihrer Vergangenheit nicht nur im beruflichen Sinne befreit hatte.

Wiebke würde in Süderende, auf dem Friedhof St. Laurentii begraben werden, wie schon etliche ihrer Vorfahren. Zwar hatten weder sie noch ihre Eltern mehr in dem Ort gelebt, aber es war der Wunsch der Jaspers' gewesen, ihre Tochter dort zu bestatten. Sesle hatte keine Bedenken. Sie hatte Kari gebeten, ein paar Sätze über Wiebke zur Trauerrede beizusteuern. Um ihre Gedanken zu ordnen, setzte sich Kari nach ihrer Rückkehr vom Blumenladen in die Wohnstube von Heins Kate. Sie legte einen Block und einen Stift auf den Tisch vor sich und blickte aus dem Fenster. Was sollte sie über Wiebke schreiben? Ihre Erinnerungen wanderten zurück zu den Jugendtagen und ihrer Viererclique. Sesle war die Rebellische, Mareike die Ehrgeizige und sie, Kari, die Nachdenkliche gewesen. Wiebke war die fröhlichste von ihnen allen. Ein *Sonnenscheinkind*, so hatten sie ihre Eltern genannt. Ein hilfsbereites Mädchen. Jemand wie sie hatte genau zu Carl gepasst. Er glich ihre Schüchternheit mit seiner Kontaktfreudigkeit aus, die beiden galten lange Zeit als perfektes Paar. Karis Blick wanderte zu den Fotos auf Hein Lürsens Kamin. Besonders zu dem einen, das seit Jahrzehnten dort stand. Sie kannte es in- und auswendig. Dennoch erhob sie sich nun, um es in die Hand zu nehmen. Ihr Großvater, damals ein Mann in den besten Jahren, hatte den Arm um seinen Sohn, Karis Vater, gelegt. Die beiden standen nebeneinander, die Verwandtschaft unübersehbar. Fast gleich groß mit ihren eins fünfundachtzig. Dunkles, welliges Haar, dasselbe Lächeln. Nur, dass Heins Augen grau waren, die seines Sohnes bernsteinfarben. Der wiederum hielt seine Frau Trine im Arm. Eine schmale skandinavische Schönheit mit eisblauen, klaren Augen und lichthellem Haar. Carl und Kari befanden sich im Vordergrund des Fotos. Während Kari, die nach ihrem Vater kam, mit verhaltenem Lächeln in die Kamera blickte, zog der nordisch blonde Carl eine fröhliche Grimasse. Carl. Wenn jemand mehr über Wiebke wusste als eine ihrer Schulfreundinnen, dann er. Die beiden waren nach ihrer Trennung befreundet geblieben. Kurzentschlossen zog Kari ihr Handy aus der Tasche und tippte die Nummer ihres Bruders an.

»Ich weiß gar nichts. Glaub mir, als ich die Nachricht erhalten habe, war ich genauso schockiert wie ihre Eltern.« Carls Stimme klang fest, aber traurig.

»Wann habt ihr euch zuletzt gesehen?«, wollte Kari wissen.

Er musste überlegen. »Das ist lange her. Über zwei Jahre, wenn es reicht. Ich bin nicht mehr oft auf der Insel.« Nicht einmal zu Heins Bestattung hatte er es geschafft, weil er beruflich in New York gewesen war.

»Mein Leben ist jetzt hier, in Flensburg.« Dorthin hatte er das ihm vom Großvater vererbte Segelboot überführen lassen. Ein weiterer Schlussstrich unter sein altes Leben.

»Sesle hat mich gebeten, ein paar Sätze aufzuschreiben. Sag mir mal, was dir als Erstes in den Sinn kommt, wenn du an Wiebke denkst.«

Er musste nicht lange überlegen, es sprudelte nur so aus ihm heraus. Kari hatte Mühe, alles mitzuschreiben. Carls Erinnerungen an seine Jugendliebe entsprachen genau dem, was auch Kari aufgeschrieben hatte. »Lieb war sie, freundlich zu jedem. Bescheiden. Ein Mensch, der immer das Gute in anderen sah.«

»Du kommst doch zur Beerdigung?«, fragte Kari ihn am Schluss. Er zögerte, bejahte dann aber leise. »Ich freue mich«, sagte sie. Nachdem sie das Gespräch beendet hatte, wurde ihr klar, dass das stimmte. Sie freute sich, ihren älteren Bruder wiederzusehen. Nicht nur, weil er ihre einzige verbliebene Familie in Deutschland war. Als er über Wiebke gesprochen hatte, war einer seiner stärksten Wesenszüge deutlich geworden. Carl war warmherzig. Ein Typ, der sich für andere Menschen begeistern konnte. Ganz im Gegensatz zu Kari, die oft eine lange Anlaufzeit brauchte, um mit jemandem warm zu werden. Doch wenn sie sich öffnete, hielten die Freundschaften lange und waren von ihrer Seite aus loyal und liebevoll. So wie mit Sesle. Für die hatte sie nun ein knappes Dutzend Aussagen und Sätze, die sich gut in der Trauerrede machen würden, niedergeschrieben. Ehrliche Worte, keine Schmeicheleien. Das brauchte Wiebke nicht. Sie war einer der Menschen gewesen, die es anderen leicht machten, sie zu mögen. Und jetzt, mit einer zeitlichen Verzögerung von einigen Tagen, erreichte die Erkenntnis, dass sie unwiederbringlich fort war, nie mehr zurückkehren würde, nicht nur Karis Bewusstsein, sondern auch ihr Herz. Es war wie ein Hammerschlag, der ihr die Tränen in die Augen trieb. Mit jedem Bild aus der Vergangenheit wurde der Schmerz darüber, diese besondere Freundin verloren zu haben, größer und Kari konnte auf einmal nicht mehr aufhören zu weinen. Erst viel später, es dämmerte schon, beruhigte sie sich wieder. Und fasste einen Entschluss.

»Wiebke, du hast dich doch nicht einfach so umgebracht. Ich will wissen, was mit dir geschehen ist. Will wissen, was es dir unmöglich gemacht hat, weiterzuleben. Auch wenn ich dir in den letzten Jahren keine gute Freundin mehr gewesen bin, das bin ich dir schuldig.«

Kapitel 9

Mittwoch, 16. Februar

Am folgenden Tag meldete sich Herr Jaspers. Nachdem er sich bisher aus allen Gesprächen ausgeklinkt hatte, war Kari überrascht, seine Stimme am Telefon zu hören.

»Wiebke wird am Montag nächster Woche beerdigt. Vierzehn Uhr«, erklärte er ihr auf eine seltsam steife Art. Kari wusste, dass Menschen angesichts von Katastrophen, die über ihr Leben hereinbrachen, ganz unterschiedlich reagierten. Wiebkes Vater gehörte zu denjenigen, die pragmatisch handelten, wenn es etwas zu tun gab, und sich dadurch besser mit allem arrangierten. Sie hätte wetten können, dass Frau Jaspers wiederum völlig gelähmt zu Hause saß, sich in ihre Trauer ergab und nicht in der Lage war, auch nur einen Finger zu rühren. Kari bedankte sich für die Information. Sie hatte Sesle am Vorabend gemailt, was sie und Carl zusammengetragen hatten. Nun schickte sie ihrem Bruder eine Nachricht und meldete sich auch bei Astrid Becker.

*Ich hole das Trauergesteck am Montag gegen Mittag
bei Ihnen ab.*

Zwischen eins und drei war das Blumengeschäft geschlossen, sie würde rechtzeitig dort sein müssen.
Dann erst fiel ihr etwas ein, das sie bisher nicht bedacht
hatte. Sie hatte keine schwarze Kleidung dabei, wenn
man einmal von einer ziemlich ramponierten Jeans absah. Die war für eine Beerdigung keineswegs angemes-
sen. Mit einem leisen Fluch wühlte sie alles durch, was
sich in ihrem kleinen Reisekoffer befand, fand aber
nichts, das für diesen traurigen Anlass geeignet war. Da
half nur eins. Sie würde nach Wyk fahren müssen, um
sich zumindest eine schwarze Hose und einen schwarzen Pullover zu besorgen. Ihre dunkelblaue Daunenjacke würde sie drüber tragen können, das sollte kein
Problem sein. Nach der Beerdigung luden die Eltern zu
Kaffee und Kuchen. Angesichts des fragilen Zustands
von Frau Jaspers hielt Kari das für keine gute Idee. Aber
so war es nun einmal Brauch. Sich gemeinsam mit
Menschen, die Wiebke nahegestanden hatten, an sie erinnern, sich auf diese Weise im Geiste verabschieden.
In angemessener Trauerkleidung. Kari warf einen
Blick auf den Busfahrplan und machte sich gleich darauf auf, in die Inselhauptstadt zu fahren.

Magnus Bracht zog Karis Blicke nicht nur wegen seiner Größe auf sich.

Kari war nach einer fast dreiviertelstündigen Bus-
fahrt, die ihr die Möglichkeit gegeben hatte, das Land
und die verschiedenen Ortschaften zu betrachten, an
der Haltestelle in der Nähe des Wyker Glockenturms,

des Wahrzeichens der Stadt, angekommen. Sie war die Mittelstraße und den Sandwall entlanggegangen, hatte in einigen Geschäften gestöbert und schließlich, nach längerem Suchen, ein Bekleidungsgeschäft bepackt mit diversen Tüten verlassen. In denen befanden sich eine schwarze, weich fallende Wollhose und ein ebenso schwarzer Mohairpullover – letzterer stark im Preis herabgesetzt. Danach war sie ein Stück auf der Strandpromenade geschlendert, hatte in einem Café eine heiße Schokolade getrunken und befand sich nun an der Bushaltestelle am Fährhafen, als sie ihn sah. Er stand nur wenige Meter entfernt, so vertieft in das Gespräch mit einer Fremden, dass er nichts anderes um sich herum wahrzunehmen schien. Die Frau war klein, nicht nur im Vergleich zu ihrem Gesprächspartner. Sie hatte das herzförmige Gesicht zu ihm gehoben, es glühte förmlich vor Bewunderung. Beide lachten über irgendetwas, das Magnus gesagt hatte. Dann legte er seinem Gegenüber die Hand auf die Schulter. Die Geste hatte etwas Intimes an sich und Kari wandte sich ab. Sie wollte auf keinen Fall den Mann ihrer Freundin heimlich beobachten. Auch wenn sie gar nichts für die Situation konnte und sie sich beileibe nicht gewünscht hatte. Dennoch bekam sie mit, wie die Frau den Weg zur Fähre nach Dagebüll einschlug, noch einmal zurückwinkte, bevor sie im Aufgang verschwand. Erst als sie im Bus saß, gestattete Kari sich, über das, was sie gesehen hatte, nachzudenken. Magnus war kein im landläufigen Sinne attraktiver Mann. Eher einer, der mehr durch seine freundliche Art und seine Ausstrahlung denn durch sein Aussehen punktete. Dennoch hatte sie jetzt zum zweiten Mal bemerkt, dass eine andere als

seine eigene Frau ihn auf eine Weise ansah, die Rück-
schlüsse auf ihre Gefühle ihm gegenüber zuließ. Wieder musste sie an das Foto denken. Wiebkes Blick hatte
dem Fotografen gegolten. War es reine Sehnsucht gewesen? Oder der Blick einer heimlichen Geliebten?
Falls Magnus Sesle betrog, ging das sie, Kari, überhaupt
nichts an. Wenn aber Wiebke sich aus unglücklicher
Liebe das Leben genommen hätte, sähe das anders aus.

Jette hatte das Haus nicht betreten, um ihre Nachricht
abzugeben. Sie hatte den Zettel in den Briefkasten geworfen.

Heute Abend, 18 Uhr. Es gibt vegetarische Lasagne.

Jetzt war die ältere Nachbarin also auch noch Vegeta-
rierin geworden. Kari konnte sich ein Grinsen nicht
verkneifen. Mit einer so frühen Einladung hatte sie
nicht gerechnet. Dieser Tage – das klang für sie immer
nach: nicht vor nächster Woche. Da sie nichts anderes
geplant hatte, freute sie sich jedoch auf das Essen. Zunächst aber klappte sie ihren Laptop auf, ging ins Netz
und checkte ihre E-Mails. Eine Freundin aus Berlin lud
sie zu einer Feier ein und sie sagte ab mit der Begründung, nicht in der Stadt zu sein. Sesle bedankte sich für
Karis Nachricht und die Mühe, die sie sich mit den
schriftlichen Erinnerungen an Wiebke gemacht hatte.
Kommst du vor der Beerdigung nochmal vorbei? Auf
einen Kaffee oder Tee? Ich würde mich freuen!
schrieb sie dazu. Von Jo Weinheimer kein Wort. Ohne
es zu bemerken, begann Kari, an ihrem Daumennagel
zu kauen. Was, wenn alles zu spät war? Wenn sie nie

wieder in den Dienst zurückkehren konnte? Mit einem Knall schloss sie den Deckel des Laptops. Sie musste sich ablenken. Mit etwas, das sie nicht deprimierte. Etwas, das sie Mut und Zuversicht verspüren ließ. Las man das nicht immer wieder, dass die eigenen Gedanken das Leben formten? Selbsterfüllende Prophezeiung. Wer Schlechtes erwartete, bekam es. Wer Positives erwartete, ging angeblich leichter und müheloser durchs Leben. Nur, wie sollte das gehen, wenn das Damoklesschwert der Entlassung aus dem Dienst über einem schwebte?

Sie schob die düsteren Gedanken weg und öffnete ihren Laptop erneut. Sie selbst hatte aus nachvollziehbaren Gründen keinen Account bei Facebook. Aber einen Zugang, den sie benutzte, wenn sie sich dort umschauen wollte. In den loggte sie sich jetzt ein. In Wiebkes Profil erkannte sie dasselbe Foto, das diese seit Jahren nutzte. Mehr hatte sie nicht öffentlich geteilt. Und der letzte Post lag schon ewig zurück. Sie loggte sich aus, ging zum Fenster und schaute nach draußen. Graue Wolkenmassen bedeckten den Himmel, zogen träge landeinwärts. Ob sie heute ein weiteres Mal joggen sollte? Die Bewegung beruhigte sie normalerweise. Aber schon bei der Vorstellung verlor sie die Lust. Die innere Unruhe, die sie erfasst hatte, ließ sich damit nicht bekämpfen. Sie ging zurück ins Zimmer. Trine hatte alles so gelassen, wie sie es vorgefunden hatte. Es wäre eine gute Idee, jetzt, wo sie schon einmal hier war, gründlich aufzuräumen. Auszumisten. Irgendwann musste sie sich zudem Gedanken darüber machen, was mit der Kate geschehen sollte. Verkaufen? Trine hatte bei der Veräußerung des Familienanwesens ganz schön abkassiert. Danach war dort in Windeseile renoviert, restauriert, angebaut worden. Leicht war das sicher nicht gewesen, denn das Haus stand, wie viele andere auf der Insel, unter Denkmalschutz. Trotzdem gaben Festländer Beträge im siebenstelligen Bereich aus. Karis ehemaliges Elternhaus befand sich in wunderschöner Lage am Triibergem auf einem großen Grundstück. Den Garten mit den alten Obstbäumen, den Sanddornhecken und Hundsrosen hatten die jetzigen Besitzer durch einen Bauerngarten ersetzt, der im Winter schrecklich kahl und verfroren aussah. Dafür hatten sie die ausgeblichenen Fensterläden in einem dunklen Türkiston gestrichen, der Kari wider Willen gut gefiel. Sie war am Vormittag zweimal dort vorbeigefahren. Hätte sie es behalten, wäre sie an der Stelle ihrer Mutter gewesen? Ein so großes Anwesen? Das gepflegt werden musste. Nicht zu vergessen die Versicherung, die für ein Reetdachhaus dreimal so teuer war wie für ein anderes. Das Ganze für eine Person. Rational betrachtet war Trines Entscheidung nachzuvollziehen. Was Kari wurmte, war die Art und Weise, wie alles vonstattengegangen war.

»Ihr erbt Heins Kate beziehungsweise sein Boot und bekommt darüber hinaus einen Anteil am Verkauf unseres Hauses von mir. Was ihr damit anfangt, ist eure Sache. Ihr könnt euch dadurch etwas Eigenes leisten. Hier auf der Insel oder woanders.« Trine hatte sie vor vollendete Tatsachen gestellt. So war es ihre Art und das war der Grund, warum Kari mit ihrer Mutter nie wirklich warm geworden war. Sie hatte sie sich mütterlich und herzlich gewünscht, musste sich jedoch mit kühlem Pragmatismus abfinden. Ihren Vater hatte das nie gestört. Er hatte seine Frau genau so geliebt, wie sie war. Und Carl? Zumindest hatte er nicht gegen Trine rebelliert und ihr den Verkauf des Hauses nicht übel genommen. Obwohl sich Karis Herz beim ersten Anblick ihres ehemaligen Elternhauses zusammengezogen hatte, konnte sie schon jetzt, ein paar Stunden später, pragmatischer mit der Situation umgehen. In diesem Moment fiel ihr der Mietvertrag für die Garage ein. Sie musste ihn umschreiben. Einen Augenblick lang dachte sie darüber nach, Bent Sörensen zu kündigen. Sollte er doch mit seinem Angeber-Lamborghini auf der Insel für Furore sorgen! Schon siegte aber der gesunde Menschenverstand. Der Kneipenwirt zahlte pünktlich und das Geld würde helfen, die Kate irgendwann zu modernisieren. Falls sie sie behielt.

»Natürlich behältst du das Haus!« Jette stemmte empört die sehnigen Arme in die Hüften. »Es ist eine Sache, die dich auf der Insel hält. Dein Rückzugsort. So etwas braucht jeder Mensch, der an der Küste geboren ist. Wir alle haben unsere Wurzeln im Meer.« Kari verzichtete auf den Hinweis, dass sie in Hamburg auf die Welt gekommen war und auch ihre ersten Lebensjahre dort verbracht hatte. Ebenfalls darauf, Jette auf deren eigene küstenferne Geburt in der Prignitz hinzuweisen. Sie würde Letzteres sowieso wegwischen, weil sie schon so lange hier lebte, sich als eine echte Küstenfrau fühlte. So bezeichnete sie sich nämlich. »Mir macht es nichts aus, dort drüben nach dem Rechten zu sehen, wenn du nicht da bist«, beendete sie die Diskussion.

»Sag mal. Der Wagen, der in der Garage steht. Wird der manchmal ausgefahren?«, lenkte Kari das Gespräch in eine andere Richtung.

Jette schob die Unterlippe vor. »Habe ich nie gesehen.« Sie zeigte mit der Hand zum Küchenfenster. Es ging genau zu dem Teil des Nachbargrundstücks hinaus, auf dem die Garage stand. »Wenn dieser Pächter mal hier aufgetaucht wäre, hätte ich ihn bemerkt.«

Jettes Haus war nur unwesentlich größer als das Nachbarhaus, aber luftiger. Das Untergeschoss bestand hauptsächlich aus einem einzigen Raum, lediglich um Küche und Vorratsraum, ein kleines WC und das daran angrenzende Kabuff für Putzutensilien waren die Wände stehen geblieben. Schwere Holzbalken zogen sich unter der Decke entlang. An den weiß gekalkten Mauern hingen farbenfrohe Ölbilder, die überwiegend Schlieren, Strudel und geheimnisvolle Wolkenformationen zeigen sollten, und aus dem hell gebeizten Boden wuchsen hohe Vasen, auf denen Seegras vor Grün- und Blautönen zu wogen schien. Im Obergeschoss gab es ein Schlafzimmer und ein Bad. Solange Kari denken konnte, hatte ihre Nachbarin das Haus alleine bewohnt.

»Was ist denn, wenn mit dir was wäre?«

»Du meinst krank oder tot?« Jette stellte eine Flasche Wein neben die Wasserkaraffe auf den Tisch und bat Kari mit einer Handbewegung, Platz zu nehmen und die Gläser zu füllen. Sie setzte sich und blickte in den Garten hinaus. Mehrere abgeerntete Gemüsebeete zogen sich auf der linken Seite bis zu der Windschutzhecke, die das gesamte Grundstück umrandete. Rechts davon standen ein geschlossenes Frühbeet und ein

Gewächshaus. Im hinteren Teil befand sich ein abgedeckter Komposthaufen unter einem Holunderbusch. Alles wirkte akkurat angelegt und gepflegt. Jettes Kater, ein flinker grauer Tiger mit wachem Blick, kam miauend in den Raum und hüpfte ihr auf den Schoß.

»Da gibt es dann jemanden, der sich um meine Angelegenheiten kümmert.« Jette war nicht pikiert über Karis Frage. Schon immer war sie den Dingen um Leben und Tod pragmatisch begegnet.

»Du stehst auf der Liste der Personen, die man dann automatisch benachrichtigt«, fuhr Jette fort. Ihr Ton sagte: Das wird noch lange nicht der Fall sein.

Kurz darauf stand eine dampfende Auflaufform auf dem Tisch und Kari lief beim Anblick der dick mit Käse überbackenen Lasagne das Wasser im Mund zusammen. »Vegetarisch, nicht vegan?« Ihre Berliner Freunde übertrieben es für ihren Geschmack zuweilen mit ihren kulinarischen Experimenten. Kari erinnerte sich mit Grausen an ein Gericht, über dem etwas zerlaufen gewesen war, das ausgesehen hatte wie Käse, aber geschmeckt hatte wie Gummireifen.

»Keine Bange. Der Mozzarella ist echt.« Jette lächelte kurz und verteilte zwei Portionen auf die vor ihnen stehenden Teller. »Auf ein glückliches und langes Leben«, prostete sie ihrem Gast zu. Kari schielte unterdessen nach dem Salzstreuer. Jette war eine gute Köchin, aber ihre Abneigung gegen Salz war legendär. »Es macht krank«, verkündete sie ein ums andere Mal. Hatte dennoch immer einen kleinen Vorrat für Gäste parat. Kari entdeckte die Mühle hinter der Salatschüssel und betätigte gleich darauf den Drehmechanismus.

»Alles aus dem Garten« Jette kaute schon an ihrem Feldsalat. »Dieses Jahr war die Ernte besonders üppig. Der Vorratsraum ist voll mit Eingemachtem.«

Bevor Kari antworten konnte, brummte ihr Handy.

»Entschuldigung«, murmelte sie und warf einen Blick darauf. Es war die Nummer der Familie Jaspers. Sie steckte das Mobiltelefon weg. Sie würde sich die Nachricht später durchlesen. Nach dem Essen. Und nachdem sie Jette noch ein bisschen auf den Zahn gefühlt hatte, was *Blumen-Astrid* betraf. Und Magnus. Wenn er einen *Ruf* hatte, würde Jette das wissen. Aber noch war sich Kari nicht im Klaren darüber, wie sie das Gespräch auf den Mann ihrer Freundin bringen sollte, ohne neugierig oder illoyal zu wirken.

Nach dem Essen kochte Jette einen ihrer Kräutertees. »Zitronenverbene. Gut für die Verdauung«, erklärte sie. An den Türstock gelehnt sah Kari ihr dabei zu, wie sie die Blätter in eine Glaskanne gab, sie mit sprudelndem Wasser übergoss und eine zweite Kanne, auf der ein Sieb lag, danebenstellte. Während der Tee zog, betrachtete Kari die Ansammlung verschiedener Blechdosen und Glasbehälter, die, fein säuberlich beschriftet, auf einem Wandregal standen.

»Was ist denn Jiaogulan?«, wollte sie wissen. Sie erfuhr, dass es sich um die sogenannte *Pflanze des ewigen Lebens* handelte. »Der Tee schmeckt leicht zimtig und sogar ein bisschen süß«, erläuterte Jette. »Und weil ich täglich eine Tasse davon trinke, gehe ich davon aus, steinalt zu werden.«

»Ich habe Carl erreicht«, läutete Kari den Teil der Unterhaltung ein, der ihr am schwersten fiel. Sie saßen wieder am Esstisch, die Kanne mit dem dampfenden Tee zwischen sich. Kari pustete über ihre Tasse und nippte an dem heißen Getränk. »Wir haben gemeinsam einen kleinen Gedenktext für Wiebke verfasst. Sesle hatte mich darum gebeten. Du weißt, die Pfarrerin.«

»Gute Frau«, antwortete Jette. »Kommt hervorragend an in der Gemeinde.« Inzwischen saß der Kater bei Kari auf dem Schoß und ließ sich streicheln. Ihr fiel auf, dass Kater und Jette dieselbe Augenfarbe hatten. Ein lebendiges Blau.

»Gehst du zu ihr in den Gottesdienst?«

»Nee. Ich begegne Gott jeden Tag. In meinem Garten, wo alles wächst, was ich zum Leben brauche.«

Große Worte waren nie Jettes Ding gewesen.

»Sie hat so eine süße Familie«, fuhr Kari fort. »Der kleine Lars ...« unwillkürlich lächelte sie beim Gedanken an Sesles Sohn.

»Ja, ja.« Jette schien sich nicht besonders für die Brachts zu interessieren. Sie betrachtete Kari, als wolle sie etwas fragen. Aber es kam nichts.

»Ihr Mann richtet doch Immobilien für den Verkauf her«, fuhr Kari fort.

Jette zuckte mit den Achseln. Erneut war die Antwort einsilbig, wenn man Jettes Brummen so nennen wollte. Danach herrschte eine Weile Schweigen.

»Was macht deine eigene Familienplanung?« Jette hatte sich Kari wieder zugewandt.

»Gibt es im Moment nicht.« Das stimmte. Selbst wenn sie jemanden hätte, was nicht der Fall war, verspürte sie nicht im Geringsten einen Kinderwunsch, hatte nie darüber nachgedacht, Mutter zu werden.

»Und du? Wolltest du nie ...«, stellte Kari die Gegenfrage.

Jette winkte so energisch ab, dass Kari den Rest des Satzes einfach im Raum stehen ließ.

»Na ja, Sesle und Magnus machen jedenfalls einen sehr glücklichen Eindruck.«

Jette erwiderte nichts. Abermals schwiegen sie. Das Thema war für Jette offensichtlich uninteressant. Würde Kari weiter bohren in Bezug auf Sesles Mann, würde es der Älteren auffallen. Kari beschloss, eine andere Gelegenheit zu nutzen, um nach Magnus zu fragen. Darüber hinaus fiel ihr der Anruf ein. Sie würde sich bald verabschieden. Es war noch früh genug, um Wiebkes Eltern zurückzurufen.

»Ich glaube, ich muss dann mal.« Sie erhob sich und klopfte sich auf den Bauch zum Zeichen, wie satt sie war. »Es war köstlich. Danke dir.«

Jette wandte sich ihr zu. Sie war Frühaufsteherin, ging entsprechend früh zu Bett und hielt ihre Gäste nie mit Floskeln vom Aufbrechen ab. »Es ist nicht immer alles so, wie es scheint«, sagte sie dann. Scheinbar völlig aus dem Nichts. Kari wusste, dass sich die Bemerkung auf ihre Worte über Sesle und ihre Familie beziehen musste. Auf einmal schlug ihr Herz etwas heftiger. Wusste Jette etwas über Magnus? Vielleicht sogar über Magnus und Wiebke? Der Kater schloss kurz die Augen, als wolle er ihr ein Zeichen geben. Dass es für heute genug war. Jette war ihr gegenüber immer offen gewesen, aber sie war keine Klatschtante. Sie würde nichts mehr sagen.

»Danke. Für alles.« Zum Abschied umarmten sie sich, dann stand Kari draußen in der Kälte und starrte in den schwarzen Himmel hinauf. Es roch nach Salz und Wasser, und feuchte Luft legte sich wie ein dünner Film auf ihr Gesicht. Sie mochte das. Dieses Klare, Kühle. Einen Moment lang fragte sie sich, wie sie es so lange in Berlin hatte aushalten können. Dieser Stadt, die die Menschen aufzufressen schien, weil sie ihnen keine ruhige Minute gönnte. Im nächsten Augenblick überlegte sie, wie sie es ohne Berlin aushalten sollte. Und gleich darauf fragte sie sich, was das für ein Schatten war, der um ihr Haus strich.

Kapitel 10

»Hey!« Die wenigen Meter hatte sie im Sprint zurückgelegt und dabei automatisch an ihre Hüfte gegriffen. Scheiße! Da war nichts. Ihre Dienstwaffe lag nutzlos in Jos Safe, während sie sie hier und jetzt zu ihrer Beruhigung gut hätte brauchen können. Als sie vor der Kate angekommen war, war der Schatten verschwunden. Rund herum blieb alles ruhig. Ihr Herz klopfte. Das große Gatter, die Ausfahrt von Schuppen und Garage, war geschlossen. Im Gegensatz zum kleinen Gartentor. Das stand halb offen, obwohl sie es vorhin zugezogen hatte. Lautlos ging sie hindurch und schlich sich seitlich am Haus entlang nach hinten. Dort war sie so sehr darauf gefasst gewesen, jemand Fremdes zu erwischen, dass sie fast enttäuscht war, als sie niemanden erblickte. Der Garten war leer. Dieser Jemand müsste schon die Gabe besitzen, sich in einen Busch oder Strauch zu verwandeln. Der Schuppen war, wie üblich, offen. Ihr Rad stand dort genau so da, wie sie es zurückgelassen hatte. Auch hier versteckte sich niemand. Ihr Blick wanderte zur Garage daneben. Es war zu dunkel, um gut zu sehen. Sie ging zum Tor. Es war geschlossen. Ratlos drehte sie sich einmal um sich selbst. Nichts.

Niemand. Hatte sie sich getäuscht? Die Vordertür des Hauses war fest verschlossen. Im Licht ihrer Handylampe konnte sie keinerlei Einbruchsspuren feststellen. Sie lief auf die zweite Querseite, wo eine Regentonne auf der einen und der ums Grundstück laufende Holzzaun auf der anderen Seite einen Durchgang ließen. Niemand zu sehen. In der Umgebung war es stockdunkel. In den anderen Gärten, alle viel weiter entfernt, als man sich das in den überfüllten Städten vorstellen konnte, blieb es ruhig. Die Person, die sich vor wenigen Minuten noch hier herumgetrieben hatte, kannte sich offenbar gut genug aus, um über die andere Seite des Gebäudes geflüchtet zu sein, während sie sich von gegenüber genähert hatte. Oder Kari hatte sich getäuscht. Sich vom Schatten eines Strauchs erschrecken lassen. Immer noch nicht ganz beruhigt betrat sie endlich die Kate, schloss von innen ab und ging in die Küche. Ihr Blick verharrte an der Hintertür. Sie war verschlossen, auch der Haken hing in der Öse. Unschlüssig stand sie herum, dann beschloss sie, erst einmal die Nachricht der Familie Jaspers abzuhören.

Frau Jaspers' Stimme auf der Mobilbox hörte sich verzweifelt an, sie konnte kaum einen Satz richtig zu Ende sprechen. Irgendetwas hatte Wiebkes Eltern zugesetzt, aber Kari verstand nicht, worum es ging. Als sie auf Rückruf drückte, kam das Besetztzeichen.

»Kannst du morgen mal zu uns kommen?«, hatte die Frage gelautet. Somit rechnete das Ehepaar wohl gar nicht damit, dass sie sich vorher melden würde. Nachdenklich blieb Kari mitten im Raum stehen, das Handy ans Kinn gedrückt. Was immer die beiden älteren

Herrschaften so in Aufruhr versetzt hatte, sie würde es morgen erfahren. Aber wer vorhin am Haus gewesen war, konnte sie mit etwas Glück heute noch klären. Sie tippte die Festnetznummer der *Blauen Möwe* ein. Nach dem zwölften Klingeln wurde abgenommen.

»Ja?«, fragte Bent Sörensen knapp und leicht ungeduldig. Oder außer Atem? Im Hintergrund konnte Kari die üblichen Geräusche einer Kneipe vernehmen. Stimmengewirr – so wie es sich anhörte, war die Gaststätte voll, – Gläserklirren, Lachen.

»Warst du eben bei mir am Haus? Oder bei der Garage?«, fragte sie.

»Frau Lürsen. Bist du das?« Er hörte sich amüsiert an.

»Ja. Warst du?«

Einen Moment lang blieb es still, sie erkannte an der Geräuschkulisse, dass er den Platz an der Theke verließ und einen etwas ruhigeren Ort aufsuchte. »Nein«, antwortete er. »Warum fragst du?«

»Weil vorhin jemand hier herumgeschlichen ist. Dich kann ich also von der Liste streichen?«

»Was sollte ich mitten in der Nacht in der Garage tun?«

»Dein Auto ausfahren?«

Er schwieg so lange, dass sie das Gefühl hatte, sich in Erinnerung bringen zu müssen. »Noch da?«

»Ja. Aber meine Hütte hier ist voll und ich muss. Tschau.«

Aufgelegt. Irrte sie sich oder hatte er sich am Ende des Gesprächs etwas beunruhigt angehört? Immerhin war der Wagen, um den es ging, ein kleines Vermögen wert. Umso verwunderlicher, dass er ihn in einer solch einfachen Garage wie der von Hein Lürsen untergestellt hatte. Oder war genau das vielleicht sogar der Grund dafür? Wer kam schon auf den Gedanken, ausgerechnet dort nach einem Lamborghini Espada zu suchen? Ob es eine gute Idee war, den Mietvertrag zu verlängern? Wer wusste schon, welch finstere Gestalten sich hier alles zu schaffen machen würden, wenn sich das erst einmal herumsprach. Gleich darauf beruhigte Kari sich wieder. Es gab kein Fenster in der Garage, durch den winzigen Belüftungsschlitz unterm Dach konnte niemand schauen, und wenn sie Bent richtig verstanden hatte, wurde der Wagen so gut wie nie herausgeholt. Wofür auch die fehlenden Nummernschilder sprachen.

Nachdenklich lief sie im Wohnraum auf und ab. Kam zu dem Schluss, dass sie sich getäuscht haben musste. Einen Schatten gesehen hatte. Sie war einfach zu nervös, seit … Auf einmal war es ihr, als stünde ihr ganzer Körper unter Strom. Hatte *er* sie gefunden? *Stopp!*, befahl sie sich gleich darauf. *Analysiere die Situation. Er* kannte weder ihren richtigen Namen, noch wusste er, wo sie großgeworden war. *Er* ahnte vielleicht nicht einmal, dass sie BKA-Beamtin war. *Er* war verschwunden seit diesem Einsatz, der so schiefgelaufen war, wie es nur ging. Sie hatte keine Ahnung, wo sich sein Versteck befand. Zu gerne hätte sie ihn aufgestöbert, aber noch gab es kein Zeichen von Jo, ihrem Vorgesetzten, dass sie wieder im Rennen war. Im Dienst. Das Adrenalin, das mit einem Mal in ihren Adern kreiste, machte sie hellwach. Sie fühlte sich wie ein Rennpferd kurz vor dem Start. Jetzt hätte sie gerne Boxhandschuhe angezogen und auf einen Sandsack eingedroschen, bis ihre Muskeln brannten und die Beine zitterten. Bis jeder einzelne beunruhigende Gedanke aus ihrem Kopf verschwunden war. Nur gab es das alles hier nicht. Sie überlegte, ob es reichen würde, auf eines von Heins übergroßen Sofakissen einzuschlagen. Die verblichene Gobelinstickerei hatte sie schon immer schrecklich gefunden. Aber nein – sie hätte sich gefühlt wie Diane Keaton in einer ihrer Dramödien und nicht wie eine taffe BKA-Beamtin. Blieb etwas anderes, das zuverlässig dafür sorgen würde, das überschüssige Adrenalin abzubauen.

Kapitel 11

Donnerstag, 17. Februar

Am Donnerstagmorgen wurde Kari von lautem Klopfen geweckt. Sie wühlte sich desorientiert aus ihrem Bett und taumelte zur Tür.

»Ja, ja. Ich komme doch«, rief sie. Im Vorbeigehen warf sie einen Blick in den Spiegel im Flur. Ihre Haare standen zu Berge und das T-Shirt, das sie zum Schlafen trug, hatte schon bessere Tage gesehen.

Sie riss die Tür auf und prallte regelrecht zurück. Bent Sörensen starrte sie an. Zuerst sah er ihr ins Gesicht, dann wanderte sein Blick nach unten. Kari wurde sich ihrer nackten Beine bewusst. Und der Tatsache, dass ihr Shirt hochgerutscht war, als sie sich die Haare zurückgestrichen hatte.

»Was willst du in aller Herrgottsfrühe hier«, bellte sie. Jedenfalls hörte es sich so an. Was nach den Geschehnissen des Vorabends nicht ganz verwunderlich war.

»Es ist halb zehn.« Seine Augen zogen sich leicht zusammen. »Soll ich uns einen Kaffee machen?«

»Einen … was? Nein!« Wie führte der sich denn auf. Als sei er hier zu Hause.

»Ich muss mit dir sprechen und du siehst aus, als
bräuchtest du eine Dusche.«

»Was ist denn so wichtig, dass du so einfach hier auf-
tauchst?« Irgendwie stand ihr Besucher viel zu nahe bei
ihr und sie trat einen Schritt zurück. Bent schien das als
Aufforderung zu verstehen. Er folgte ihr und auf einmal befanden sie sich beide im Haus. Kari war kalt geworden, an ihren Beinen lief die Gänsehaut hoch und
runter und das T-Shirt hielt auch nicht warm. Sie warf
die Tür zu und nickte. »Okay. Dann mach Kaffee.« Sie
winkte in Richtung der Küche und verschwand im Badezimmer.

Eine Viertelstunde später saßen sie sich an Heins
massivem alten Holztisch gegenüber. Zwischen ihnen
dampfte frisch aufgebrühter Kaffee. Karis Besucher
hatte zwei Zimtschnecken mitgebracht, die klebrig und
süß und überaus lecker schmeckten. Selbstgebacken,
wie die Tupperschale auf dem Tisch bewies.

»Es ist wegen der Garage«, kam er endlich auf den
Grund seines Hierseins zu sprechen. »Ich habe mir Gedanken gemacht.«

Falls er kündigen wollte, könnte er das schnell und
unkompliziert haben, gab sie ihm zu verstehen. Aber
das war es nicht, was ihn umtrieb. »Ich möchte ein besseres Schloss einbauen. Auf eigene Kosten natürlich.«

Kari hob die Augenbrauen. »Ein besseres Schloss?«
Offiziell wusste sie ja gar nicht, was für ein Schätzchen
der Kneipier bei ihr untergestellt hatte. »In das alte Garagentor? Das stelle ich mir schwierig vor.«

»Geht schon«, antwortete er so schnell, als habe er den
Einwand vorhergesehen. »Mir ist nicht ganz wohl bei
dem Gedanken, dass nach Heins Tod jetzt niemand

mehr ständig hier im Haus wohnt. Und nachdem du gestern so Andeutungen gemacht hast ...« Eine vielsagende Handbewegung beendete den Satz. Sie kaute schweigend, trank einen Schluck von ihrem Kaffee, schwarz mit etwas Zucker, das hatte er sich gut gemerkt.

»Tja, von mir aus. Bau halt ein neues Schloss ein.«

Er wirkte erleichtert.

»Aber wir müssen den Mietvertrag umschreiben.«

»Daran wollte ich dich ebenfalls erinnern.« Er grinste. Das Funkeln in seinen Augen brachte sie dazu wegzusehen. Heute früh sah er sogar besser aus als am Abend in seiner Kneipe. Das Haar fiel ihm frisch gewaschen und fluffig bis fast auf die Schultern, der Dreitagebart stand ihm ausgezeichnet. Und er roch gut. Nach etwas, das Kari mit Nadelwald und Farnkraut in Verbindung brachte. Und mit Mann. Sie schob eine Haarsträhne hinters Ohr. »Ich mache das Dokument gleich heute fertig. Kann ich es später bei dir ausdrucken?«

»Klar.« Er wischte sich einen Krümel vom Mund, zerknüllte seine Serviette und lehnte sich entspannt zurück.

»Was steht denn in der Garage?«

»Wie?« Er blinzelte überrumpelt.

»Das Auto. Das ein besonders dickes Schloss benötigt.«

»Ach das!« Er winkte ab, sah ihr aber nicht in die Augen. Rieb sich die Nase.

Kari grinste in sich hinein. Er wollte sie anlügen. Da hatte er sich die Falsche ausgesucht.

»Familienerbstück«, presste er dann hervor. »Hat reinen Erinnerungswert.«

»Verstehe. Darum also wird der Wagen nicht gefahren.«

»Genau.« Jetzt grinste er wieder. Ganz der charmante Typ. »Wo wir das geklärt haben – ich bin ab fünf in der Kneipe zu erreichen.« Er erhob sich geschmeidig und Kari stellte erstaunt fest, dass sie es bedauerte.

»Kann ich dann aufs Grundstück, wenn ich so weit bin? Auch wenn du nicht da bist?«

»Na klar, jederzeit«, antwortete sie. Bemüht, ebenso unkompliziert zu wirken wie er.

»Prima. Tschau.« Er hob leicht die Hand und fand alleine hinaus. Kari blieb am Tisch sitzen, starrte auf den Rest Kaffee in ihrer Tasse und die Krümel auf ihrem Teller. Die Tupperdose hatte er vergessen. Sie würde sie am Nachmittag mitnehmen. Auf einmal fühlte sie sich mutterseelenallein. Schüttelte gleich darauf den Kopf. Einen wie Bent Sörensen brauchte es nicht, um diese Einsamkeit zu vertreiben, die sie gerade überfiel. Da gab es vorher ganz andere Dinge zu klären. An die sie jetzt nicht denken wollte.

»Wir verstehen das nicht«, sagte Frau Jaspers ungefähr eine Stunde später.

Nach dem kleinen Frühstück mit Bent Sörensen war Kari zunächst zu Jette gegangen.

»Falls du einen Wagen brauchst, kannst du meinen jederzeit nehmen. Ich fahre praktisch nicht mehr«, hatte die ihr am Vorabend bei der Verabschiedung angeboten, ihr den Schlüssel in die Hand gedrückt und dabei auf den rostroten kleinen Volvo gedeutet, der neben dem Haus unter einem Baum geparkt stand. Jette war nicht da gewesen und Kari hatte ihr einen Zettel eingeworfen. »Bin mit dem Wagen nach Wyk. Danke dir.« Dazu ihre Handynummer. Danach war sie zu Wiebkes Eltern gefahren. Herr Jaspers war nicht zu sehen. Seine Frau führte Kari ins Wohnzimmer. Dort lag ein Stapel Papier, ordentlich aufgeschichtet auf dem niedrigen Couchtisch. Kari lehnte den angebotenen Tee ab und ließ sich auf einen der geblümten Sessel fallen.

»Wir haben jetzt Einblick ins Wiebkes Bankunterlagen genommen«, erklärte die Ältere. Ihre Finger spielten nervös mit einem spitzenumhäkelten Stofftaschentuch. »Und da ist uns was aufgefallen.« Sie deutete mit der Hand auf die Dokumente.

»Darf ich?« Kari wartete das Einverständnis ab, bevor sie die Schriftstücke zu sich herüberzog. Es handelte sich um die Auszüge eines Girokontos. Das dicke Minus war nicht zu übersehen. Wiebke hatte seit Monaten ihren Dispokredit bis zum Anschlag ausgenutzt. Als Kari die Aufstellung überflog, stutzte sie. Neben Miete, Nebenkosten, Telefonrechnungen und anderen üblich unauffälligen Dingen stachen ihr drei weitere Beträge ins Auge. »Sie hatte Kredite aufgenommen?« Ihr fragender Blick wurde von Frau Jaspers mit einem leisen Schmerzenslaut quittiert. »Wissen Sie, wofür?« Wiebkes Mutter schüttelte den Kopf. »Mein Mann war schon bei der Bank. Sie sagen, sie wissen nichts. Oder sie wollen uns nichts sagen.«

»Wenn Wiebke die Kredite nicht für etwas Spezielles beantragt hat, für eine Eigentumswohnung beispielsweise, hat die Bank keinen Einblick.« Wiebkes Dispo war bereits vorher stark strapaziert gewesen. Möglicherweise hatte die Bank ihr daher einen Kredit angetragen. Sie überlegte. »Haben Sie die Kreditverträge?« Frau Jaspers deutete zitternd auf den restlichen Stapel.

»Drei Kredite innerhalb von sieben Monaten. Erst ein kleiner, dann zwei größere.« Sie wühlte in den Unterlagen herum, zog schließlich die entsprechenden Dokumente heraus.

»Kein Hinweis darauf, wofür sie so viel Geld brauchte?« Der erste Kredit war recht niedrig: Rund sieben Monate vor ihrem Tod hatte sie fünftausend Euro bei ihrer Hausbank beantragt und erhalten. Danach hatte sie weitere zehntausend aufgenommen. Der dritte Kredit lief über eine andere Bank, ein Betrag von zwanzigtausend. Fünfunddreißigtausend Euro plus das Minus auf ihrem Konto. Kari atmete tief durch. »Hatte Wiebke sich ein neues Auto geleistet?« Nein, hatte sie nicht. Sie fuhr seit Jahren einen damals schon gebraucht gekauften kleinen Renault. Von einem Wohnungskauf war nie die Rede gewesen. Blieb nur die Beteiligung bei *Blumen-Astrid*. Das jedoch hätte sie anders regeln können. Über einen Existenzgründungskredit mit wesentlich besseren Konditionen.

»Wir müssen das jetzt alles zurückzahlen!«

Kari fuhr auf, als plötzlich von der Tür her Herrn Jaspers Stimme erklang.

»Das gehört sich so! Aber erfreut sind wir nicht.« Er kam näher und ließ sich neben seiner Frau auf der Couch nieder. Vorsichtig tastete er nach ihrer Hand. Sie sah aus, als ob sie es lediglich zuließ. Die beiden hatten wohl gestritten, zumindest sah sie ihren Mann nicht an.

»Er meint, dass wir Wiebkes Sachen verkaufen sollen, um wenigstens einen Teil der Summe wieder reinzuholen.«

Innerlich musste Kari Herrn Jaspers recht geben. Niemandem würde es nützen, Wiebkes Sachen auf ewig im elterlichen Keller aufzubewahren. Der Wagen, die Kaution für die Mietwohnung, das würde helfen. Der Rest war eher ein Tropfen auf den heißen Stein. Andererseits – sie selbst hatte gelitten, als Trine so kurzerhand alles über Bord geworfen hatte, was einmal Familieneigentum gewesen war. Daher konnte sie Frau Jaspers ebenso verstehen. Wenn es eine Möglichkeit gab, in Erfahrung zu bringen, was mit dem Geld aus den Krediten geschehen war, würde es den beiden helfen.

»Ich habe kürzlich etwas gehört. Über eine geplante Beteiligung von Wiebke. Sie wollte als Teilhaberin in ein Geschäft einsteigen.«

Zwei Augenpaare waren ratlos auf sie gerichtet.

»Gibt es in Wiebkes Unterlagen einen Hinweis darauf, dass sie schon eine Anzahlung geleistet hat? Vielleicht kann man die ja zurückholen?«

Die beiden auf dem Sofa sahen sich an.

»Wir haben alles durchgesehen. Da ist nichts, was dazu passen könnte«, sagte Herr Jaspers schleppend.

Seine Frau schluckte aufgeregt. »Wenn Kari noch einmal nachsieht ... sie findet vielleicht etwas, das wir übersehen haben.«

Herr Jaspers schien über den Vorschlag seiner Frau nachzudenken.

»Warum nicht«, brummte er dann. »Sechs Augen sehen mehr als vier.«

Und im Gegensatz zu Wiebkes Eltern wusste Kari genau, wonach sie suchen musste.

Wiebkes Wohnung lag im Dachgeschoss eines Mehrfamilienhauses in der Waldstraße in Wyk. Zwei kleine Zimmer, eine schmale Küche und ein Mini-Bad. Mehr, so viel war Kari nach einem Blick auf ihre Kontoauszüge klar geworden, hatte sie sich mit ihrem Gehalt nicht leisten können. Es war unübersehbar, dass sie sich dennoch in ihrem Reich wohlgefühlt hatte. Aquarelle und Fotografien an der Wand zeugten von Wiebkes Vorliebe für Blumen und Pflanzen. Ebenso ein Bonsaibaum, der etwas verloren auf einem Beistelltischchen stand. Musikalisch war sie eher konservativ, wie rund zwei Dutzend CDs bewiesen. Ein bisschen Schlager, ein bisschen gefälliger Pop. Keine DVDs, kein Computer, kein Fernseher. Ihr Laptop hatte ihr ausgereicht. Kari war beklommen zumute, als sie von Raum zu Raum ging. Nicht zum ersten Mal befand sie sich in einer fremden Wohnung. In ihrem Beruf war es unabdingbar, gelegentlich nach Geheimnissen zu forschen. Aber hier, im Appartement einer ehemaligen Freundin, kam es ihr pietätlos vor. Doch Wiebkes Eltern hatten sie regelrecht bekniet. Und so hatte sie nachgegeben und war nun hier, um nach etwas zu suchen, und Licht ins Dunkel um den Freitod ihrer Tochter und das Geld, das sie aufgenommen hatte, zu bringen. Um der Frage nachzugehen, ob das eine mit dem anderen zu tun hatte. Sie begann systematisch, genau so, wie sie es sich angewöhnt hatte. Sie fotografierte jeden Raum und jedes Möbelstück und durchsuchte danach alles von rechts nach links, von unten nach oben. Sie begann im

Badezimmer, das erwartungsgemäß nichts hergab. Im Medizinschrank Hustensaft, Schmerztabletten und Pflaster. Einige Fläschchen mit Globuli. Kari kannte sich nicht aus mit Naturheilmitteln. Staunend las sie die Bezeichnungen. *Nux vomica. Mönchspfeffer.* Das alles sagte ihr nichts. In einem der Fächer befanden sich ein paar Kosmetika. Auffällig war bei den Körperpflegeprodukten, dass sie allesamt im Niedrigpreissektor angesiedelt waren. Dabei hatte Wiebke doch Mitarbeiterinnenrabatt erhalten und hätte sich in ihrer Drogerie etwas anderes leisten können. In der Küche dasselbe Bild: kaum Vorräte, alles vom Discounter. Sie schien sich nur von Billigpasta, abgepacktem Brot und Margarine ernährt zu haben. Keine schöne Vorstellung. Im Wohnraum stand ein kleiner Schreibtisch, in dessen oberster Schubladen Kari nur Krimskrams wie Stifte, etwas Kleingeld, Notizzettel und einen Block Briefpapier fand. Auf einer dieser Seiten hatte Wiebke ihren Abschiedsbrief verfasst. Von Hand geschrieben. Womöglich mit einem dieser Kugelschreiber. Kari spürte, wie sich ihre Nackenhaare aufrichteten. Sie knallte die Schublade zu. In der zweiten lagen zwei schmale Hefter. Der erste enthielt Versicherungsunterlagen. Viele waren es nicht. Wiebke hatte zum Schluss nur noch eine Haftpflicht- und eine Berufsunfähigkeitsversicherung bedient. Im zweiten lagen eine Mitteilung über den aktuellen Stand ihrer Rentenversicherung sowie einige Seiten voller handschriftlich angestellter Berechnungen. Was sie hier berechnet hatte, war aus den Zahlen nicht zu erkennen. Auch nicht, ob es einen Zusammenhang mit dem Geld aus den Krediten gab. Kari legte die Dokumente zurück und wandte sich dem Laptop zu. Er war geschützt. Sie rief Wiebkes Eltern an, aber die kannten das Passwort nicht. Kari fand auch auf dem Schreibtisch und in den Schubladen keine Hinweise. Erfahrungsgemäß gab es Möglichkeiten, den Laptop zu knacken, wie sie aus beruflichen Zusammenhängen wusste. Doch sie wollte nicht voreilig sein. Sie drehte sich um. Neben der Zweisitzer-Couch lag ein kleiner Stapel Zeitschriften aufgeschichtet. Überwiegend ältere Ausgaben, dazu das Blatt, das die Drogeriekette herausbrachte, bei der Wiebke beschäftigt gewesen war. Kari blätterte die Hefte durch, fand nichts, was sie weiterbrachte. Im Bücherregal standen zerlesene Taschenbücher. Liebesromane, Krimis, Familiensagas. Ein halbes Dutzend Bücher über Pflanzen und Floristik. Ein paar esoterisch klingende Titel über das Glück, das man in sich selbst finden musste, oder Bestellungen, die das Universum lieferte, wenn man es sich nur richtig wünschte. Was auch immer Wiebke sich gewünscht hatte, es sah nicht so aus, als hätte sie es bekommen. Im Regal stand ein Familienfoto in einem schönen silbernen Rahmen. Die Familie Jaspers noch vereint, alle drei glücklich an einem sonnigen Tag. Und ein Foto von Wiebke und Carl. Die beiden als Teenager, schwer verliebt, irgendwo im Süden. Mallorca, Südfrankreich, Italien? Kari atmete tief durch, als sie das Bild in die Hand nahm. Wiebke hatte es etwas bedeutet. Von anderen Männern jedenfalls gab es in dieser Wohnung keine Spuren. Zuletzt ging sie ins Schlafzimmer. Ein Queensize Bett, nur ein Bezug. Auf dem einfachen Nachttisch stand neben einer Glasschale mit einem halben Dutzend Halbedelsteinen, sogenannten Handschmeichlern, und der Lampe eine angebrochene Flasche Mineralwasser. Wiebkes Eltern hatten alles unverändert gelassen. Es würde bis zum Monatsende so bleiben, dann mussten sie räumen, wollten sie nicht weiterhin die Miete bezahlen. Was angesichts der Gesamtumstände äußerst unwahrscheinlich war. Kari fuhr mit der Hand unter die Matratze. Nichts. Kein Tagebuch, das Auskunft über Wiebkes seelischen Zustand hätte geben können. Auch unterhalb des Bettes nichts. Blieb der Kleiderschrank. Als sie ihn öffnete, schnappte sie nach Luft. Gerüche gehörten zu den Dingen, an die man sich praktisch ein Leben lang erinnerte. Insbesondere, wenn irgendwann die Nase erneut auf etwas traf, das man kannte. Der Kartoffelkeller der Großeltern. Das Parfüm der Mutter. Der Duft einer alten Freundin in deren Kleidung. Sie blieb reglos stehen. Auf einmal war Wiebke wieder da. Ganz nah bei ihr. Als stünde sie unsichtbar neben ihr. Kari meinte sogar, Wiebkes Hand auf ihrem Arm zu spüren. Ihr helles, perlendes Lachen zu hören. Sie war schüchtern gewesen, zurückhaltend. Dabei immer fröhlich. Ein Mensch ohne Argwohn. Stets bemüht, es allen recht zu machen. Angenehm zu sein. Der Sonnenschein ihrer Vierergruppe. Und jetzt … Unwillkürlich presste sie Daumen und Zeigefinger gegen die Nasenwurzel. Es war schrecklich, einfach nur schrecklich. Es brauche eine Weile, bis sie weitermachen konnte. Stück für Stück durchsuchte sie Jacken, Hosen, Mäntel. Hob Pullover, T-Shirts, Blusen hoch. Hinter einem Stapel Handtücher stießen ihre Finger auf etwas. Ein kleines Schmuckkästchen. Dort versteckt, wo alle ihre Sachen versteckten und wo sie im Falle eines Einbruchs am schnellsten gefunden wurden. Unerklärlich, aber es gab ja auch Menschen, die 1234 als Passwort für ihren Computer wählten. Wiebkes Schmuck hätte nicht versteckt werden müssen und er hätte auch keinen Einbrecher glücklich gemacht. Die meisten Fächer waren leer und Kari begriff entsetzt, dass ihre Freundin alles von Wert verkauft oder versetzt hatte. Das gab dem Ganzen noch einmal einen schrecklichen Dreh. Konnte das sein, dass sich jemand derartig verschuldete? Ohne dass ersichtlich war, wofür? Sie legte den Modeschmuck – zwei Ketten, drei Armbänder und ein halbes Dutzend Ringe – zurück und stellte das Kästchen wieder an seinen Platz. Blieb der Schrankboden, auf dem Plastikboxen gestapelt waren. Kari nahm eine nach der anderen heraus. In einer befanden sich Unterwäsche und Socken. In einer zweiten Sportklamotten. Zwei Handtaschen, in denen sie einen vergessenen Lippenstift und eine Packung Papiertaschentücher entdeckte. Gerade als sie die wieder zurücksteckte, wurde sie von einem lauten Schlag an der Wohnungstür regelrecht hochgerissen. Sie rannte in den Flur, da ertönte das Geräusch erneut. Jemand versuchte, die Tür aufzubrechen!

»Hey«, schrie sie, so laut sie konnte. Als Antwort blieb es still. Mit zwei Schritten war sie am Spion. Nichts. Niemand zu sehen. Kari atmete durch und riss dann die Tür auf. Der Hausflur war leer. Jemand rannte deutlich hörbar die Treppe hinab. Sie blickte am Geländer runter, sah kurz eine Hand und war für einen Moment versucht, der Person nachzulaufen. Doch da schlug drei Stockwerke weiter unten die Haustür zu. Wer auch immer gewaltsam in Wiebkes Appartement hatte eindringen wollen, war bereits wieder verschwunden.

Kari kehrte in die Wohnung ihrer Jugendfreundin zurück. Sie hatte alles durchsucht, aber nichts gefunden, was sie weiterbrachte. Keine Quittung über eine Anzahlung, keinen Vertragsentwurf für den Einstieg bei *Blumen-Astrid*. Kein Hinweis darauf, was mit dem Geld, für das Wiebke die Kredite aufgenommen hatte, geschehen war. Karis Blick fiel auf die Garderobe. Dort hingen eine Wind-und-Wetter-Jacke und ein Wintermantel. Die hatte sie noch nicht gefilzt. In der Jackentasche fand sie ein Paar zusammengeknüllte Wollhandschuhe. In der Tasche des Mantels steckte der Rechnungsbeleg eines Hotel-Restaurants auf Sylt. Wie es schien, hatte Wiebke das Kleidungsstück lange nicht getragen, denn das Datum lag einige Monate zurück. Als Kari den Beleg genauer untersuchte, pfiff sie leicht durch die Zähne. Ein Glas Champagner, zwei Gläser Wein, ein kleiner Käseteller »mit Mostsenf und Feigen.« Der Rechnungsbetrag lag im dreistelligen Bereich. Angesichts von Wiebkes desolater finanzieller Situation waren diese Ausgaben verwunderlich. Sie hatte selbst bezahlt, mit Kreditkarte. Kari fotografierte den Beleg. Dann verließ sie die Wohnung und achtete darauf, zweimal abzuschließen. Wer da vorhin gegen die Tür getreten hatte, hatte sehr unbeherrscht gewirkt. Es war nicht auszuschließen, dass dieser Jemand zurückkommen würde, um erneut einen Einbruch zu versuchen. Sie holte ihr Handy hervor und wählte die Nummer der Familie Jaspers. Wiebkes Eltern waren erschrocken, als sie hörten, was passiert war. Einen Reim darauf machen konnten sie sich nicht. Ihre Tochter, versicherten sie, hatte keine Feinde gehabt, auch keinen Freund, der vielleicht gerade durchdrehte, weil er das, was geschehen war, genauso wenig verstand wie die Eltern.

»Im Erdgeschoss lebt ein Herr Wagner. Er fungiert so ein bisschen als Hausmeister. Sag ihm bitte Bescheid. Er soll ein Auge drauf haben«, bat Herr Jaspers.

»In Ordnung. Ich bringe den Schlüssel nachher vorbei.«

»Brauchst du nicht. Behalt ihn, falls du erneut in die Wohnung willst. Wir haben ein Paar.«

»Okay. Leider habe ich nichts Relevantes gefunden.« Die Rechnung war nicht direkt als solches einzuordnen, aber sie hatte Karis Spürsinn geweckt. Was tat jemand, der finanziell auf dem letzten Loch pfiff, in einem so teuren Hotel? Sie lief die Treppe hinunter. Überall war es ruhig, aus keiner der Wohnungen war ein Laut zu hören. Besagter Herr Wagner jedoch war anwesend und nahm das, was sie ihm erzählte, wortkarg aber sichtlich schockiert zur Kenntnis. Auch er wusste nicht, was er dazu sagen sollte. Das sei hier noch nie vorgekommen. »Das hier ist ein anständiges Haus.«

Gut möglich. Nur, dass unanständige Leute sich darum wenig scherten, wie Kari sehr wohl wusste. Sie gab dem Mann ihre Nummer und bat ihn, sie und die Familie Jaspers zu benachrichtigen, sollte ihm etwas auffallen. Er brummte eine Zustimmung und verschwand in seiner Wohnung. Bevor er die Tür schloss, drehte er sich zu Kari um. »Der Keller muss auch geräumt werden«, brummte er. Karis Kopf ruckte hoch. »Wiebke hatte einen Kellerraum? Das wusste ich nicht.« Der Hausmeister zuckte mit den Schultern. »Haben alle Mieter hier.«

Der Zugang lag verborgen unter der Treppe. Als sie zusammen hinunterstiegen, schlug ihnen abgestandene Luft entgegen. Wenigstens war es trocken und sogar wärmer als im Hausflur.

»Hier.« Herr Wagner zeigte auf einen Verschlag, der mit einem Hängeschloss gesichert war. Die aus Metallgittern bestehenden Abteile boten an manchen Stellen einen Blick auf jede Menge Krimskrams. Skier, Koffer, Regale voller Farbdosen oder Einmachgläser. Wiebkes Kellerraum hingegen war, wie einige andere auch, von innen durch Kunststoffplanen blickdicht gemacht worden. Zögernd steckte Kari den Schlüssel ins Schloss und öffnete die Tür. Herr Wagner trollte sich. Kari tastete nach dem Lichtschalter und betrat den penibel aufgeräumten Raum. Offene Regale standen an den Wänden. Hier hatte Wiebke all das untergebracht, was in ihrer Wohnung keinen Platz gefunden hatte. Der kurze Hoffnungsschimmer, hier unten etwas zu finden, erlosch jedoch schnell und Kari kehrte ohne neue Erkenntnisse zurück. Sie trat auf die Straße hinaus, zog ihre Jacke um sich und dachte über Wiebkes Besuch in dem Luxushotel nach. Was hatte sie dort gemacht?

Dating war das erste, was ihr einfiel. Bei solchen Gelegenheiten neigten Menschen dazu, sich als attraktiv und solvent darzustellen. Aber hätte sie dann selbst bezahlt? Warum nicht? Heutzutage machten das viele Frauen. Oder hatte sie einfach mal einen Abend lang nicht daran denken wollen, wie schlecht es ihr ging? Champagner, Wein, Käse. Wiebke musste sich über Stunden in dem Hotel aufgehalten haben. Sie würde Frau Jaspers bitten, die Kontoauszüge erneut durchzu-

gehen, um nachzusehen, ob es für den fraglichen Tag
weitere Belege gab.

Kapitel 12

Sie hatte den alten Vertrag neu aufgesetzt und ihren Namen in die Spalte *Vermieter/in* eingetragen. Als sie am späten Nachmittag in die *Blaue Möwe* kam, drang durch die offene Tür des Büros leise Musik in den Schankraum hinaus. Sie erkannte Achim Reichels »Entspann dich«. Sehr passend!

»Hallo?«, rief sie. Bents Kopf tauchte im Durchgang auf.

»Moin!«, grüßte er. »Da kommt ja meine Vermieterin.«

Kari überreichte ihm die gespülte Tupperdose und einen Stick, auf dem der Vertrag gespeichert war. Er ging damit in sein Büro, druckte das Dokument zweimal aus und dann unterschrieben sie beide.

»Gebongt.« Er wirkte erleichtert. Vielleicht hätte sie die Miete erhöhen sollen. Bei dem Wert, den er da untergebracht hatte.

»Darauf ein Glas Sekt?«

»Danke, nein. Das Brausezeug ist nichts für mich.« Sie trank auch keinen Champagner. Oder nur, wenn es etwas zu feiern gab.

»Kennst du das Hotel *Radners Hof* auf Sylt?«, fragte
sie.

»Ziemlich teurer Schuppen. Willst du dorthin?«

»Nee. Ich habe den Namen heute irgendwo aufge-
schnappt und bin neugierig geworden.

Er bückte sich und hob gleich darauf auffordernd
eine Flasche in ihre Richtung. Unwillkürlich musste sie
lächeln. »Manhattan mag das Nationalgetränk hier
sein. Ich konnte ihm noch nie viel abgewinnen«, ließ sie
ihn wissen.

»Dann vielleicht das hier?« Der Whisky, den er jetzt
hervorholte, war etwas Besonderes. Keine der Marken,
die im Regal standen. Ein Blick genügte und Kari spürte
den Geschmack von Torf, Leder und Vanille auf der
Zunge. Äußerst verlockend. »Wäre das was, um auf unsere Partnerschaft anzustoßen?« Bent lächelte hoffnungsvoll.

»Ich trinke nicht so früh am Tag.«

»Ach. Dann hätte ich einen Pfefferminztee anzubie-
ten.« Ein Grinsen huschte über sein Gesicht.

»Kaffee wäre fein.« Hinter ihrer Stirn pochte seit dem
Aufenthalt in Wiebkes Wohnung ein fieser Schmerz.
»Ich brauche einen klaren Kopf.«

Er drehte sich um und hantierte an der Maschine
herum. Gleich darauf spuckte sie fauchend zwei Tassen
des dunklen Gebräus aus.

»Willst du darüber reden?«, fragte er, als er den Espresso vor ihr abstellte. Seine Augen waren ihren auf
einmal ganz nah. Ein gewisses Funkeln darin war nicht
zu übersehen.

Kari seufzte. Sie hatte nicht wirklich Lust, mit ihm
über die Dinge zu sprechen, die ihr im Kopf

herumgingen. Andererseits kannte sie nicht mehr viele Menschen auf der Insel.

»Warst du schon einmal hoffnungslos überschuldet?«, fragte sie ihn.

Er zog die Brauen hoch. »Oho. Reicht dein Polizistinnengehalt nicht aus?«

»Keine Faxen.« Sie nippte an ihrem Kaffee. Er war stark und aromatisch und mit genau der richtigen Menge Zucker angereichert. »Mich interessiert das. Wofür würdest du Geld ausgeben, das du zunächst einmal nicht hast?«

Er verschränkte die Arme vor der Brust und sah sie nachdenklich an. »Ich habe mir als junger Mann mal ein Auto gekauft, das drei Nummern zu groß für mich war. Nach zwei Tagen war es Schrott, weil ich die Karre nicht fahren konnte. Geld futsch, Wagen futsch. Keine geregelte Arbeit. Sah nicht gut aus.«

»Wie bist du da raus gekommen?«

Sein Blick wurde wachsam. »Warum willst du das wissen?«

»Weil es mich interessiert.« Dann, als sie den Sinn seiner Frage begriff. »Ich bin als Privatperson hier.«

»Frag lieber nicht. Du könntest mit der Antwort fremdeln.«

Das hieß im Klartext, dass seine Lösung eher nicht im legalen Bereich gelegen hatte und er ihr, privat hin oder her, nicht mehr verraten wollte.

»Und einmal wurde ich erpresst«, fuhr er fort. Als er ihren erschrockenen Blick sah, lachte er. »War ein Scherz.«

Die Tür öffnete sich und zwei frühe Gäste erschienen. Anzugtypen, die den Feierabend mit einem Bier einläuten wollten. Einer von beiden schielte interessiert zu Kari herüber, als die ihren Espresso austrank.

»Wie laufen die Geschäfte?«, fragte Bent seine Gäste. Einer lachte. Der andere winkte mit Leichenbittermiene ab.

»Schlecht«, sagte der, der zu Kari geschaut hatte, und lockerte seine Krawatte. Das Rot wirkte etwas zu grell zu dem seriösen Businessblau seines Anzugs. Der andere fuhr sich durchs lockige Haar. »Wir haben es alle nicht leicht zurzeit«, gab er zu bedenken.

»Ich dachte, euer Geschäft boomt«, fiel Bent ein und stellte Bier und Cognac vor den beiden ab. »Versicherungen braucht der Deutsche doch wie die Wurst auf dem Brot.«

Kari verdrehte innerlich die Augen. Manche Männer sollten einfach nicht den Mund aufmachen. Bent hatte es nicht gesehen oder es war ihm egal. Er zwinkerte ihr verschwörerisch zu.

»Vermutlich werden hier gerade alle zu Vegetariern«, meinte der mit der roten Krawatte und trank die Hälfte seines Biers in wenigen Schlucken. »Bleibt einem nur übrig, eine gut betuchte Freundin zu finden.« Sein Blick glitt erneut zu Kari. Die rutschte als Antwort vom Hocker.

»Bis die Tage«, rief sie Bent zu und steckte ihre Kopie des Mietvertrags in die Tasche. Dann stiefelte sie an den beiden Männern vorbei zur Tür.

»Wiedersehen macht Freude«, hörte sie einen davon rufen. Sie machte sich nicht die Mühe, darauf zu antworten.

»Was war denn bei dir gestern los?« Jette stand am Zaun ihres Grundstücks und winkte Kari zu. Die stoppte ihr Rad direkt neben ihrer Nachbarin.

»Meine Art, Stress abzubauen.« Sie strich sich die Haare aus der Stirn. »Hätte nicht gedacht, dass du mich hören kannst.«

»Dieses Gegröle befreit.« Jettes Augen lächelten verständnisvoll.

»Das nächste Mal bin ich leiser.«

Am besten wäre es, wenn es sobald kein nächstes Mal geben würde. Keinen Grund, sich die Kopfhörer aufzusetzen, Billy Idol aufzudrehen und so laut mitzusingen, dass sie am darauffolgenden Tag heiser wäre.

»Ich habe heute den ganzen Tag ein Auge auf dein Grundstück gehabt«, fuhr Jette fort. »Da war niemand, der sich herumgetrieben hat.«

Das waren gute Nachrichten. Kari hoffte, dass alles falscher Alarm gewesen war. »Bent Sörensen könntest du dieser Tage sehen. Er macht was an der Garage. Ist mit mir abgesprochen. Und danke für den Wagen. Konnte ich gut gebrauchen heute früh. Habe ihn voll aufgetankt.« Jette hob die Hand in einer Geste, die sagen sollte »Da nicht für«, und widmete sich wieder ihrem Garten.

Im Haus angekommen, schenkte sich Kari ein Glas Wasser ein und klappte ihren Laptop auf. Wie nicht anders zu erwarten, hatte das Sylter Hotel *Radners Hof* eine Hochglanz-Webseite. Alles war überschaubar, exklusiv und teuer. Familiär und edel zugleich pries man sich an. Das Foto zeigte ein lang gestrecktes reetgedecktes Gebäude im Landhausstil. Im Inneren viel Weiß, Sprossenfenster. Über das Dünengras hinaus bot sich eine tolle Sicht auf die Nordsee. Sie folgte dem Link zu Instagram. Dort postete man hochprofessionell Hinweise auf saisonale Speisekarten, besondere Angebote und ließ hier und da einen Blick hinter die Kulissen zu. Die Statements zu den Posts kamen, deutlich zu erkennen durch die gestellten Posen, teilweise aus der Influencerszene, teilweise von zufriedenen Gästen. Keiner der Namen sagte Kari etwas. Sie scrollte sich durch bis zu dem Monat, in dem Wiebke dort gewesen war, und fand einen Eintrag, der vom Tag danach stammte. 42 Kommentare waren darunter aufgeführt. Sie machte sich die Mühe, jedes einzelne Profil anzuklicken. Fünf waren privat gestellte Accounts. Die restlichen 37 schaute sie sich genauer an. Zwei Userinnen hatten sich am selben Tag wie Wiebke im Hotel aufgehalten. Eine hatte das Foto ihres Weinglases gepostet mit dem Hinweis »Früher hätte ich mich unwohl gefühlt dabei, alleine in einer Hotelbar zu sitzen und ein Glas Chardonnay zu trinken.« Die zweite Person hatte sich offensichtlich in Begleitung befunden. Man hatte gegenseitig die Menüfolge fotografisch festgehalten. Kari zoomte die Fotos so groß es eben ging. Doch im Hintergrund des Lokals war niemand zu erkennen, der Wiebke ähnelte. Es wäre ja auch zu schön gewesen, so einen Zufallsfund zu machen! Sie ließ sich im Stuhl zurückfallen und überlegte kurz, bevor sie Facebook aufrief. Beide Frauen besaßen ein Profil dort. Die mit dem Chardonnay postete täglich Sinnsprüche wie »Ich bin wertvoll, ohne dass ich es beweisen muss«, teilte bedingt lustige Tiervideos und schien ein Faible für teure Handtaschen zu haben. Die zweite hatte auf diesem Kanal sehr viel mehr Fotos von ihrem Aufenthalt geteilt.

Doch auch die halfen nicht weiter. Wiebke war auf keinem davon zu sehen.

Frau Jaspers schien sich über Karis Anruf zu freuen. »Welcher Tag war das?«, fragte sie nach, bevor sie den Hörer weglegte um in Wiebkes Kontoauszügen nachzusehen. Kari hörte Papier rascheln. Sie konnte sich vorstellen, wie Wiebkes Mutter an ihrem niedrigen Couchtisch saß und in dem Karton wühlte, in dem die Dokumente ihrer toten Tochter untergebracht waren. Als sie wieder ans Telefon zurückkehrte, seufzte sie. »Für den fraglichen Tag gab es keine weitere Belastung. Weder auf Wiebkes Kreditkarte noch über die EC-Card. Ich habe die Tage danach ebenfalls nach Hinweisen auf einen Aufenthalt auf Sylt überprüft. Nichts.« Kari bedankte sich und legte auf. Wiebke war an diesem Tag auf die Nachbarinsel übergesetzt, hatte in einem für ihre Verhältnisse viel zu teuren Hotel gegessen und getrunken, war wie es aussah alleine gewesen und hatte dort nicht übernachtet.

»Du wolltest dir einfach mal einen schönen Tag, machen, stimmt's?«, sagte Kari laut in den Raum hinein. So, als könne Wiebke sie noch hören. Es war, als wolle sie sich selbst damit beruhigen. Merkwürdigerweise war genau das Gegenteil der Fall.

Kapitel 13

Der Freitag überraschte mit klarem Himmel und einer Sonne, die zwar nicht wärmte, aber Karis Laune hob, als sie morgens aus dem Haus ging, um ihre übliche Joggingrunde zu absolvieren. Inzwischen kannte sie eine Reihe anderer Jogger, die ebenfalls um diese Uhrzeit liefen. Auch der Mann mit dem Hund stand wie jeden Tag am Strand und schaute zum Horizont, als erwartete er, dort etwas zu entdecken.

Nach dem Laufen duschte sie, frühstückte ausgiebig und checkte ihre Mails. Noch immer nichts aus Berlin! Und die Woche war praktisch um. Im selben Moment klingelte ihr Handy.

»Hi Kari. Mareike hier. Wollen wir heute Abend zusammen was trinken gehen?« Im Hintergrund rauschte das Meer und Möwen kreischten. Als Maklerin saß man eben nicht den ganzen Tag im Büro.

»Klar. Wo denn?«

Mareike schlug ein Lokal in Wyk vor. »Treffen wir uns um sechs? Dann essen wir zusammen eine Kleinigkeit und haben mal wieder Zeit für einen Schnack.«

Kurz war Kari versucht vorzuschlagen, Sesle ebenfalls zu informieren, ließ es aber sein.

Sie nutzte den Tag, um im Supermarkt ein paar Einkäufe zu erledigen. Kaum zurück, hörte sie jemanden im Garten rumoren. Es war Bent, der sich am Garagentor zu schaffen machte. Als er sie über den Gartenweg kommen hörte, wirbelte er herum.

»Moin Kari«, rief er ihr zu, bevor er sich wieder dem Schloss zuwandte. Offensichtlich wollte er nicht, dass sie näher kam. Kari zuckte mit den Schultern und ging zurück zum Haus. Ungefähr eine halbe Stunde später klopfte es an der Tür.

»Bin fertig.« Bent streckte ihr seine verschmutzten Hände entgegen. »Ob ich wohl mal …«

»Komm rein. Du weißt ja, wo die Gästetoilette ist.«

Während er sich die Hände wusch, brühte sie eine Kanne Tee auf.

Als Bent wieder in die Küche kam, setzte er sich ungefragt zu ihr an den Esstisch.

»So, das wäre erledigt. Ein neues und sehr massives Schloss. Dieser Tage baue ich noch etwas ein, das ist bestellt. Solltest du in der Zwischenzeit jemanden herumschleichen sehen, melde dich.«

»Und du machst dann … was?«

Er lachte, aber es wirkte unfroh. »Das willst du nicht wissen.«

»Jetzt werde ich aber neugierig.«

Er winkte bei ihren Worten ab.

»Mal 'ne Frage«, gab sie dem Gespräch eine andere Wendung. »Du hast doch von dem Mann erzählt, den du mit Wiebke zusammen in Wyk gesehen hast. Der, in den sie so verliebt zu sein schien.«

Bent trank einen Schluck Tee, verzog den Mund, als habe sie ihm Gift angeboten, und schob dann die Unterlippe nach vorn. »Was ist mit ihm?«

»Könntest du ihn beschreiben?«

Er musste nicht überlegen. »Groß, blond, keiner von hier.«

Kari zog die Brauen nach oben. »Das konntest du erkennen?«

»Jepp. So, wie der angezogen war.«

»So wie du also. Du bist ebenfalls nicht von hier«, neckte sie ihn.

Ein flüchtiges Lächeln huschte über sein Gesicht. »Nee. War einfach so mein Eindruck. Der wirkte wie jemand, der sich völlig fehl am Platz fühlte. Vielleicht lag es auch an seinem Gesichtsausdruck.« Er zuckte mit den Schultern, als sei das letztendlich egal. Danach stierte er eine Weile vor sich hin. »Wann ist die Beerdigung?«

»Montag, vierzehn Uhr. Willst du kommen?«

Er nickte zögerlich. »Warum nicht. Sie war eine Zeit lang mein Stammgast.«

»Hat sie viel getrunken?«

»Nein.« Er schüttelte energisch den Kopf. »Ein Glas Wein höchstens, in letzter Zeit häufig einen Tee oder ein alkoholfreies Bier. Manchmal bat sie um ein Wasser aus dem Hahn. Das ist bei mir kostenlos.«

»Hat sie ihre Rechnung immer bezahlt?«

Sein Kopf ruckte nach oben. »Jetzt, wo du es sagst ... der letzte Deckel liegt noch bei mir.« Er sah aus, als wolle er etwas hinzufügen, müsste sich aber dazu durchringen. »Manchmal habe ich sie eingeladen. Ich glaube, es ging ihr nicht so gut.« Er hielt kurz inne, bevor er fortfuhr. »Sie machte einen einsamen Eindruck. Wirkte wie jemand, die nicht so richtig wusste, wohin mit sich.«

Als Kari abends im Lokal in Wyk ankam, war Mareike bereits da. Sie umarmten sich zur Begrüßung. An diesem Tag war Karis ehemalige Schulkameradin mit Jeans, einer grünen Seidenbluse und einem Wollblazer wesentlich legerer gekleidet und darüber hinaus kaum geschminkt. Mareike hatte schon immer eine zarte und glatte Haut gehabt. Ganz ohne Make-up wirkte sie um Jahre jünger als bei ihrer letzten Begegnung.

»Ich habe es heute erfahren. Montag ist die Beerdigung«, sagte sie und schüttelte ihre Serviette auf.

Mareike starrte einen Moment lang vor sich hin. Ihre Augen füllten sich mit Tränen, die sie schnell wegwischte. »Lass uns heute Abend über andere Dinge reden. Über dich beispielsweise.« Sie beugte sich nach vorn und legte kurz ihre Rechte auf Karis Hand. »Ich weiß gar nichts mehr von dir. Außer dass du bei der Polizei arbeitest.« Sie lehnte sich zurück und nippte an ihrem Wasser. Kari wiederholte die üblichen Flunkereien über den Innendienst in der Behörde. »Und jetzt wollte ich mal ein bisschen ausspannen in der alten Heimat«, schloss sie.

»Berlin muss toll sein. All die Clubs«, meinte Mareike sinnierend. Während sie aßen, berichtete Mareike von ihrem stressigen Job – »Du glaubst gar nicht, was für Ansprüche manche Leute haben! Fehlt nur noch, dass man das Meer oder zumindest die Gezeiten für sie verlegt« –, ihrem Privatleben – »à la carte, was anderes lässt mein Beruf nicht zu« – und einer Fortbildung, die sie in Kürze absolvieren würde. »Da geht es um spezielle Verkaufstechniken für die besonders betuchte Klientel. Die zieht es zurzeit vermehrt an den Starnberger See und meine Firma hat eine Dependance dort. Ich denke darüber nach, mich nächstes Jahr dorthin versetzen zu lassen«, sagte sie. Als Kari nach ihrer Tante fragte, schaute sie betroffen auf. »Sie ist doch schon vor Jahren gestorben. Arm wie eine Kirchenmaus, die Beerdigung hat mich damals fast ruiniert.« Mareikes Eltern und ihre jüngere Schwester waren bei einem Fährunglück ums Leben gekommen, Mareike war danach bei einer Tante in Nieblum aufgewachsen, die allen ihren Freundinnen mit ihrer strengen und humorlosen Art unsympathisch gewesen war. Die Rechnung für das Essen, darauf bestand Mareike, wollte sie übernehmen. »Kari, du kannst mir später einen Drink spendieren, wenn du möchtest.«

Den nahmen sie in einer neu eröffneten Bar zu sich, deren völlig verglaste Außenwand den Blick auf die See ermöglichte. Die Nacht war weitgehend wolkenlos und der helle Vollmond stand über dem niedrig stehenden Wasser, spiegelte sich tausendfach in den kleinen Pfützen, die sich im Laufe der Nacht immer mehr zurückzogen.

»Warum hat Wiebke das getan?« Kari riss sich von dem Anblick draußen los. »Hast du eine Erklärung?«

Mareike drehte ein beschlagenes Glas mit einem Longdrink – Erdbeere, Zitrone, Wodka – in Händen und stierte darauf, als verberge sich in den Eiswürfeln die Antwort auf diese Frage.

»Glaub mir, ich habe mich das selbst schon unendlich oft gefragt. Sie war in den letzten Monaten eher …

optimistisch. Wollte etwas Neues beginnen. Raus aus dem alten Trott.« Sie schüttelte ratlos den Kopf. »Irgendetwas muss schiefgelaufen sein. Aber was? Mit mir hat sie nicht darüber gesprochen. Sesle könnte mehr wissen, aber ...« Der Rest des Satzes bestand aus einem Schulterzucken.

»Seid ihr noch eng, du und Sesle?«

Mareikes Blick glitt zur Seite, eine leichte Röte zog über ihre Wangen. »Nein«, sagte sie schließlich angestrengt. »Es gab ein ... Missverständnis. Seither ... also, wir sehen uns selten, und wenn, dann nur, weil wir uns zufällig über den Weg laufen. Hier auf der Insel kann man sich ja kaum ganz aus dem Weg gehen.«

Keine Einladung zum Salzwiesenlamm für Mareike also.

»Warst du auf Social Media mit Wiebke befreundet?«, wollte Kari jetzt von ihr wissen. Mareikes Antwort auf diese Frage bestand aus einer unbestimmten Handbewegung. »Sie war auf Facebook, aber wie bei so vielen war ihr Account verwaist.«

»Merkwürdig«, sagte Kari langsam. »Wir vier waren so eng verbunden. Und jetzt ...« Sie ließ den Rest des Satzes im Raum stehen.

Mareikes Augen verengten sich. »Was erwartest du denn? Du bist weggegangen. Hast jahrelang nichts von dir hören lassen. Sei ehrlich – wenn Sesle uns nicht alle vor zwei Jahren zu ihrem Dreißigsten eingeladen hätte, wärest du überhaupt mal hier aufgetaucht?«

Kari hob erschrocken den Kopf. »Ich musste aus beruflichen Gründen gehen. Ich hätte doch gar keine Chance gehabt hier auf der Insel. Im Gegensatz zu euch anderen.« Das war ein Argument, das Mareike akzeptieren musste. Wenngleich es keine Entschuldigung dafür war, dass sie sich so selten gemeldet hatte. Tatsächlich war Kari nicht entgangen, wie verletzt Mareike sich angehört hatte.

Während des Essens und in der Bar hatte Kari ihr Handy ausgeschaltet gelassen. Als sie es nun, nach der Verabschiedung von Mareike, im Auto wieder auf Empfang stellte, sprang ihr direkt eine Nachricht ins Auge, die seit sieben Uhr abends auf ihrer Mobilbox wartete.

Sie kam von Jo! »Kari? Ruf mich bitte umgehend zurück.«

Mit fliegenden Fingern tippte sie seine Nummer. Es war gerade mal zehn, also keine Uhrzeit für ihren Vorgesetzten. Zwar war er sicherlich nicht mehr im Büro, aber es war bekannt, dass er sein Diensthandy so gut wie nie ausschaltete.

»Wo bist du?«, lauteten seine ersten Worte, die er sogleich korrigierte. »Will ich nicht wissen. Du musst Montag früh hier auf der Dienststelle erscheinen. Acht Uhr. Pünktlich. Schaffst du das?«

Er hatte etwas erreicht! Sie bekam eine neue Chance. Möglicherweise die Gelegenheit, ihren Fehler wiedergutzumachen. Ja, wollte sie sagen, als ihr einfiel, was an diesem Montag stattfand. Wiebkes Beerdigung. Sie wand sich innerlich.

»Jo, das schaffe ich nicht.«

»Wieso? Bist du am Nordpol eingeschneit? Oder in der Sahara unter einer Sanddüne begraben?« Er schnaufte empört. »Acht Uhr Montag. Ich habe Himmel und Hölle in Bewegung gesetzt, um dir die Möglichkeit einer

neuen Anhörung zu geben. Es gibt Neuigkeiten, die dir
zugute kommen könnten. Aber nicht am Telefon. Alles
gesagt.« Und damit hatte er aufgelegt.

Kapitel 14

Samstag, 19. Februar

Der Friedhof St. Laurentii war an diesem Samstagmorgen auch ohne die sonst allgegenwärtigen Touristen, die gerne kamen, um die sprechenden Grabsteine zu bestaunen, gut besucht. Kari hatte eine unruhige Nacht hinter sich. Jos Anruf hatte sie in Aufruhr versetzt. Er hatte sich für sie engagiert und sie ahnte, wie schwierig das gewesen war. Sie hatte nicht mehr viele Freunde auf ihrer Dienststelle. Erstaunlich, wie schnell man von der beliebten Kollegin und erfolgreichen Mitarbeiterin zur Außenseiterin werden konnte. Es gab Leute, die sie mehr oder weniger offen verdächtigten, ein doppeltes Spiel gespielt zu haben. Sie konnte es ihnen nicht verdenken. Wer einer Zielperson zu nahe kam, ging das Risiko ein, sich zu verbrennen. Dass sie noch eine Chance bekam, rechnete sie ihrem Vorgesetzten hoch an. Sobald sie jedoch daran dachte, dass sie dann Wiebkes Beerdigung nicht würde besuchen können, bildete sich ein Kloß in ihrem Hals, der sie zu ersticken drohte. Mareikes Worte vom Vorabend hatten sie lange beschäftigt. Die Enttäuschung darüber, dass sie, Kari, die Insel verlassen hatte, über viele Jahre hinweg nur sporadisch zurückgekehrt war und den Kontakt zu ihren Jugendfreundinnen – man konnte es nicht freundlicher ausdrücken – hatte einschlafen lassen, war deutlich geworden. Andererseits – auch Sesle, Wiebke und Mareike hatten sich auseinandergelebt. Sesles kleine heile Familienwelt auf der einen, Mareikes und Wiebkes Single-Dasein ohne Kind auf der anderen Seite. Selbst die Single-Frauen Mareike und Wiebke hatte nicht mehr viel verbunden, wie es schien. Die eine hatte beharrlich an ihrer Karriere gearbeitet und war erfolgreich, die andere war lange Zeit zufrieden gewesen mit einem Job, der ihr gefiel, aber keine großen Sprünge zuließ. Kari seufzte. Sie hatte am Vormittag einen Strauß bei Astrid Becker gekauft. Blaue Iris und weiße Lilien. Damit stand sie nun am Grab ihres Vaters und stellte fest, dass es keine Vase gab, in die sie die Blumen stellen konnte. Woher auch. Jette sah hier zwar nach dem Rechten, stellte aber bestimmt keine Schnittblumen ans Grab. Und sämtliche Familienmitglieder lebten woanders. Sie schaute sich um und ihre Blicke kreuzten sich mit denen einer Frau, die ein paar Meter weiter an einem Kübel mit Immergrün herumzupfte.

»Brauchen Sie eine Vase?«, rief sie Kari zu. Als die nickte, deutete sie auf eine Stelle hinter dem Grabstein, an dem sie stand. »Bedienen Sie sich. Sie können sie zurückstellen, sobald Ihr Strauß verwelkt ist oder Sie ein anderes Gefäß besorgt haben.« Kari bedankte sich. Stellte aber gleich darauf fest, dass nicht nur die Vase ein Problem darstellte. Das Wasser aus dem großen Hahn am Friedhof war abgedreht. Sie platzierte die Blumen dennoch auf dem Grab. Sie würde einfach später erneut vorbeiradeln, mit einer Flasche im Gepäck. Jetzt stand sie still da und betrachtete die Inschrift auf dem Stein.

»Er wäre heute siebenundsechzig geworden. Ihr Vater?« Die Frau vom Grab nebenan war zu ihr getreten.

Kari bejahte. »Kannten Sie ihn?«

»Ich bin nicht von hier. Zugezogen vor ein paar Jahren erst.«

Kari betrachtete die andere genauer. Sie mochte um die Fünfzig sein. Sehr schlank auf die Weise, wie man es durch regelmäßiges Fitnesstraining wurde. Gepflegt, aber natürlich. Sie sah jedenfalls nicht nach Botox und Fillern aus. »Was hat Sie hierher verschlagen?«, wollte Kari wissen. Ihr Blick flog zu dem Grab hinüber, an dem die andere gestanden hatte.

»Mein Erbe.« Die Frau lächelte, ein Kranz feiner Fältchen erschien um ihre Augen. »Ich bin eigentlich eine Großstadtpflanze. Düsseldorf. Dann lernte ich jemanden kennen, im Urlaub. Hier auf Föhr. Er kam auch nicht von hier. Aussteiger aus Stuttgart und aus dem Hamsterrad eines stressigen Managerlebens. Wir waren kaum zusammengezogen, da starb er. Jetzt lebe ich hier.« Sie strich sich das kurze, dunkelgraue Haar aus der Stirn. »Tanja Sievers.«

»Kari Lürsen.« Sie hoben beide die Hand zum Gruß.

»Bis dann.« Tanja Sievers ging mit leichten Schritten davon. Als sie nicht mehr zu sehen war, spazierte Kari zum Grab hinüber. Der Mann, der hier lag, war vor knapp zwei Jahren mit Mitte fünfzig gestorben. Das traurige Ende einer Liebesgeschichte, die die beiden erst im höheren Alter zusammengebracht hatte. Später, sie hatte Wasser geholt und die Blumen damit versorgt, stand sie noch eine Weile am Grab ihres Vaters. »Was soll ich tun?«, fragte sie ihn. »Ich will zurück in meinen Job. Unbedingt. Aber es kommt mir einfach falsch vor, nicht bei Wiebkes Begräbnis dabei zu sein.« Der Wind rauschte durch die Bäume, aber er brachte keine Antwort mit. Sie würde natürlich nach Berlin fahren. Morgen schon, damit sie am Montagmorgen pünktlich sein würde. Und danach? Sie wusste nicht, wie es dann weiterging. Würde sie gleich in einen Einsatz gehen? Oder würde sie im Innendienst schmoren, bis man ihr wieder zutraute, ihren eigentlichen Job auszufüllen? Einen Moment lang ergriff sie Panik. Was, wenn sie auf absehbare Zeit nicht mehr nach Föhr zurückkommen konnte? Frau Jaspers erschien vor ihrem geistigen Auge. Die Frau, die sich Kari wegen deren Warmherzigkeit und Humor in jungen Jahren manchmal als Mutter gewünscht hatte und die jetzt so verloren wirkte. Sie vertraute Kari. Hatte ihr sogar die Schlüssel zu Wiebkes Wohnung überlassen. Sie um Rat gebeten. Jetzt sah es so aus, als ob Kari ihrer Tochter nicht einmal mehr die letzte Ehre würde erweisen können.

»Sie werden es verstehen.« Sesles Augen ruhten auf Kari. Die war nach dem Besuch auf dem Friedhof ins Pfarrhaus hinüber gegangen. »Herr und Frau Jaspers sind in ihrer Gemeinde verwurzelt. Sie haben jede Menge Freunde und Bekannte, die sie stützen. Und ich bin ja auch noch da.« Sie legte Kari die Hand auf die Schulter. »Trotzdem ist es schade, dass du nicht dabei sein kannst.« Sie standen sich in Sesles Arbeitszimmer gegenüber. Auf dem Schreibtisch lag ein Stapel

Dokumente, daneben ein aufgeschlagener Terminkalender. Er war, das konnte Kari sogar von ihrem Standort aus erkennen, gut gefüllt.

»Sorry, ich wollte dir keineswegs die Zeit stehlen«, murmelte sie. »Gestern war ich mit Mareike essen«, fuhr sie fort. Sesle quittierte diese Aussage mit einem leichten Zucken der Lider.

»Ach ja? Wie geht es ihr?«

»Sie ist ziemlich betroffen über Wiebkes Tod. Sonst geht es ihr gut. Sie scheint wirklich erfolgreich zu sein.«

Sesle sagte nichts, sie blickte zur Seite, auf ihren Schreibtisch. Ihre Fingerspitzen fuhren über den Deckel eines Aktenordners.

»Warum gehen wir drei nicht mal aus, wenn ich wieder aus Berlin zurück bin?«, schlug Kari vor. Ein bisschen halbherzig, weil sie selbst ja gar nicht wusste, ob und wenn ja, wann das sein würde. Sesles Antwort bestand in einem leisen, durch die geöffneten Lippen ausgestoßenen »Pfff«.

»Ist was?« Kari beugte sich zu ihr hinüber.

Sesle schien mit sich zu kämpfen. Dann durchlief sie ein Ruck und sie wandte sich Kari zu, sah sie ganz direkt an. »Mareike und ich, wir sind nicht mehr befreundet.«

»Was? Seit wann das denn?«

»Seit sie vor zwei Jahren versucht hat, mir meinen Mann auszuspannen.«

Karis Mund öffnete und schloss sich wieder. Stumm sah sie Sesle an. Die nickte nachdrücklich. »Es war nach meiner Geburtstagsfeier. Wir waren alle so gut drauf damals. Erinnerst du dich?«

Ja, sie erinnerte sich. Ein schönes Fest hatten sie gefeiert. Sesle war beliebt in der Gemeinde, auf der Insel. Ihre Gäste hatten sich wohlgefühlt. Die Stimmung war ausgelassen gewesen.

»Ich habe dir und allen anderen damals als Erinnerung und Dankeschön ein kleines Video geschickt, weißt du noch?«

Kari konnte sich dunkel erinnern. Hatte sie sich das überhaupt jemals angesehen? Beschämt realisierte sie, dass sie eine verdammt schlechte Freundin geworden war. Aber offenbar nicht so schlecht wie Mareike. Konnte es wirklich sein, dass die sich an den Ehemann einer Freundin herangemacht hatte?

»Mareike hat sich direkt bei der Feier an Magnus gewandt und ihm eine berufliche Kooperation vorgeschlagen. Es ging um ein Haus, das zum Verkauf stand. Magnus hatte den Auftrag, es herzurichten. Mareike war die Maklerin.«

»Und?«

Sesle zuckte mit den Schultern. »Sie kam in sein Büro und hat ihm ein eindeutiges Angebot gemacht.«

»Echt? Kein Missverständnis?« So hatte Mareike es genannt.

»Würdest du es als solches betrachten, wenn eine Frau ihre Bluse auszieht und sich auf deinen Schoss setzt?«

Kari lief es kalt den Rücken hinunter. »Was ist denn in sie gefahren?«

Sesles Blick wurde so kühl, dass Kari einen Moment lang glaubte, eine Fremde vor sich zu haben. »Das, was schon immer in sie gefahren ist. Sie will das, was andere haben. Mareike ist eine, die anderen ihr Glück stehen will, weil sie selber nicht in der Lage ist, ein glückliches Leben aufzubauen.«

Kari dachte an Wiebke, an ihren waidwunden Blick zu Magnus, eingefangen in einem Foto von genau dieser Geburtstagsfeier, an der sich Mareike entschieden haben musste, Magnus anzubaggern. Sie dachte an die fremde Frau, die sie mit ihm am Hafen von Wyk gesehen hatte und die so vertraut im Umgang mit ihm wirkte. Sesles Mann schien ein richtiger Frauenmagnet zu sein. Was, wenn Magnus seiner Frau nicht die ganze Wahrheit gesagt hatte?

»Sag mal, hatten die beiden eine Affäre?«, brach es aus ihr heraus.

Sesle schaute sie schockiert an. »Selbstverständlich nicht! Magnus hat sie abblitzen lassen.« Ihre Kiefermuskulatur verspannte sich. Sie sah aus, als würde sie auf etwas Hartem herumkauen. »Er hat es mir am selben Abend erzählt. Mich gebeten, Mareike nicht mehr zu uns einzuladen.« Sie unterstrich ihre Worte mit einer wegwerfenden Handbewegung. »Damals kamen wir sowieso nicht mehr oft zusammen. Aber er wollte jede Peinlichkeit vermeiden.« Sesle schüttelte den Kopf, als könne sie immer noch nicht glauben, was da geschehen war. »Danach hat er keine Aufträge mehr angenommen, bei denen sie mit von der Partie war.«

Als Kari Sesles Büro verließ, immer noch irritiert über das, was sie erfahren hatte, klingelte ihr Handy. Es war Herr Wagner. Die Jaspers waren auf ihrem Anschluss nicht zu erreichen, erklärte er. »Der Briefkasten quillt über. Wäre gut, wenn der mal geleert werden würde.« Kari schlug sich die Hand an die Stirn. Den hatte sie total vergessen, als sie in der Wohnung gewesen war – dem Aufruhr an der Tür geschuldet. Dennoch – sie hätte daran denken müssen.

Tatsächlich war der Kasten randvoll. Überwiegend Werbeprospekte, daneben ein bisschen private Post. Während Kari, im Flur des Hauses stehend, alles sortierte, trat Herr Wagner zu ihr. »Es gibt schon zwei Interessenten für die Wohnung«, erklärte er. Viel Fingerspitzengefühl schien er nicht zu besitzen.

»Die Miete ist ja bezahlt bis Monatsende«, konnte sich Kari nicht verkneifen zu sagen. »Und die Familie wird bestimmt alles rechtzeitig räumen.«

Oben in der Wohnung riss sie als Erstes die Fenster auf, weil sie das Gefühl hatte, zu ersticken. Wiebkes Laptop stand unberührt auf dem Schreibtisch. Zögerlich ging Kari darauf zu. Sie hätte zu gerne gewusst, ob dieser ihr Antworten auf all die ungeklärten Fragen liefern konnte. Aber niemand kannte das Passwort. Sie legte die Briefe neben dem Laptop ab. Es stand nur Wiebkes Eltern zu, die Post an ihre Tochter zu öffnen. Langsam schritt Kari erneut durch die Wohnung. Sie würde am nächsten Tag die Insel verlassen. Wie es danach weiterging mit ihr, mit ihrem Job, in Berlin, stand in den Sternen. Es konnte durchaus sein, dass sie innerhalb der kommenden Monate nicht mehr nach Föhr kommen konnte. Bei diesem Gedanken zog sich ihr Herz schmerzhaft zusammen. Es widerstrebte ihr, auf unbestimmte Zeit abzureisen, ohne das Geheimnis um Wiebkes Freitod gelüftet zu haben.

Im Schlafzimmer fiel ihr auf, dass die Tür des Kleiderschranks nicht ganz geschlossen war. Eine der

Kunststoffboxen, die sie bei ihrem ersten Besuch heraus-gezogen hatte, war nicht tief genug hineingeschoben worden. Jetzt hockte sie sich hin und drückte dagegen, doch sie schien sich mit etwas zu verkanten. Kari zog die Box erneut heraus und in diesem Moment sah sie, was sich daneben verborgen hatte. Eine kleine Handtasche aus schwarzem Leder. So ein Teil, das man sich schräg vor den Körper hängte. Die hatte Kari bei ihrem ersten Besuch übersehen, weil sie von einem Bügel gerutscht und hinter die Boxen gefallen war. Oder aber obenauf gelegen hatte und beim Herausziehen nach hinten gekippt war. Auf Karis Kopfhaut begann es zu prickeln. Sie hob die Tasche aus dem Schrank, trug sie ins Wohnzimmer und öffnete sie auf dem Schreibtisch. Der Inhalt war überschaubar. Eine angebrochene Packung Kaugummi, ein Haargummi, ein Lippenpflegestift. Und ein Briefumschlag. Er war offen, nicht zugeklebt. Kari zog unwillkürlich die Luft ein, als sie hineinsah. Sie wusste sofort, was sie vor sich hatte. Gleichzeitig wurde ihr klar, dass Wiebkes Eltern die Tasche nicht gefunden haben konnten. Hätten sie auch nur geahnt, was sie enthielt, wären sie niemals auf die Idee gekommen, Kari zu bitten, sich Wiebkes Wohnung anzusehen. Nachdenklich betrachtete sie ihren Fund. Was sollte sie jetzt tun?

Kapitel 15

Bent Sörensen hantierte in der Garage herum. Der Kneipenwirt hatte im Inneren eine starke Lampe aufgestellt. Das Tor stand einen Spalt breit offen, aber nicht so weit, dass man von der Zufahrt aus hineinsehen konnte. Er musste Kari gehört haben, denn sobald sie sich dem Gebäude näherte, trat er geschmeidig heraus.

»Moin«, rief er ihr zu. »Bin gleich fertig.« Kari hätte wetten können, dass er im Inneren einen Bewegungsmelder mit integrierter Kamera anbrachte. Aber das war nicht ihre Sache. Sie nickte Bent zu und ging zum Haus zurück. Sie war verwirrt von dem, was sie gefunden hatte. Außerdem hatte sie sich entschieden, Wiebkes Laptop mitzunehmen. Wenn sie schon nach Berlin fahren musste, würde sie dort wenigstens einen ihrer liebsten Kollegen fragen können, ob er das Gerät knacken könnte. Timo konnte, das wusste sie. Vermutlich würde er ihr auch helfen. Er gehörte zu denjenigen, die ihr weder direkt noch indirekt die Schuld gaben an dem, was geschehen war. Darüber hinaus legte er Regeln großzügig aus. »Das Verbrechen«, so pflegte er zu sagen, »hält sich nicht daran. Warum also nicht gelegentlich ebenso zu verfahren?« Daher war es einen Versuch wert, ihn zu fragen. Falls es nicht klappte, würden Wiebkes Eltern die Schriftsachen ihrer Tochter erneut unter die Lupe nehmen müssen. Die meisten Menschen schrieben ihre Passwörter auf. Wer lange genug suchte, wurde fündig.

Sie setzte Wasser für Kaffee auf. Einen Koffeinkick und einen klaren Kopf hatte sie jetzt bitter nötig. Nachdenklich betrachtete sie das Foto in ihrer Hand. Auf einmal ergab alles noch viel weniger Sinn. Mit ihrer Tasse ging sie in den Wohnraum hinüber. Dort stand ihr eigener Laptop auf dem Tisch. Sie würde für den morgigen Tag ihre Bahnfahrt buchen müssen. Dabei schwirrte ihr der Kopf. Jemand klopfte laut gegen die Haustür.

»Nicht abgeschlossen«, rief sie.

Gleich darauf erklang Bent Sörensens Stimme aus der Küche.

»Bin fertig. Wollte tschau sagen. Tür war offen. Oh, hier riecht es aber gut nach Kaffee.«

Wenn sie nicht so deprimiert gewesen wäre, hätte sie laut gelacht.

»Nimm dir eine Tasse«, rief sie in die Küche hinüber »Ich bin nebenan.«

Gleich darauf erschien er, lautstark den Kaffee schlürfend. Sie blickte von ihrem Laptop auf und dann war es ihr, als habe sie ein Déjà-vu. Er trug keinen Maßanzug, sondern Cargohosen und ein dunkles, kariertes Hemd. Dennoch war die Ähnlichkeit in Statur und körperlicher Präsenz nicht zu ignorieren. Karis Hals wurde trocken. Bent fuhr sich mit der Hand durchs

Haar. Eine Geste, die gleichzeitig lässig und selbstbewusst wirkte.

»Was ist los?«, wollte er wissen. »Du siehst aus, als hättest du einen Geist gesehen.«

So konnte man es nennen. Einen Geist aus ihrer jüngsten Vergangenheit. Die Erinnerung an etwas, das verdammt schmerzhaft war. Bent hatte mit all dem nichts zu tun. Er ähnelte jemandem, der Kari in große Schwierigkeiten gebracht hatte. Gleichzeitig spürte sie bei Bent noch etwas anderes. Ein Ziehen im Bauch, wenn sie ihn ansah. Eine leichte Enttäuschung, wenn er sich verabschiedete.

»Du hast mich einen Moment lang an jemanden erinnert«, erklärte sie.

»Gute Erinnerung?« In seinen Augen funkelte etwas, das ihr Gefahr signalisierte.

»Schlechte. Ganz schlechte.« Sie riss ihren Blick von ihm los und sah auf ihr Display.

»Das gefällt mir aber gar nicht.« Unbeeindruckt von ihren Worten schlenderte er näher. »Was machst du? Zugverbindungen checken?«

Sie knallte den Deckel zu und blickte ihn direkt an. So, dass er hoffentlich merkte, dass er wieder einmal eine Grenze überschritten hatte. Bent stand mitten im Raum. Er trank von seinem Kaffee und sah sich in aller Ruhe um. »Hier drin bin ich das erste Mal«, sagte er.

Wenn es nach ihr ginge, würde es das einzige Mal bleiben. Wer wusste schon, wann sie wieder auf Föhr sein würde. Doch sie hatte keine Lust, ihm ihre Pläne auf die Nase zu binden.

»Ist noch alles so, wie Hein es eingerichtet hat«, sagte sie stattdessen.

»Willst du die Kate verkaufen?«

»Willst du sie haben?«

Er hob abwehrend eine Hand. »Danke, nein. Ich wohne über der Kneipe und das ist die einzige Wohnung, die ich mir leisten kann.« Beim Lächeln entblößte er seine weißen Zähne. Er sah wieder aus wie ein Pirat. Oder wie ein Raubtier.

»Nein«, beantwortete sie seine Frage. »Ich will nicht verkaufen. Vielleicht ein bisschen renovieren. Aber nicht jetzt.« Jetzt, wo sie kurz vor dem Abflug war.

Er nickte versonnen, als verstehe er genau, wovon sie sprach. Dann setzte er die Inspektion des Raumes fort. Sein Blick blieb an den Fotos auf dem Kamin hängen. Er stellte seine Kaffeetasse ab und ging darauf zu. »Wer ist das?«, fragte er und tippte mit dem Finger auf ein Bild in einem einfachen Holzrahmen.

»Wer?« Kari erhob sich und trat näher zu ihm. Das Foto zeigte die ganze Familie Lürsen im Garten des inzwischen verkauften Hauses beim Grillen. Kari saß im Hintergrund am Tisch und lachte über etwas, während ihr Vater und Carl mit Grillzangen bewaffnet Würste brieten. Trine stand mit einer Nachbarin daneben, die beiden Frauen rauchten und blickten amüsiert in die Kamera. Die vermutlich der Ehemann der Nachbarin hielt.

»Der junge Mann am Grill«, präzisierte Bent seine Frage.

»Das ist mein Bruder. Carl. Warum willst du das wissen?«

Bent besah sich das Foto noch einmal ganz genau, indem er nah heranging.

»Das ist derjenige, mit dem ich Wiebke in Wyk gesehen habe. Ein paar Monate vor ihrem Tod.«

Kari lachte leise auf. »Unsinn. Carl war seit Jahren nicht auf der Insel. Er und Wiebke kannten sich, aber sie hatten nichts mehr miteinander zu tun.«

Bent drehte sich zu ihr um. »Doch. Das ist er. Dafür würde ich meine Kneipe verwetten.«

Kari spürte, wie sie blass wurde. Hatte Carl ihr nicht versichert, er habe Wiebke schon lange nicht mehr gesehen? Sie kramte in ihrem Gedächtnis.

Das ist lange her, dass ich Wiebke zuletzt gesehen habe. Zwei Jahre, womöglich mehr. Ich bin nicht mehr oft auf der Insel. Genau das waren Carls Worte gewesen. Wie passte das zusammen? So sehr konnte man sich doch nicht in der Zeit täuschen.

»Du sagtest, Wiebke wirkte wie frisch verliebt?«

»Genau das.« Bent betrachtete Kari stirnrunzelnd. »Ist was nicht in Ordnung?«

Sie schüttelte den Kopf. »Alles gut. Ich wusste nur nicht, dass sie sich getroffen haben.« Aber natürlich hatte er recht. Es war nicht in Ordnung, wenn Carl sie belogen hatte. Sie und ihr Bruder hatten sich stets die Wahrheit gesagt. Ausgerechnet bei einer so wichtigen Sache sollte er sie belügen? Warum? Womöglich täuschte sich Bent. Auch wenn er sich sicher war, Carl und Wiebke zusammen gesehen zu haben.

Bent verabschiedete sich kurz danach und dieses Mal war Kari froh darum. Sie griff nach ihrem Handy und tippte Carls Nummer an. Er ging nicht dran, nach mehrfachem Klingeln schaltete sich die Sprachbox ein.

»Carl, ruf mich bitte unbedingt zurück. Es ist dringend! Es geht um Wiebke.« Sie legte auf und wandte sich wieder ihrem Laptop zu. Es gab eine Bahnverbindung am nächsten Tag am frühen Nachmittag. Das gab ihr genügend Zeit, vor ihrer Abfahrt Wiebkes Eltern aufzusuchen. Es würde ein schwieriges Gespräch werden, das ahnte sie. Gerne hätte sie mit Sesle gesprochen über das, was sie in Wiebkes Wohnung gefunden hatte. Doch das wäre nicht in Ordnung gewesen. Indiskret. Und wenn Kari etwas nicht wollte, dann war es die Jaspers zu verletzen.

»Wiebke war schwanger?« Frau Jaspers hatte es bei Karis Ankündigung die Sprache verschlagen. Sie saß, die Hand erschrocken an die Lippen gelegt, stocksteif auf dem Sofa ihres Wohnzimmers. Herr Jaspers wirkte nicht weniger überrumpelt, wie er jetzt auf das Ultraschallbild starrte.

»Davon ist auszugehen. Es steht Wiebkes Name drauf, das Datum liegt gerade mal zwei Wochen zurück. Ich fand es in einer Handtasche in der Wohnung.« Sie erläuterte den Grund ihres zweiten Besuches dort. »Beim ersten Mal habe ich die Tasche übersehen, sie war im Schrank hinter eine der Aufbewahrungsboxen am Boden gerutscht.«

Die beiden schauten sich betreten an. Eine Weile war nichts anderes zu hören als das Ticken einer Standuhr und die Regentropfen des Schauers, der eingesetzt hatte, kaum dass Kari angekommen war. Sie trommelten gegen das Fenster und gaben der Situation etwas Bedrückendes.

»Sie hat gar nichts gesagt«, murmelte Frau Jaspers irgendwann. »Sie hätte doch zu uns kommen können. Wir hätten sie doch nicht verurteilt.«

»Ein uneheliches Kind zu bekommen macht das Leben aber auch nicht gerade einfacher«, lautete der Kommentar von Wiebkes Vater.

Wieder schwiegen alle. Kari fühlte sich unbehaglich in dieser Situation, in der sie sich vorkam wie ein ungebetener Gast.

»Sie hat nicht nur sich selbst, sondern auch dem Kind das Leben genommen«, stellte Frau Jaspers schließlich fest und drückte damit das aus, was seit Karis Ankunft im Raum stand wie der sprichwörtliche rosa Elefant. Ihr Mann warf das Foto auf den Couchtisch und blickte zu Boden.

»Ich habe Wiebkes Laptop mitgenommen«, schnitt Kari das zweite Thema an, wegen dem sie gekommen war. »Ich kann versuchen, jemanden zu bitten, das Passwort zu knacken. Oder haben Sie inzwischen etwas gefunden?«

Die beiden schüttelten synchron die Köpfe. Sie waren zu sehr mit der Tatsache beschäftigt, dass Wiebke ein Kind erwartet hatte.

»Mach ruhig. Alles, was uns nützt, zu verstehen oder wenigstens zu erklären, was geschehen ist, ist hilfreich für uns. Wir vertrauen dir.«

Kari stand auf, um sich zu verabschieden.

»Wir sehen uns ja am Montag.« Frau Jaspers schaute mit rot geränderten Augen zu ihr hoch. »Es ist so schön, dass du dabei sein kannst.« Verlegen rieb Kari die Hände an der Hose. »Nein«, wollte sie schon sagen. »Ich muss nach Berlin zurück, um meinen Job zu retten«, aber sie ließ es. Sie würde am folgenden Tag anrufen und erklären, warum sie bei Wiebkes Beerdigung nicht dabei sein konnte.

Während sie zurück nach Utersum fuhr, spielte sie im Geist durch, was sie wusste. Wiebke hatte von ihrer Schwangerschaft gewusst. Die so frisch war, dass ... die Erkenntnis traf Kari wie ein Schlag. Carl! Wenn Carl sich mit Wiebke vor rund einem halben Jahr getroffen hatte, die Beziehung womöglich wieder aufgeflammt war – dann könnte er der Vater von Wiebkes Kind gewesen sein. Hatte er davon gewusst? War er erfreut gewesen? Oder eher nicht? Carl hatte eine Freundin, das war Kari bekannt. »Es ist ernst«, hatte er ihr kürzlich verraten. »Zum ersten Mal. Ich kann mir mehr vorstellen mit ihr. Und sie sich mit mir.«

Da kam ein Kind mit der Ex zum gänzlich unpassenden Zeitpunkt.

Eine Antwort auf die Fragen, die dieser Umstand aufwarf, bekam Kari an diesem Abend nicht mehr. Carl ging trotz wiederholter Versuche nicht ans Telefon.

Kapitel 16

Sonntag, 20. Februar

Die Nacht war stürmisch gewesen, ein heftiger Wind hatte an der Kate gerüttelt und Kari mehrfach aus düsteren Träumen von Dunkelheit, Kälte und Tod gerissen. Entsprechend gerädert fühlte sie sich, als sie sich morgens aus dem Bett quälte. Es hatte aufgehört zu regnen, die salzige Luft war kalt und feucht und der Strand wirkte wie frisch abgezogen. Kari trabte ihre übliche Joggingstrecke entlang und fühlte sich dabei bleischwer. Vorbei an dem Mann mit dem Hund, der wie jeden Morgen in die Ferne sah, vorbei an Menschen, die am Strand entlangspazierten. Wenn ihr jemand entgegenkam oder sie überholte, wurde ein knapper Gruß ausgetauscht. Es hatte etwas Vertrautes, das im Gegensatz zum allgemein kühlen Umgang in Berlin stand.

Zurück im Haus duschte sie, bereitete sich eine Kanne Tee und eine Schüssel Cornflakes als Frühstück und las währenddessen die aktuellen Tagesmeldungen auf ihrem Handy. Sie war deprimiert. Vom Zustand der Welt im Allgemeinen und der Tatsache, dass sie mit dem dumpfen Gefühl, ihre tote Freundin im Stich zu lassen, abreisen musste, im Besonderen. Seufzend warf sie ihren Rollkoffer aufs Bett und begann, die wenigen Sachen, die sie mitgebracht hatte, einzupacken.

Mittendrin klopfte es. Jette Beckum stand vor der Tür. »Hast du einen Moment?«, wollte sie wissen. Kari bat sie herein, bot ihr Tee an und sie setzten sich an den Küchentisch.

»Du wolltest neulich was wissen«, begann sie. Kari dachte sofort an Magnus. *Es ist nicht immer alles so, wie es scheint,* hatte Jette an dem Abend gesagt, als sie das Thema Sesle und ihre Familie angeschnitten hatte. Aber es war ein anderes Thema, das die Nachbarin anschnitt.

»Astrid Becker hat neulich in einer kleinen Runde etwas erzählt, was deine Freundin Wiebke betrifft. Es ist also kein Geheimnis, das ich dir anvertraue.«

Kari rutschte auf ihrem Stuhl ein Stückchen nach vorn und beugte sich zu Jette. »Erzähl«, bat sie.

»Wiebke wollte bei ihr einsteigen, das weißt du ja bereits. Demnach waren die beiden sich einig. Deine Freundin hat den Eindruck gemacht, es ernst zu meinen. Aber dann kam sie mit dem Geld nicht um die Ecke. Astrid hat sich ziemlich darüber aufgeregt, denn sie hatte vorher eine andere Interessentin, der sie abgesagt hat, nachdem sie und Wiebke alles geklärt hatten. Ja, und jetzt sitzt sie da. Gesundheitlich angeschlagen, wie sie ist, wird sie ihr Geschäft aufgeben müssen.«

»Ich kann mir darauf keinen Reim machen«, antwortete Kari. Wiebke hatte ja einen ganzen Batzen Geld zur Verfügung gehabt. Ihre Kreditsummen und mehr waren bar abgehoben worden, das ging aus den Kontounterlagen hervor. Nur – wo war das Geld? Und warum hatte Wiebke ihren großen Traum platzen lassen? War ihr die Schwangerschaft dazwischengekommen?

»Ich sage dir das nur, weil ich weiß, wie sehr du mit der ganzen Sache haderst«, setzte Jette hinzu.

»Ich wüsste gerne, was in Wiebkes Kopf vor sich gegangen ist. Ich meine, einfach ins Wasser zu gehen. Das hat so einen fast schon romantischen Touch, klingt nach traurigen Liebesdramen einer alten Zeit. Aber wir wissen doch alle, wie grausam so ein Tod ist. Wer ertrinkt, erstickt. Der Körper wehrt sich, ganz instinktiv.« Erschöpft hielt Kari inne, weil die Bilder, die ihre Worte in ihrem Kopf entstehen ließen, zu schrecklich waren.

Jette legte ihr mitfühlend die Hand auf den Arm. »Irgendwo habe ich mal gelesen, dass ein Freitod selten aus heiterem Himmel kommt. Dass sich Menschen lange vor dem Selbstmord entschließen, das irdische Leben hinter sich zu lassen.«

Genau so hatte es in Wiebkes Abschiedsbrief gestanden. Dass sie ihr Leben hinter sich lassen wollte.

»Sie hat den Weg gewählt, der einfach ist, auch wenn er nicht so scheint. Das Wasser, die Flut, sie ist unbezwingbar. Hat man den richtigen Zeitpunkt verpasst, gibt es kein Zurück. Niemand kann einen mehr retten, auch man selbst nicht mehr. Wiebke hat das gewusst«, fuhr Jette fort.

Ob sie auch gewusst hatte, wie fürchterlich so ein Tod war?

»Ein romantischer Liebestod so wie bei *Ophelia* oder bei *Romeo und Julia auf dem Dorfe* existiert nicht.«

»Liebestod?« Kari hob den Kopf. »Glaubst du, sie hat sich einer unglücklichen Liebesgeschichte wegen umgebracht?«

Jette zuckte mit den Schultern. »Das weiß ich nicht. Es ist nur das, was mir in diesem Zusammenhang in den Sinn kommt.«

Für Kari ergab das womöglich einen Sinn. Wiebke und Magnus. Wiebke und Carl. Zwei Männer. Einen hatte sie sehnsüchtig angeblickt. Nach einem Treffen mit dem anderen wirkte sie, wenn man Bent Sörensen glauben konnte, wie frisch verliebt. Aber Carl hatte eine feste Beziehung und sich schon vor vielen Jahren ein anderes Leben aufgebaut. Warum hätte er zu Wiebke zurückkehren sollen, und sei es auch nur für kurze Zeit? Er würde es ihr beantworten müssen.

»Sag mal, kennst du Magnus Bracht?«

»Den Mann der Frau Pfarrer? Den kennt doch jeder hier.« Jette zupfte an einem Fussel ihrer Wolljacke.

»Ist er … ich meine … denkst du … könnte er …« Sie wusste einfach nicht, wie sie fragen sollte.

»Etwas mit Wiebke zu tun gehabt haben?« Jette, die in die richtige Richtung dachte, hob erstaunt die Brauen. »Keine Ahnung. Aber ich glaube, der hat sowieso andere Sorgen.«

»Andere Sorgen?«, echote Kari.

»Seine Firma ist pleite. Hat dir das deine Freundin Sesle nicht erzählt?«

Kari starrte ihre Nachbarin an. »Was heißt das, pleite?«

»Na, du wirst doch wohl wissen, was das bedeutet.«

Kari war es, als habe ihr jemand eine Ohrfeige verpasst. Magnus in Geldnöten. Wiebke, die einen Kredit nach dem anderen aufgenommen hatte. Um ihrem Geliebten aus der Patsche zu helfen? Offensichtlich umsonst.

»Die arme Sesle«, murmelte sie. Der Zusammenbruch ihrer kleinen Familienidylle musste ihr schwer zusetzen. Kari griff sich an die Stirn. »Woher weißt du das denn alles?«, fragte sie schließlich.

»Das pfeifen in Wyk die Spatzen von den Dächern. Deine Freundin Sesle ist ja nicht irgendwer.«

Damit erhob sich Karis Besucherin. Es wäre der passende Zeitpunkt gewesen, sie über ihre geplante Abreise zu informieren. Aber Kari zögerte. Sie wusste selbst nicht, warum.

Sie musste im Netz nicht lange suchen. Magnus' Firma hieß genau wie er. Von der Startseite her schaute er sie mit einem vertrauenerweckenden Lächeln an.

»Schönheitskur für Ihre Immobilie«, stand dort zu lesen. Darunter erklärte er in Kurzform, an wen sich sein Angebot richtete – »Sie wollen selbst verkaufen? Sie sind Maklerin oder Makler? Wir bereiten Ihre Liegenschaften geschmackvoll auf« – und was er anbot – »Ihr Haus im besten Licht zu präsentieren, indem Wohnatmosphäre nach neurowissenschaftlichen Erkenntnissen geschaffen wird.« Ein paar Referenzprojekte wurden mit Vorher-Nachher-Fotos dargestellt. Es folgte ein Button mit der Aufschrift »Vereinbaren Sie ein unverbindliches Vorgespräch mit mir persönlich.« Alles kurz und knapp gehalten. Auf einer weiteren Seite, die offensichtlich später hinzugekommen war, gab es eine zweite Möglichkeit, etwas anzuklicken. »Werden Sie Teil meiner Firma«, stand da zu lesen. »Neugierig?«

Hinter diesem Button verbarg sich eine Crowdfunding-Aktion. Magnus hatte sie bereits vor einiger Zeit gestartet und dazu eine ganze Reihe von Infor-

mationen auf einer entsprechenden Plattform einge-
stellt. Dort konnte man sehen, dass in einer Lagerhalle
Dutzende von Sesseln, Sofas, Lampen, Bildern, Vasen
und anderen Einrichtungsgegenständen nur darauf
warteten, in Immobilien, die zum Kauf standen, gefäl-
lig arrangiert zu werden. Außerdem sprach er erstaunlich offen darüber, dass es einige größere Anschaffun-
gen – bei gleichzeitigem Ausbleiben von Aufträgen – gewesen waren, die ihn in eine »insgesamt wirtschaftlich
schwierigen Situation, die – da bin ich mir ganz sicher
– vorübergehender Natur ist« gebracht hätten. Dass
nun jeder, der sich dafür interessierte, seine Firma mit
Einlagen und Vertrauen unterstützten konnte. Er
suchte nach Geldgebern, um das Schlimmste abzuwen-
den. Magnus ging derart offen mit seinem geschäftlichen Engpass um, sein ganzer Auftritt wirkte seriös.
Ehrlich, wie der Mann insgesamt bisher auf Kari gewirkt hatte. Hatte er Sesle nicht sofort von Mareikes
Annäherungsversuch berichtet? Konnte es dennoch
sein, dass derselbe Mensch von Wiebke Geld angenommen hatte, viel Geld, und sie danach abserviert hatte?
Kari rieb sich die Nasenwurzel. Ihr Laptop schickte ihr
mit einem piepsenden Ton eine Erinnerung. Wenn Sie
ihren Zug in Dagebüll wie geplant erreichen wollte,
würde sie das Haus innerhalb der nächsten halben
Stunde verlassen müssen, um die entsprechende Fähre
nicht zu verpassen. Etwas ließ sie zögern. Es gab einen
weiteren Zug, den sie würde nehmen können. Der erreichte Berlin allerdings erst um Mitternacht. Es bliebe
ihr wenig Zeit, bis zum Montagmorgen um acht Uhr.
Da sie bisher keine Fahrkarte gekauft hatte, war es aber
egal, wann sie fuhr. Nervös trommelte sie mit den

Fingern auf dem Tisch. War Magnus einer der Männer, die andere Menschen täuschen und um den Finger wickeln konnten? Mit Unbehagen dachte sie daran, dass sie erst vor Kurzem jemandem begegnet war, der genauso tickte. Seriöses Auftreten, das wusste sie nicht erst seitdem, hatte nichts mit dem wirklichen Charakter zu tun. Sie überlegte, wie oft sie Magnus begegnet war. Nicht häufig. Er und Sesle waren seit fünf Jahren verheiratet, nach einer kurzen Kennenlernzeit. Kari hatte immer angenommen, dies sei unter anderem darauf zurückzuführen, dass Sesle als Pfarrerin keinen Anlass zu Gerede über eine wilde Ehe bieten wollte. Aber dann, als sie die beiden das erste Mal zusammen erlebt hatte, war sie wie geblendet gewesen von der tiefen Liebe und Harmonie, die das Paar ausstrahlte. Unvorstellbar, dass sich Mareike an Magnus herangemacht hatte. Ausgerechnet nach Sesles Geburtstagsfeier. Warum war ihr das nicht aufgefallen? Sie war von Berufs wegen eigentlich immer sehr aufmerksam. Das Video fiel ihr ein. Sesle hatte es allen geschickt, die mitgefeiert hatten. Kari hatte es heruntergeladen, aber nie angesehen. Das wollte sie jetzt nachholen. Nach kurzer Suche – sie hatte die Datei »Geburtstag Sesle« genannt – wurde sie fündig. Die rund zehnminütige Aufnahme begann mit einem nachträglich gesetzten Vorwort des Geburtstagskinds. »Danke, dass du dabei warst. Diesen Ehrentag mit dir, mit euch allen zu feiern, bedeutete mir unendlich viel.« Danach setzte das eigentliche Video ein. Ein Panorama des Gartens, in dem Stehtische und ein Zelt für das Büffet arrangiert waren. Die Gästeschar war bereits ausgelassen. Kari erkannte sich selbst im Gespräch mit einer von Sesles

Nachbarinnen. Die Yogagruppe, in der Sesle sich jeden Mittwoch verrenkte, prostete sich am Nebentisch munter zu. Die Kamera schwenkte weiter, erfasste zwei Paare, in eine Unterhaltung vertieft. Andere Gäste bedienten sich am Büffet und winkten, als sie merkten, dass man sie aufnahm. Mareike tauchte auf, ein Glas Champagner in der Hand. Sie wirkte unschlüssig, wem sie sich anschließen sollte. Und dann, es war ein Schock, sie auf einmal wieder so lebendig auf der Leinwand zu sehen, saß da Wiebke. Der Kuchenteller lag auf ihrem Schoß, sie hielt die Gabel in der Hand und blickte nicht dorthin, von wo sie gerade aufgenommen wurde. Kari wusste sofort, was sie vor sich hatte: Es war genau derselbe Moment, den eine andere Kamera ebenfalls eingefangen hatte. Und tatsächlich – Sesle schwenkte bei ihrer Aufnahme weiter. Da stand Magnus und knipste mit seinem Smartphone. Kari hörte es förmlich klicken, als er Wiebke ablichtete, die direkt in seine Richtung sah. Mit schmachtendem Blick. Während Sesle näher an sie herantrat, was sie aber nicht zu bemerken schien. Doch das, was sich Kari in diesem Moment im Video offenbarte, war etwas anderes, als sie bisher vermutet hatte. Denn jetzt erkannte sie ihren Trugschluss. Magnus stand dort nicht alleine. Er hatte den kleinen Lars auf dem Arm, der lachend und kreischend nach dem Smartphone greifen wollte. Während Wiebke aufstand, ihren Teller abstellte und zu Magnus sagte: »Darf ich ihn mal halten?« Mit demselben sehnsuchtsvollen Blick, von dem Kari geglaubt hatte, er gelte dem Vater, nahm sie nun den Sohn auf den Arm. Die Wucht der Erkenntnis raubte ihr für einen Moment den Atem. Wiebke hatte sich nicht nach Sesles

Mann gesehnt, sondern nach deren Kind. *Nein*, berichtigte sie sich sofort. Sicher nicht nach Lars, aber vielleicht nach einem eigenen Kind. Was ihren Suizid noch seltsamer erscheinen ließ. Sie war schwanger gewesen. Und dennoch so unglücklich, dass sie sich das Leben genommen hatte. Als hätte das Schicksal ihr einen Wink gegeben, ging in diesem Moment ein Anruf von Sesle auf Karis Handy ein.

»Bist du schon unterwegs?«, wollte sie wissen.

»Ich fahre nicht«, antwortete Kari zu ihrer eigenen Überraschung.

»Du bleibst zu Wiebkes Beerdigung?«

»Sie war schwanger. Wusstest du das?«

»Wie bitte?« Sesles Stimme war anzuhören, wie sehr sie diese Information überraschte und schockierte. »Bist du sicher?«

»So sicher wie es eben geht. Ultraschallbild. Sie war in der zwölften Woche.«

Sesle schwieg, Kari hörte sie schlucken. »Sie hat das ungeborene Kind mit in den Tod genommen? Das ... das kann ich kaum glauben.« Sesles Stimme war leise geworden.

»Wünschte sie sich denn ein Kind?«, fragte Kari. Wohl wissend, dass es dafür deutliche Anhaltspunkte gegeben hatte.

»Mit mir hat sie darüber nicht gesprochen«, musste Sesle zugeben. »Wie gesagt, sie kam nicht mehr häufig zu uns.«

Ja, dachte Kari. *Weil es ihr weh tat, dich und dein Familienglück, insbesondere dein Kind, zu sehen.*

»Ich muss das erst einmal verdauen«, meinte Sesle. »Wir reden morgen, ich hoffe, wir haben nach der Beerdigung Zeit dazu.«

Jo würde toben. Weil sie sich dem gerade nicht stellen wollte, rief sie ihn nicht an, sondern schickte ihm eine Mail an seine private Adresse. Sie brachte zum Ausdruck, dass sie ihm überaus dankbar war für seinen Einsatz und jederzeit einen Gesprächstermin würde wahrnehmen wollen. Nur eben am morgigen Tag nicht. »Du weißt, was mir mein Beruf bedeutet. Nicht weniger bedeutet mir aber eine Angelegenheit, nennen wir sie mal familiär, die meine Anwesenheit hier, wo ich mich gerade aufhalte, morgen notwendig macht.« Sie schloss mit der Floskel, sie hoffe auf eine zweite Chance zu einem späteren Zeitpunkt. Als sie die Mail abgeschickt hatte, blieb sie eine Weile am Computer sitzen. Doch Jo antwortete nicht. Sei es, weil er seine Post noch nicht gelesen hatte, oder weil er es ihr übelnahm. Im letzteren Fall durfte sie nicht auf eine weitere Chance hoffen und würde wohl ihren Dienst quittieren müssen.

Kapitel 17

Montag, 21. Februar

Der Himmel war grau und kündigte Regen an, aber es blieb den Vormittag über trocken. Nach ihrer Joggingrunde machte sich Kari auf zu *Blumen-Astrid*. Das Gebinde, das Frau Becker für sie zusammengestellt hatte, war überaus schön geworden. »Kommen Sie ebenfalls zur Beerdigung?«, wollte Kari von der Floristin wissen. Die zögerte. »Nein«, antwortete sie schließlich. »Wir kannten uns nicht wirklich gut.«

»Aber immerhin so gut, dass Wiebke bei Ihnen einsteigen wollte.« Kari hatte keine Lust mehr auf Eiertänze.

»Ja. Das stimmt. Es hörte und fühlte sich alles richtig an. Gut durchdacht. Aber wenn du das schon weißt, weißt du sicher auch, dass sie mich hat hängen lassen.« Frau Beckers Miene hatte sich verfinstert. »Aber das ist nicht der Grund, warum ich heute nicht dabei sein werde«, schob sie hastig nach. »Der Blumenladen ist am Nachmittag geschlossen, weil ich aufs Festland fahre. Ein schon lange anberaumter Arzttermin. Und, wie bereits gesagt, Wiebke und ich hatten geschäftliche Pläne.

Wir waren nicht befreundet. Wir hatten nicht einmal die Möglichkeit, uns näher kennenzulernen.«

Zweieinhalb Stunden später betrat Kari die Kirche St. Laurentii. Im Inneren war es kühl und roch nach feuchter Luft. In den grau gestrichenen Bänken saßen bereits rund drei Dutzend Trauergäste. Einige grüßten mit zaghaftem Nicken, Kari erkannte eine Handvoll ehemaliger Schulfreundinnen, den Rest kannte sie nicht. Sie war lange nicht mehr hier gewesen und ließ die Atmosphäre kurz auf sich wirken. Betrachtete die geschnitzten Figuren des Altars und das Kruzifix, schaute nach oben zu den Kalkmalereien in den Gewölbejochen der Decke. Die messingfarbenen Kronleuchter passten für ihren Geschmack so gar nicht zu den eher kargen Wänden. Sie ließ sich in einer der mittleren Reihen nieder. Wenige Sekunden später huschte Mareike herein, setzte sich neben sie und drückte ihr zur Begrüßung stumm den Arm. Sesle betrat die Kirche und stellte sich vor den Altar. Der Organist, ein schmaler Mann mit schütterem Haar, huschte die Treppe hinauf. Es wurde gehüstelt, die Holzbänke knarzten. Jetzt brauste Orgelmusik auf und schien die Trauergemeinde mit sich fortzureißen. Dann trat Stille ein. Sesle stieg die Stufen zur Kanzel hinauf, von wo aus sie die Menschen in den Bänken mit ernstem Blick betrachtete. Kari senkte den Kopf und tupfte sich die Tränen aus den Augen. Jetzt, so schien es ihr, war es offiziell. Wiebke war tot und würde begraben werden. Fern von dieser Welt und unerreichbar für die Fragen, die viele, vermutlich sämtliche hier Anwesenden quälten.

Nach dem Trauergottesdienst traten sie auf den Friedhof hinaus. Es war trocken, aber so kalt, dass die Trauergäste ihre Mäntel und Jacken eng um sich gezogen hatten. Sesle hatte eine ergreifende Rede gehalten. Es ging um Hoffnung, die alle Menschen ihr Leben lang begleitete. Um das göttliche Licht, das auch in den tiefen Tälern des Menschseins immer ebendiese Hoffnung schenken sollte. Und darum, dass es Menschen gab, bei denen das Licht vorzeitig erlosch. Sie hatte Wiebke als diejenige Person gewürdigt, die sie gewesen war. Freundlich, hilfsbereit, jemand, der anderen immer wieder Glücksmomente geschenkt hatte. Sie nahm sich selbst davon nicht aus, was ihre Worte umso berührender machte. Sie hatten nicht nur Kari die Tränen in die Augen getrieben. Nun sprach sie am offenen Grab einen letzten Segen aus. Jemand schluchzte laut auf, als der Sarg danach in die Tiefe gelassen wurde. Frau Jaspers weinte leise, ihr Mann hielt sie so fest, als fürchte er, der leichte Wind, der über die Grabsteine strich, könne sie fortwehen. Neben den Eltern, einer Tante, zwei Cousins und einer Cousine, Mareike und Kari und einigen Schulkameradinnen waren die Nachbarn der Jaspers, sowie eine leicht gehetzt wirkende Kollegin von Wiebke gekommen. Letztere hatte einen Kranz von der Belegschaft abgelegt und sich danach schnell wieder verabschiedet. Sichtlich mitgenommen auch sie. Bent Sörensen stand ein wenig abseits. Ordentlich frisiert und in einem eleganten dunkelblauen Mantel wirkte er wesentlich seriöser als in seiner Kneipe. Die Hände vor dem Körper zusammengelegt schaute er zu Boden. Carl war nicht erschienen und Kari hatte ihn bisher nicht erreichen können. Innerlich

hatte sie am Morgen darüber geflucht, dass er sich gar
nicht mehr gemeldet und sie hatte hängen lassen. Auch
von Jo war keine Nachricht gekommen, was Kari als
deutliches Zeichen seiner Verärgerung interpretierte.
Nachdem alle eine Schaufel Erde und etwas Sand ins
Grab geworfen hatten, verabschiedete Sesle die Trauer-
gemeinschaft. Man würde sich gleich bei Kaffee und
Kuchen wieder treffen, um der Toten zu gedenken.

»Kommst du mit?«, wollte Kari von Bent wissen. Der
zuckte unschlüssig mit den Schultern.

»Mir ging es darum, der Verstorbenen meine Reve-
renz zu erweisen. Die Eltern kennen mich nicht, ich
will nicht aufdringlich wirken.«

Mareike trat neben sie. Ihr Haar war leicht zerzaust.
Gerade so, als habe sie nicht ausreichend Zeit gehabt, es
hinzutrimmen. Sie tupfte sich mit einem bereits reichlich malträtiert aussehenden Taschentuch die roten
und verschwollenen Augen. »Ich weiß nicht, ob ich das
schaffe«, hauchte sie. »Leichenschmaus. Was für ein
schrecklicher Brauch.« Sie blinzelte eine Träne weg
und lächelte schmerzvoll.

»Wiebkes Eltern würden sich sicher freuen«, versicherte ihr Kari und schloss durch einen Seitenblick
Bent Sörensen mit ein. »Jeder, der noch ein paar nette
Worte über Wiebke sagen kann, ist ihnen bestimmt
hochwillkommen.«

Aus den Augenwinkeln sah sie, dass Sesle in einem
gewissen Abstand wartete. Als sie auf sie zuging, bemerkte sie den kalten Blick, den die Pfarrerin auf ihre
frühere Freundin Mareike abschoss. Aber sie sagte
nichts weiter dazu. Beide schritten nebeneinander über
den Friedhof in Richtung Ausgang. »Ich wollte dir

sagen, wie froh ich darüber bin, dass du heute dabei
warst«, murmelte Sesle stattdessen. »Wiebkes Eltern
wären sonst sicher enttäuscht gewesen.« Sesle winkte
einem älteren Herrn zu, der an einem Grab stand und
den Kopf neigte. »Ich ziehe mich um und komme später
nach«, erklärte sie, bevor sie sich trennten.

»Kari, komm, fahr mit uns mit«, rief Wiebkes Vater
ihr zu. Kari drehte sich um im Glauben, Mareike wäre
nachgekommen. Aber sie konnte sie nicht sehen. Ach-
selzuckend stieg sie in den Wagen der Jaspers, einen
Mercedes älteren Baujahrs. Frau Jaspers auf dem Beifahrersitz war jetzt ganz ruhig. Sie starrte stumm vor
sich hin, während ihr Mann den Wagen bedächtig
lenkte. Das Kaffeetrinken fand bei Freunden der Familie in Klein-Dunsum statt. Es enthob die Trauergemeinde davon, gemeinsam nach Wyk zu fahren. Im
Haus angekommen, empfingen sie zwei Nachbarinnen, die bereits alles vorbereitet und Kuchen und Tor-
ten auf einem Tisch in der Küche aufgebaut hatten. Der
Duft nach frisch gebrühtem Kaffee und kräftigem Tee
zog durch die Räume. Herr Jaspers steuerte den offenen
Barschrank im Wohnzimmer an. »Auch einen?«, fragte
er Kari, als sei er hier zu Hause. Die nahm das angebotene Schnapsglas. Im Gegensatz zu Wiebkes Vater, der
den Hochprozentigen regelrecht in sich hineinschüt-
tete, nippte sie nur. Der Schnaps brannte im Hals, legte
sich aber wie eine weiche Decke über ihre Nervosität.
Sie bereute nicht, hiergeblieben zu sein. Gleichzeitig
saß in ihrem Hinterkopf die Angst um ihren Job.

»Wo ist Carl?«, fragte ausgerechnet jetzt Wiebkes
Mutter.

»Hier«, antwortete seine Stimme von der Tür her. Kari drehte sich überrascht um.

Ihr Bruder sah aus wie ein Fremder. Einer, der direkt aus dem Modemagazin eines Herrenausstatters gestiegen war. Der teuer aussehende anthrazitfarbene Anzug mit den schmalen Beinen, die rehbraunen Schuhe, die zum Mantel passten, der lässig um den Hals geschlungene Schal. Er trug eine Hornbrille, die sie noch nie an ihm gesehen hatte. Ganz der erfolgreiche Anwalt, der er inzwischen geworden war. Kari wusste, dass ihr Bruder in einer renommierten Kanzlei arbeitete. Auf seine optische Veränderung war sie dennoch nicht vorbereitet gewesen. Inmitten all der Männer und Frauen mit ihren Wollpullovern und dicken Hosen wirkte er wie ein Fremdkörper.

»Es tut mir leid«, fuhr Carl fort. »Mein Zug hatte Verspätung, ich habe die Fähre nicht mehr wie geplant bekommen.«

»Aber jetzt bist du hier. Das ist die Hauptsache.« Wiebkes Mutter griff nach den Händen des Mannes, mit dem Wiebke so lange befreundet gewesen war. Sie hatte Carl immer gemocht, nein, geliebt wie einen Sohn. Er war mehr gewesen als Wiebkes Freund. Der Freund, mit dem sie wieder zusammengekommen war? Kari nahm sich vor, ihrem Bruder gleich heute auf den Zahn zu fühlen. Doch jetzt steuerte Frau Jaspers mit ihm die Küche an. Daran hatte sich in all den Jahren nichts geändert. Kaum im Haus der Familie angekommen, musste etwas gegessen werden. Auch wenn der Kuchen an diesem Tag nicht von der Hausherrin selbst gebacken worden war. Wer hätte es ihr verdenken können.

»Ich habe x-mal versucht, dich zu erreichen!« Kari hatte einen günstigen Moment abgewartet. Jetzt befanden sie und ihr Bruder sich etwas abseits der anderen im Wintergarten. Carl wirkte nervös. Er blickte nicht seine Schwester an, sondern sah in den Garten hinaus.

»Mir war alles zu viel«, erklärte er. »Zoff zu Hause. Wiebkes Selbstmord. Stress bei der Arbeit.« Er zuckte mit den Schultern.

»Du hättest wenigstens eine Nachricht schicken können. Ich habe mir Sorgen gemacht.«

Carl seufzte. »Sorry, Schwesterlein. Aber manchmal bist du so … vereinnahmend.«

Kari zuckte zurück. Sie hätte am liebsten vehement widersprochen, ließ es aber sein. Wenn sie mit ihrem Bruder in eine Diskussion geriet, was erfreulicherweise selten der Fall war, wurde es meist heftig. Jetzt ging es um etwas anderes.

»Du und Wiebke, ihr habt euch hier auf der Insel getroffen. Kein halbes Jahr her. Stimmt das?«

»Hallo! Du bist hier nicht im Verhörraum mit einem deiner Übeltäter.« Carl blickte sie verärgert an. Gleichzeitig verunsichert. »Woher weißt du das überhaupt?«

Sie sah sich um. Bent Sörensen war nirgends zu sehen. »Es stimmt also.«

Carl kaute auf seiner Unterlippe herum. »Wiebke hat genervt. Sie wollte unbedingt, dass ich komme. Hatte es eilig. Sagte, es gäbe etwas Wichtiges zu besprechen.«

»Und? Was war so dringend?«

Carl blickte zu Boden. »Hat sich erledigt.«

»Erledigt nennst du das?« Kari baute sich vor ihrem Bruder auf. Sie hatte keine Ahnung, worum es bei dem

Treffen gegangen war. Aber sie wusste, wie man Druck aufbaute. »Sie ist tot. Hat sich umgebracht. Könnte es sein, dass es da einen Zusammenhang gibt?« Jetzt sah Carl erschrocken aus. Es war offensichtlich, dass er in diese Richtung nicht gedacht hatte. »Weil sie kein Kind hatte?«, rutschte es ihm heraus.

Kein Kind? Kari spürte, wie sich ihr die Nackenhaare aufstellten. »Erklär es mir«, bat sie, mühsam beherrscht.

»Mensch Kari. Das geht dich nichts an«, antwortete Carl pampig. »Du meinst immer, dich in alles einmischen zu müssen.«

»Nur, wenn am Ende eine meiner Jugendfreundinnen tot im Meer liegt.«

»Sie war auch meine Freundin. Schon vergessen? Und wir verstanden uns sogar nach der Trennung weiterhin gut. Hatten halt selten miteinander zu tun.«

»Dein Foto stand in ihrer Wohnung.«

Carl schluckte nach dieser Ansage heftig.

»Carl, sie war immer noch in dich verliebt, stimmt's?«

Er atmete tief durch, stellte die Tasse ab und verschränkte die Arme vor der Brust.

»Nein. Sie war nicht mehr in mich verliebt. Genauso wenig wie ich in sie. Just Friends. Nichts weiter.«

»Es gibt jemanden, der hat euch in Wyk gesehen. Danach wirkte sie wie ausgewechselt. Wie frisch verknallt. Originalton.«

Er schüttelte den Kopf. »Irrtum. Das hatte nichts mit mir zu tun.«

»Definitiv?«

Er nickte.

»Mit wem dann?«, wollte Kari wissen.

»Keine Ahnung. Über diesen Teil ihres Privatlebens haben wir nicht mehr miteinander gesprochen.«

»Was wollte sie dann von dir? Was war so wichtig?«

Hinter ihnen betrat ein anderer Gast den Wintergarten, verließ ihn aber schnell wieder, als er Karis Blick und die angespannte Stimmung bemerkte. Kari wandte sich erneut ihrem Bruder zu. Der schaute geknickt drein.

»Sie wollte unbedingt ein Kind.«

»Von dir?«

Carl nickte. »Sie hatte es sich in den Kopf gesetzt, von mir schwanger zu werden. *Das wird ein tolles Kind*, sagte sie. *Deine Gene und meine Gene. Und wir mögen uns schon unser ganzes Leben lang.* Sie war wie besessen von der Idee, Mutter zu werden. Hörte ihre biologische Uhr ticken. Schaute in jeden Kinderwagen. Sprach von nichts anderem. Mein Eindruck war, dass sie an kaum etwas anderes mehr dachte.«

Kari verschlug es kurz die Sprache. »Ja, und?«, fragte sie nach einer Weile tonlos.

»Nichts. Ich gehe doch nicht mit meiner Ex ins Bett, wenn ich in einer festen Beziehung bin mit der Frau, die ich liebe.« Er fuhr sich mit gespreizten Fingern durchs Haar. »Das habe ich ihr deutlich gemacht. Aber sie ...« Verzweifelt ging er ein paar Schritte auf und ab. »Sie war nicht zu bremsen. Sagte, es müsse doch nicht ... also, dass ein Mal reichen würde. Sie sei gut vorbereitet auf eine schnelle Empfängnis. Nahm Globuli, maß ständig ihre Temperatur, legte sich sogar Heilsteine auf den Unterleib. Lauter so ein Zeug.«

»Das hat sie dir alles erzählt?« Kari dachte an die homöopathischen Sachen in Wiebkes Badezimmer. An die Halbedelsteine in der Schale. Sie selbst hatte bislang keinen Kinderwunsch verspürt und daher auch keine Ahnung, was man alles tat, um die fruchtbare Zeit so fruchtbar wie möglich zu machen.

»Ja.« Carl klang genervt. »Sie hörte einfach nicht auf. Wollte, dass ich an einem bestimmten Tag käme, um … du weißt schon. Mit ihr in die Kiste zu steigen. Da habe ich sie recht unsanft abblitzen lassen.«

»Du meine Güte«, antwortete Kari schockiert.

»Glaub mir. Jetzt, wo all das geschehen ist, tut mir das mehr als leid. Ich hätte sanfter mit ihr umgehen sollen. Aber ich wusste mir keinen Rat mehr. Ständig rief sie an. Es wurde langsam peinlich.« Carl sah wahrhaftig zerknirscht aus.

»Du hast demnach nicht mit ihr geschlafen?«

»Kari! Hast du nicht zugehört? Nein! Natürlich nicht.« Er war laut geworden und Kari beruhigte ihn mit einer Handbewegung. »Gab es weitere … Kandidaten?«, fragte sie.

Carl starrte seine Schwester irritiert an. »Woher soll ich das wissen?« Dann, zögerlich, fuhr er fort. »Sie hat aber was erzählt. Von einem, mit dem sie einen One-Night-Stand hatte. Den sie nicht mehr loswurde danach. Der ihr das Leben zur Hölle machte, wie sie sagte. Darum wollte sie das nicht mehr. Dieses Zufällige.«

»Vielleicht war sie von diesem Mann schwanger«, murmelte Kari.

»Niemals. Der Kerl war ihr extrem unangenehm, sie hätte auf keinen Fall …« Carl stoppte mitten im Satz. »Was? Was hast du gesagt?«

Kari biss sich auf die Lippe.

»Du sagst, sie war schwanger?« Carls Augen weiteten sich vor Erstaunen.

»Ja. War sie. In der zwölften Woche.«

»Aber … wenn sie ihrem Ziel so nah war, warum hat sie sich dann das Leben genommen?«

Es war die Frage, die sich auch Kari nicht zum ersten Mal stellte.

»Bleibst du über Nacht?«, wollte Kari irgendwann von ihrem Bruder wissen. Zu ihrem Bedauern schüttelte Carl den Kopf. »Ich habe mir für heute Abend einen Flug von Wyk aus organisiert.« Dass er so schnell wieder verschwinden wollte, machte sie traurig.

»Willst du gar nicht auf den Friedhof?«, fragte sie ihn leise.

Doch da war er schon gewesen. Hatte ein Gebinde an Wiebkes Grab niedergelegt und Blumen an der letzten Ruhestätte seines Vaters. Kari fragte sich unwillkürlich, ob er dasselbe empfand wie sie, wenn er dort stand. Ihr Vater war der emotionale Mittelpunkt der Familie gewesen. Nach seinem Tod hatten Fliehkräfte eingesetzt, die sie alle auseinandergetrieben hatten. Zumindest kam es Kari so vor. Carl behauptete jedoch seit Jahren, er habe immer schon vorgehabt, die Insel so schnell wie möglich zu verlassen. Seine Wünsche waren nicht realisierbar gewesen auf den wenigen Quadratkilometern. »Für mich ist das nichts. Freiwillige Feuerwehr auf der einen Seite, auf der anderen jeden Abend dieselbe Kneipe. Das macht mich auf Dauer nicht glücklich.« Obgleich auch er sich nicht wirklich an die ersten Jahre ihrer Kindheit in Hamburg erinnern konnte, hatte er aus seiner Sehnsucht nach Großstadt nie einen Hehl gemacht.

Tatsächlich war er nicht lange geblieben. Es schien, als sei es ihm wichtig gewesen, Wiebkes Eltern persönlich sein Beileid auszusprechen. Gleichzeitig wirkte er gehetzt. Nach dem Gespräch mit Kari zudem verwirrt und niedergeschlagen. Als er das Haus der Familie Jaspers verlassen hatte und sich die Versammlung langsam aufzulösen begann, trat Sesle neben Kari.

»Habt ihr gestritten, Carl und du?«

»Nein, nicht wirklich. Er hat mir über eine bestimmte Sache nicht die Wahrheit gesagt. Das hat mich geärgert.«

»Verstehe. So etwas mag ich auch nicht.« Sie nippte an ihrem Wasser. Kari bemerkte dunkle Schatten unter den Augen der Pfarrerin. Kein Wunder. Sie hatte heute eine Trauerfeier für eine ehemalige Freundin abgehalten. Daneben hatte ihr Mann berufliche Sorgen, die sie sicher ebenfalls nicht kaltließen.

»Sag mal, kannten sich Wiebke und Magnus gut?«, fragte sie.

»Natürlich«, antwortete Sesle, sichtlich irritiert. »Wiebke ging eine Zeit lang bei uns ein und aus.«

»Könnte es sein, dass sie ihm Geld geliehen hat?«

Sesles Brauen schossen in die Höhe. »Geld? Wiebke? Soweit ich weiß, war sie immer ziemlich knapp bei Kasse. Aber selbst wenn nicht – wie kommst du auf die Idee?«

Kari legte ihr beruhigend die Hand auf den Arm. »Bitte, sag es nicht weiter. Wiebke hatte einen Kredit aufgenommen und das Geld bar abgehoben. Niemand weiß, was sie damit gemacht hat, wo es geblieben ist.«

»Du meinst, sie hat es in Magnus' Firma gesteckt? In dieses Crowdfunding-Projekt?«

Kari war erstaunt, wie offen Sesle mit der finanziellen Misere ihres Ehemannes umging. Andererseits konnte man auf dem engen Raum einer nicht allzu großen Insel sowieso nichts lange geheim halten.

»Zum Beispiel.«

»Ich kann ihn fragen, er kennt die Namen derjenigen, die Einlagen getätigt haben. Wenn Wiebke dabei gewesen wäre, hätte er es mir vermutlich gesagt. Und verschwinden kann das Geld sowieso nicht. Es gibt gewisse Mechanismen, die das verhindern. Was ich sagen will – die Abwicklung läuft über eine sichere Plattform, da kann nicht einfach etwas aus dem Topf genommen werden.« Sie schlenderten ins Wohnzimmer zurück, das sich inzwischen sichtbar geleert hatte. Während Sesle gleich in ein Gespräch gezogen wurde, winkte Frau Jaspers Kari zu sich.

»Das ist Adele Bienhaus. Wir kennen uns aus der Trauergruppe. Ihre Tochter hat sich ebenfalls das Leben genommen.« Mit diesen Worten stellte sie die Frau, die neben ihr saß, vor. Die Fremde blickte Kari mit schmerzvollem Lächeln an. Die Situation hatte etwas Bizarres an sich.

»Das tut mir leid«, hörte Kari sich sagen. »Wie ist es denn passiert?«

Frau Bienhaus schien irritiert über die Frage.

»Kari ist bei der Polizei«, erklärte Frau Jaspers.

»Ach so«, antwortete Frau Bienhaus, als erkläre das alles. »Meine Sonja hat sich die Pulsadern aufgeschnitten.«

Während Frau Jaspers ihrer Bekannten die Hand auf den Arm legte, drückte Kari ihr erneut ihr Beileid aus.

»Wir wohnen auf Amrum. Aber hier in der Gruppe fühle ich mich besser aufgehoben«, fuhr Frau Bienhaus fort. »Der Tod des eigenen Kindes ist kaum zu ertragen. Mein Mann und unser Sohn – ich glaube, sie sind schon nach einem halben Jahr weiter darüber hinweg, als ich es jemals sein werde.« Sie strich sich mit dem Finger unter den Augen entlang und wischte ein paar Tränen weg. Kari überließ die beiden Frauen kurz darauf wieder ihrem Gespräch, um sich eine Tasse Kaffee zu holen. Sie war eine Viertelstunde später eine der Letzten, die sich verabschiedeten. Nur die Nachbarinnen, die die Jaspers an diesem Tag unterstützt hatten, wuselten noch in der Küche herum, schoben Kuchenstücke zusammen und befüllten die Spülmaschine.

Kapitel 18

Als Kari aus dem Haus trat, zeugten etliche Pfützen und eine überaus feuchte Luft von dem heftigen Regen, der in der Zwischenzeit heruntergegangen war.

Sie zog sich die Kapuze ihrer Jacke über den Kopf, schwang sich auf ihr Rad und fuhr den direkten Weg durch Wiesen und Marschlandschaft nach Utersum zurück. Sie war aufgekratzt. Das Gespräch mit ihrem Bruder hatte sie aufgewühlt. Ebenso die Vorstellung einer vom Kinderwunsch getriebenen Wiebke.

Zunächst wusste sie nicht, was es zu bedeuten hatte, als sie in der Dunkelheit Fackelfeuer über dem Feld sah. Dann erst wurde ihr bewusst, was für ein Tag heute war. Der 21. Februar, der Tag des traditionellen *Biikebrennens*. Sie hatte diese Tradition schon fast vergessen gehabt. Nun hielt sie inne, stieg vom Rad und folgte dem schmalen, grasbewachsenen Weg zu dem matschigen Feld, auf dem sich eine Reihe von Menschen versammelt hatte. Man hatte Äste, Gestrüpp, Stroh und sogar zwei vertrocknete Weihnachtsbäume zu einem übermannshohen Scheiterhaufen aufgeschichtet. Obenauf lag bereits der Piader, die Strohpuppe, die sinnbildlich für den Winter verbrannt wurde. Oder als Zeichen dafür, dass nun die Walfangsaison begann. Etwas Altes ging, damit etwas Neues beginnen konnte. Es herrschte ausgelassene Stimmung, ein totaler Gegensatz zu der Trauerfeier, von der sie gerade kam. Kinder mit bunten Wollmützen auf dem Kopf tanzten um den Scheiterhaufen, der nun, sämtliche Fackeln waren entzündet, mit dem friesischen Schlachtruf »Tjen di Biiki ön!«, unter lautem Gejohle und Geklatsche von mehreren Seiten angezündet wurde und trotz des feuchten Wetters sogleich brannte. Von früher wusste Kari, dass es häufig die jungen Männer und Frauen der Freiwilligen Feuerwehr, ein fester Bestandteil in der DNA jedes Dorfes, waren, die dafür sorgten, dass es in diesem Fall besonders gut loderte. Wenn es regnete, kippte man eben auch mal einen Brandbeschleuniger dazu.

Jemand winkte sie zu einem der Campingtische, wo heiße Getränke ausgeschenkt wurden. Es war Tanja Sievers. Kari trat neben die Frau und nahm einen Becher Teepunsch entgegen.

»Sie haben sich ja gut in die Inseltraditionen eingelebt«, sagte sie lächelnd.

»Anders geht es hier nicht«, antwortete die Ältere. »Wer in einer so kleinen Gemeinschaft lebt, muss sich anpassen. Mir macht es Freude.«

Sie tranken schweigend und betrachteten die Menschen um sie herum. Immer mal wieder wurde etwas in die Flammen geworfen, jemand sang ein altes Seemannslied, weil man früher die Feuer zu Ehren der ausziehenden Seefahrer und Walfänger entzündet hatte. Es waren raue Zeiten gewesen. Die Männer monatelang auf dem Meer, die Frauen und Kinder auf der

Insel. Ein karges Leben, bestimmt davon, mit welchem Fang die Seeleute heimkehrten und was die Natur den Daheimgebliebenen ließ. Schweigend starrte Kari auf den lichterloh brennenden Haufen, verfolgte die glühenden Funken, die in den dunklen Himmel stoben.

»Sie sehen traurig aus«, bemerkte Tanja Sievers irgendwann, der Becher war schon leer und Kari lehnte einen zweiten ab.

»Ich komme von einer Beerdigung«, murmelte die.

Frau Sievers nickte verstehend. »Wollen Sie mitkommen zum Grünkohlessen? Ich habe zwar nur einen Tisch für eine Person bestellt, aber da passen immer auch zwei dran. Wir könnten reden oder schweigen, ganz wie Sie mögen.« In ihren Augen lag eine Freundlichkeit, die Kari guttat. Sie hätte die Einladung gerne angenommen. Sich mit ihrer neuen Bekannten in Ruhe unterhalten. Mit jemandem, der überhaupt nichts zu tun hatte mit all den Dingen, die sie gerade so sehr niederdrückten. Aber es gab noch etwas anderes, das sie klären wollte. Carl hatte etwas von einem Stalker gesagt und Kari fragte sich, ob Bent Sörensen Näheres wusste.

Nachdem sie das *Biikefeuer*, das noch lange nicht verloschen war, verlassen hatte, radelte sie zur *Blauen Möwe* und stellte das Rad ab. *Heute erst ab 20 Uhr geöffnet*, stand auf einem handgeschriebenen Schild, das in der Scheibe baumelte.

Sie warf einen Blick auf ihre Uhr. Fünf nach acht. Sie betrat das Lokal. Es war leer, was angesichts des besonderen Tages nicht überraschend war. Vermutlich war alles, was zwei Beine hatte, bei einem der Feuer, die an diesem Tag auf der ganzen Insel loderten. Oder man saß in den Lokalen, die den für diesen Tag ebenso traditionellen Grünkohl anboten. Kari blieb einen Moment im Gastraum stehen. Bent war nirgendwo zu sehen. Im hinteren Raum, wo, wie sie wusste, ein Billardtisch aufgestellt war, brannte Licht, die Tür stand halb offen. Jetzt hörte sie von dort Musik. Leise Jazzklänge, die so gar nicht in diese Umgebung passten. Auf dem Tresen lag eine CD-Hülle. Silje Nergaard. Sie folgte den jazzigen Tönen und blieb an der Tür zum Nebenraum abrupt stehen. Das Paar dort drin tanzte eng und scheinbar selbstvergessen auf eine sinnliche Art. Sie wirkten dabei auf intime Weise vertraut, mit fließenden, aufeinander abgestimmten Bewegungen. Bent entdeckte sie als erster und hielt inne. Mareike, die sich in seine Arme geschmiegt hatte, löste sich, offenkundig irritiert. Sie folgte seinem Blick und drehte sich zu Kari um. »Du?«, murmelte sie. Ihr Mascara war leicht verschmiert, ebenso der Lippenstift. In Kari loderte Wut auf. Was fiel Mareike ein, hier eng umschlungen mit Bent zu tanzen? Die beiden hatten sich nach der Beerdigung vom Acker gemacht. Mareike war nicht mit zu den Jaspers' gegangen. Sondern flirtete hier stattdessen lieber den Kneipenwirt an.

»Sorry.« Kari hörte selbst, wie verärgert ihre Stimme klang. »Ich wollte nicht stören.«

»Tust du nicht.« Bent ließ Mareike los, ging zu einer kleinen Anlage im hinteren Teil des Raumes und stoppte die Musik.

Mareike fuhr sich mit den Fingern durchs Haar, ihr Blick war Bent gefolgt. Sie wirkte verstimmt.

»Die Tür war nicht verschlossen. Ich dachte, du hast schon geöffnet«, setzte Kari erklärend hinzu.

»Willst du was trinken?«, fragte Bent. So, als sei sie eben nicht in eine intime Situation hineingeplatzt.

»Was Starkes. Wodka-Tonic. Das brauche ich jetzt.« Kari machte auf dem Absatz kehrt und stiefelte in die Gaststube hinaus. Bent folgte ihr. Mareike kam nach einer Weile ebenfalls. Sie hatte ihren Mantel über den Arm gelegt und musterte Kari, die sich an die Theke gesetzt hatte.

»Wie war es denn?«, wollte sie wissen.

»Wie solche Zusammenkünfte eben sind.« Kari griff nach dem Glas, das Bent ihr hinschob. »Alle haben Erinnerungen an Wiebke ausgetauscht. Was für ein freundlicher und fröhlicher Mensch sie war. Ich erinnere mich genau so an sie.« Sie trank einen Schluck. Der Drink war stark. Bent hatte begonnen, Gläser aus der Spülmaschine zu nehmen und sie zu polieren. Er wirkte abwesend.

»Carl war da. Von ihm habe ich erfahren, dass Wiebke einen Stalker hatte. Weißt du etwas darüber?«

Mareike runzelte die Stirn. »Stalker? So würde ich das nicht nennen. Ein hartnäckiger Verehrer hat sie immer wieder angerufen oder abgepasst. Er wollte nicht hinnehmen, dass sie kein Interesse an ihm hat.«

»Wer ist es?«

Mareike zuckte mit den Schultern. Sie sah nicht Kari an, sondern blickte zu Bent hinüber. »Frag ihn. Er kriegt solche Dinge eher mit.«

Sie zog ihren Mantel an und klopfte zum Abschied mit den Fingerknöcheln auf die Theke. Die Tür öffnete sich, herein kam eine kleine Gruppe junger Menschen. Es wurde laut, als sie sich im vorderen Bereich der Kneipe in einer der Nischen niederließen.

»Warte!« Karis Finger schlossen sich um Mareikes Handgelenk, während das ausgelassene Lachen der anderen Gäste an ihr Ohr drang. Bent war an den Tisch drüben getreten.

»Wiebke war schwanger. Wusstest du das?«

Selten hatte Kari jemanden schneller erblassen sehen. Aus Mareikes Gesicht wich buchstäblich jede Farbe. Nicht nur das, ihr Teint wirkte auf einen Schlag wie durchsichtig. Eine blaue Ader erschien an ihrem Hals, sie zuckte unter dem heftigen Pochen ihres Herzens.

»Was?« Mareike schwankte und Kari sprang von ihrem Hocker und hielt sie fest.

»Sie war schwanger?« Mareikes Stimme war kaum noch vorhanden. »Woher weißt du das?«

Kari erklärte kurz, dass es ein Ultraschallfoto gab. »Zwölfte Woche. Nach allem, was ich weiß, ein Wunschkind.«

Mareike sah aus, als würde sie jeden Moment umkippen. Ihre Augen wirkten riesig, fast so, als würden sie aus den Höhlen treten wollen. »Schwanger«, wiederholte sie mehrfach. »Sie hat nicht gesagt, dass sie ein Kind erwartet.«

»Wart ihr denn nicht mehr so eng?«

»Doch. Ich meine, schon. Aber sie hat mir nichts davon erzählt.«

Bent war hinter den Tresen zurückgekehrt und zu ihnen getreten.

»Alles okay? Du siehst aus, als hättest du einen Geist gesehen.«

»Mir ist schlecht«, sagte Mareike. Dann hielt sie sich eine Hand vor den Mund und rannte zu den Toiletten.

Bent hatte Mareike ein Taxi gerufen und sie bis vor die Tür begleitet. Als er hinter seinen Tresen zurückkehrte, deutete Kari stumm auf ihr leeres Glas. Der zweite Wodka-Tonic war stärker als der erste. Bent blieb abwartend vor ihr stehen. »Was war los mit ihr?«

»Hat sie nichts gesagt?«

Er schüttelte stumm den Kopf. Gut so, dachte Kari. Es wäre ihr nicht recht gewesen, wenn Mareike mit einem Außenstehenden über Wiebkes Schwangerschaft gesprochen hätte. Wobei – sie hatte null Ahnung, wie eng *die beiden* waren. Dass ihr die Szene einen Stich versetzt hatte, war kein gutes Zeichen. Sie hatte keine Lust, schon wieder jemandem zu nahe zu kommen.

»Wiebke hatte einen Stalker. Oder, wie Mareike es ausdrückt, einen hartnäckigen Verehrer. Hast du eine Ahnung, wer das gewesen sein könnte?«

Er schob die Unterlippe nach vorn und sah sie wieder mit diesem irritierenden Blick an. »Sag mal, kann es sein, dass du dich da in etwas verrennst?«

»Nö. Wieso?«, konterte sie.

»Seit du hier angekommen bist, stocherst du im Leben deiner verstorbenen Freundin herum. Meiner Meinung nach ist das so überflüssig wie ein Kropf. Aber du verhältst dich dabei so, wie es normalerweise nur Bullen tun.« Die Jugendlichen wollten eine neue Bestellung aufgeben, er gab mit einer Handbewegung zu verstehen, dass er sie gehört hatte. »Ach so, das habe ich ja fast vergessen. Du *bist* ja ein Bulle.« Er grinste und beugte sich dicht zu ihr. »Was hat der arme Kerl denn zu befürchten, wenn du ihn findest?« Ohne ihre Antwort abzuwarten, schlenderte er zum Tisch seiner Gäste hinüber. Kari schaute trübsinnig in ihren Drink. *Was soll's*, dachte sie. *Vermutlich werde ich nie erfahren, warum Wiebke sich das Leben genommen hat.* Bent hatte recht mit dem, was er andeutete. Sie könnte die Dinge jetzt mal ruhen lassen. Sie trank ihr Glas aus, legte einen Schein auf den Tresen und rutschte vom Hocker.

»Du willst schon gehen?« Er stellte ein Tablett leerer Gläser neben der Spüle ab und begann, neue zu füllen.

»War ein harter Tag.« Sie zog ihre Jacke an, holte das Handy aus der Tasche und warf einen Blick darauf. Keine Nachricht aus Berlin. Sie steckte das Gerät wieder ein und zog den Reißverschluss zu.

»Schade.« In seinen Augen glomm ein Funkeln auf, das sie irritierte. Sah er jede Frau so an? Mareike? Sie schüttelte leicht den Kopf über ihre Verunsicherung. Der Kerl war so gar nichts für sie, trotzdem hatte er etwas an sich, das sie nicht kalt ließ.

»Bis die Tage«, antwortete sie. Im selben Moment vibrierte es in ihrer Tasche.

»Wagner hier. Ich glaube, der Kerl ist wieder da.« Er musste nicht weitersprechen, Kari wusste sofort, was er meinte.

»Ich brauche ein Taxi. Schnell!«, rief sie Bent zu und rannte zur Tür hinaus. Eine Minute später stand er neben ihr und bugsierte sie zu einem roten Audi. »Ich fahre dich«, erklärte er. »Bis das Taxi von Wyk hier ist, sind wir schon dort.«

»Und die Kneipe?«

»Einer der Jungs hilft ab und zu aus, der steht jetzt hinter dem Tresen.« Und damit startete er mit durchdrehenden Reifen. Den Verkehr auf der Insel konnte man zu den meisten Jahreszeiten als durchaus dünn bezeichnen. Im Vergleich zum Stadtverkehr in Berlin oder den Autobahnen des Festlandes vermutlich sogar als nicht vorhanden. Das war auch an diesem Abend nicht anders. Bent fuhr schnell und sicher und sie erreichten Wyk innerhalb von zwölf Minuten.

Herr Wagner erwartete sie in der halb geöffneten Haustür.

»Haben Sie die Polizei gerufen?«, wollte Kari wissen.

»Ich dachte, Sie sind die Polizei«, antwortete er verdattert. Das hatte er wohl von Frau Jaspers. Sie klärte die Sache nicht auf, ließ sich vielmehr von ihm auf den aktuellen Stand bringen. Er habe jemanden um das Gebäude schleichen sehen. »Wir schließen hier ab achtzehn Uhr immer ab. Da kann kein Fremder hinein. Darauf achte ich nach der Sache neulich ganz besonders. Dieser Kerl, der hat gewartet, dass jemand hinausgeht und er sich reinschleichen kann. Da habe ich Sie angerufen.«

Dann war es ihm tatsächlich gelungen, ins Haus zu schlüpfen, als ein Mieter hinausging.

»Wie lange ist er schon oben?«

»Zwei Minuten, drei vielleicht.«

»Rufen Sie die 110 und informieren Sie danach die Familie Jaspers«, beendete sie die Unterhaltung, während sie so leise es ging die Treppe hinaufhastete. Als sie auf dem letzten Treppenabsatz ankam, sah sie jemanden, schwarze Jeans, schwarzer Kapuzenpulli, vor Wiebkes Tür hocken und im Schloss herumstochern.

»Suchen Sie etwas?«, fragte sie mit schneidender Stimme.

Der Mann fuhr herum. Er hatte sie nicht gehört und wich, immer noch halb hockend, zurück, was ihm nicht gut bekam. Er fiel hinterrücks gegen die Wand, sein Einbruchswerkzeug landete scheppernd auf dem Boden.

Kari war über ihm, bevor er sich wieder fing. Sie packte ihn am Kragen und zog ihn ein Stück weit nach oben. »Was machen Sie hier? Warum versuchen Sie, einzubrechen?« Der Mann schlug nach ihr, aber sie war ihm überlegen. Auch ohne Handschellen und Dienstwaffe konnte sie sich durchsetzen.

»Blöde Fotze«, schrie der Fremde und versuchte, in Karis Arm zu beißen.

»Für Frauenfeinde habe ich eine Sonderbehandlung«, antwortete Kari und schlug ihm einmal fest ins Gesicht, woraufhin er alles daran setzte, sie von sich herunterzustoßen.

Bent Sörensen tauchte neben ihr auf. »Ruhig, Freundchen. Sonst setzt es was«, knurrte er. Der andere hörte auf zu zappeln. »Lass mich los«, bat er. »Ich kann das alles erklären.«

»Da bin ich mal gespannt.« Kari hatte nicht vor, ihn loszulassen.

Der Mann, offensichtlich inzwischen eingeschüchtert von der Tatsache, sich zwei Leuten gegenüberzusehen, signalisierte Gesprächsbereitschaft. Die Kapuze war ihm vom Kopf gerutscht und Kari konnte ein breitflächiges Gesicht mit etwas zu eng zusammenstehenden Augen erkennen. Sie war sich sicher, ihm bisher nie begegnet zu sein.

»Also, was hattest du vor? Bist du einer, der in die Wohnung von Toten einbricht in der Hoffnung, dass niemand es bemerkt, oder was?«

Der Fremde schüttelte den Kopf. »Sie war meine Freundin. Ich wollte aus der Wohnung nur was holen, was mir gehört.«

Kari zuckte zurück. »Deine Freundin?«

»Du meinst wohl, du hast sie gestalkt«, stellte Bent fest.

In den Augen des Mannes flackerte Panik auf. »Nein! Nein, so war das nicht. Wir ... wir waren zusammen.« Die letzten Worte klangen trotzig.

»Sie hatte keinen Freund«, warf Kari ein. »So viel ist sicher. Aber erzähl mal, was du in der Wohnung vorhattest.«

Der Mann, der immer noch an die Wand gelehnt am Boden saß, rappelte sich etwas auf. »Sie schuldete mir Geld. Das wollte ich wiederhaben.«

»Geld?«, echote Kari. »Dann besitzt du sicherlich einen Schuldschein.«

»Häh?« Der Fremde schüttelte indigniert den Kopf. »Man stellt seinem Freund doch kein Dokument aus, wenn man sich was leiht.«

»Knut Gerdes«, brummte Bent neben Kari. Sie wandte sich ihm zu und sah, dass er einen Personalausweis in der Hand hatte. Die Brieftasche, in der dieser wohl mal gesteckt hatte, lag auf dem Boden.

»Wie kommst du an meine Papiere?«, schrie Gerdes und versuchte vergeblich, Bent das Dokument aus der Hand zu schlagen.

»Das frage ich mich auch«, wollte Kari sagen, kam aber nicht mehr dazu. Durch das Fenster im Flur sah man Blaulicht zucken. Im nächsten Moment schlug im Erdgeschoss die Haustür. Bent erhob sich.

»Ich schau mal nach«, murmelte er und lief die Treppe hinunter.

Auch Kari stand auf. Sie blickte auf den Mann hinab, der sich jetzt aufrappelte. Als er schwankend vor ihr stand, kam ihr eine Erkenntnis. »Du bist neulich um mein Haus geschlichen.« Knut Gerdes zuckte zusammen und fuhr sich mit dem Handrücken über den Mund.

»Weiß nicht, wovon du redest. Ich kenne dich überhaupt nicht!«

Schritte waren auf der Treppe zu hören. Zwei Polizisten in Uniform bogen gleich darauf um den Absatz.

»Versuchter Einbruch. Der Hausmeister hat mich angerufen. Ich bin eine Freundin der Verstorbenen.« Kari hatte sich den beiden zugewandt. Leise, sodass Gerdes sie nicht hören konnte, setzte sie hinzu. »Ich bin eine Kollegin. BKA Berlin. Hier privat.«

Der Rest ging dann schnell. Sie führten Gerdes ab, nahmen ihre Zeugenaussage und ihre Personalien auf und danach die des Hausmeisters. Anschließend konnte sie gehen. Bent Sörensen war nicht mehr aufgetaucht.

Im Inneren der Kate war es dunkel und kalt, als sie nach Hause kam. Sie hatte ein Taxi genommen, weil Bent nicht auf sie gewartet hatte. Was sie merkwürdig fand. Sie wunderte sich ebenso über sich selbst, denn sie hatte den Kneipenwirt in ihrer Aussage nicht erwähnt. Die sah so aus, dass sie Gerdes beim Einbruchsversuch überrascht, ihn überwältigt und so lange festgehalten hatte, bis die von Wagner gerufene Polizei erschienen war. Sollte die Sprache auf einen weiteren Zeugen kommen, würde sie sich unwissend bezüglich dessen Identität stellen. Vielleicht ein Nachbar? Aber Gerdes schien keiner zu sein, der gerne mit der Polizei redete. Was kein Wunder war, wenn man den uniformierten Kollegen glauben konnte.

»Der Kerl ist kein Unbekannter«, hatte der jüngere der Polizisten verlauten lassen. Gerdes war wahrhaftig kein unbeschriebenes Blatt. Versuchte Vergewaltigung, Körperverletzung und Stalking standen in seinem Sündenregister.

»Bingo!«, knurrte Kari. Sie war sich nach diesen Informationen sicher, den Mann erwischt zu haben, der Wiebke nach einem One-Night-Stand nicht in Ruhe gelassen hatte. Wobei die Vorstellung, wie verzweifelt ihre verstorbene Freundin gewesen sein musste, dass sie mit diesem Typen ins Bett ging, Kari Übelkeit bereitete. Wer wollte schon schwanger werden von so jemandem? Aber vermutlich hatte sie das gar nicht gewusst, denn Gerdes hatte eingesessen und danach längere Zeit im Ausland gelebt und war erst vor einem Jahr nach Föhr zurückgekehrt.

Neben der ganzen Aufregung galt es noch, eine andere Sache zu klären. Kari klappte ihren Laptop auf und loggte sich in ihr Mailprogramm ein. Sie hatte Jo am Vortag lediglich eine kurze Nachricht geschickt, dass sie es nicht schaffen würde, rechtzeitig in Berlin zu sein. Nun wollte sie klarstellen, warum.

Hallo Jo,

begann sie.

Du wirst wütend auf mich sein und das kann ich gut verstehen. Es ist nicht so, dass ich mich vor dem Gespräch drücken wollte. Ich will meinen Job zurückhaben, das weißt du. Aber ich musste abwägen. Genaueres möchte ich dir gerne persönlich erläutern. Die Beerdigung, die mich hier an meinem Aufenthaltsort festgehalten hat, war heute. Ab morgen kann ich jederzeit nach Berlin reisen. Ich hoffe, du nimmst diese Erklärung an und gibst mir noch eine Chance.
Kari.

Sie drückte auf *senden* und lehnte sich zurück. Jetzt hieß es abwarten.

Kapitel 19

Dienstag, 22. Februar

Das Erste, was Kari am darauffolgenden Morgen bei ihrer Joggingrunde auffiel, war eine Frau, die in der Nordsee badete und am Strand von einer anderen Frau mit einem Badetuch empfangen wurde. Kari wäre es definitiv zu kalt gewesen, aber sie war sowieso kein großer Fan von Wassersport. Das hatte sie schon immer ihrem Bruder überlassen. Sie genoss lieber die heiße Dusche nach dem Sport.

Nachdem Bent am Vorabend verschwunden war, hatte sie selbst auch einen Blick auf den Personalausweis von Gerdes geworfen. Sie kannte seine Meldeadresse. Er war inzwischen bestimmt wieder auf freiem Fuß und sie beabsichtigte, ihm einen Besuch abzustatten. Aber zunächst wollte sie etwas anderes klären.

»Sorry, dass ich dich da gestern habe sitzenlassen«, waren Bents erste Worte, als er ihren Anruf entgegennahm. »Ich hab's nicht so mit den Bullen.« Das musste ihr als Erklärung genügen, denn mehr war aus ihm nicht herauszubekommen.

Nachdenklich legte sie auf. Der Mann war ein Rätsel. Auch in dieser Hinsicht ähnelte er einem anderen. Demjenigen, dem sie ihre Suspendierung zu verdanken hatte. *Halt!*, rief sie sich gleich darauf zur Ordnung. Sie hatte es sich selbst zuzuschreiben, dass sie in dieser Situation war.

Sie trat zum Fenster und sah hinaus. Der Tag war trüb, der Himmel hing wie helles Blei über ihr. Zum ersten Mal, seit sie hier war, gestattete sie sich, an das zu denken, was sie hergebracht hatte. Vlado hieß der Mann, der ihr Leben verändert hatte. Elf Monate hatte sie gebraucht, um in seinen Dunstkreis in München zu gelangen. Einen weiteren, bis sie ganz nah an ihm dran war. Dabei aufpassen musste, nicht öffentlich zu werden. In Zeiten von Social Media und der Manie mancher Leute, ständig alles zu fotografieren, war das nicht gerade einfach. Verdeckte Ermittlerinnen wie sie hatten dabei den Vorteil, sich optisch extrem verändern zu können. Und so war die Frau, die Vlado in seine Nähe gelassen hatte, eine weißblonde, silikonverstärkte, etwas naive Xenia. Kari schüttelte sich immer noch bei der Erinnerung an die Injektionen, die ihre Lippen aufgepumpt hatten, bis sie sich anfühlten wie Kürbisse kurz vor dem Platzen. Gottlob waren das keine Entstellungen für die Ewigkeit gewesen, das Zeug hatte ihren Körper bereits fast vollständig verlassen. So wie die Extensions aus ihrem inzwischen wieder naturfarbenen und wesentlich kürzeren Haar und die hellgrünen Kontaktlinsen verschwunden waren. Ob er sie erkennen würde? Sie war sich sicher, dass sie ihn umgekehrt jederzeit identifizieren konnte. Nachdem sie aufgeflogen war, war er ausgeflogen. Niemand wusste, wo er sich zurzeit aufhielt. Eine Spur führte nach Dubai. Natürlich hatte Jo ihr nicht gestattet, sie aufzunehmen. Niemand in der Abteilung traute ihr mehr zu, die Sache geradezubiegen. Das war derartig schmerzhaft für sie, dass sie unwillkürlich die Finger zu Fäusten ballte. Noch war das letzte Wort nicht gesprochen. Doch Jo hatte auf ihre Mail nicht reagiert.

Knut Gerdes lebte in einem Mehrfamilienhaus in 3der Nähe des Flugplatzes von Wyk. Von dort starteten kleine Chartermaschinen zu Rundflügen oder nach Hamburg. Die Bebauung in diesem Teil der Inselhauptstadt wich von der im Zentrum ab und bestand teilweise aus mehrstöckigen Wohnhäusern, die Kari nun ansteuerte. Als Gerdes seine ungebetene Besucherin erkannte, wollte er ihr die Tür direkt wieder vor der Nase zuknallen. Aber sie war schneller, stellte einen Fuß in den noch offenen Türspalt.

»Sie haben von mir nichts zu befürchten. Ich will nur mit Ihnen reden«, kam sie auf die förmliche Anrede zurück. Der Gedanke, mit ihm alleine in seiner Wohnung zu sein, behagte ihr allerdings nicht. »Ich warte unten auf Sie. Wir können ein paar Schritte zusammen gehen.« Sein Misstrauen stand greifbar im Raum.

»Wenn Sie Ihr Geld zurückhaben wollen, müssen Sie schon ein bisschen kooperieren«, lockte sie ihn mit einem Versprechen, das sie nicht vorhatte, einzulösen.

Zehn Minuten später standen sie vor dem Haus. Gerdes rauchte mit der hastigen Gier eines Nikotinsüchtigen.

»Wie haben Sie Wiebke kennengelernt?«, wollte Kari wissen.

»Hier in Wyk. Bei der Arbeit. Also, bei ihrer.« Gerdes selbst wirkte nicht, als ginge er einer geregelten Arbeit nach. Die Geschichte, die er erzählte, passte leider nahtlos in das, was Kari schon wusste. Ein alkoholseliger Abend, Wiebke hatte noch nie viel vertragen, eine gemeinsame Nacht. »Sie hat es darauf angelegt«, behauptete Gerdes. »Hat mich regelrecht abgeschleppt in ihre Bude. Konnte nicht genug kriegen.«

Kari bemühte sich, ihre Gefühle nicht zu zeigen. Konnte Wiebke wirklich nicht gesehen haben, was für einen Typen sie sich da aufgabelte? Kari versuchte, Gerdes mit anderen Augen zu betrachten. Er war nicht attraktiv, aber wenn man seine Vorgeschichte nicht kannte, wirkte er einfach wie ein normaler Mann. Gepflegt war er wenigstens. Und wer wusste schon, wie charmant so jemand sein konnte. Jetzt war er aber immer noch wütend. »Sie hat mich danach nicht mehr rangelassen. Mich irgendwann blockiert. Mir mit einer Anzeige gedroht, wenn ich sie nochmal in der Drogerie aufsuche.«

»Und wann wollen Sie ihr das Geld geliehen haben?«

Er schaute verdutzt. Dann begriff er. »Sie hat mir schon am ersten Abend erzählt, dass sie etwas Besonderes vorhat. Etwas, das sie weiterbringen würde. Dabei fehlte ihr ein relativ geringer Betrag dafür.«

»Wie viel?«

»Was?«

»Wie viel Sie ihr geliehen haben.«

»Tausend Euro.«

»Wissen Sie, was sie damit anfangen wollte? Also, konkret?«

Gerdes schüttelte den Kopf. »Hat sie nicht gesagt.«

»Noch mal – wann haben Sie ihr das Geld gegeben?«

Er senkte den Kopf, zog heftig an seiner Zigarette und schnipste sie davon.

»Ich habe es ihr vor ein paar Wochen in den Briefkasten geworfen. Dachte, wenn ich ihr helfe, kommen wir wieder zusammen.«

Dass das ein Trugschluss war und sie sich nie wieder gemeldet hatte, hatte seine Wut nur noch mehr angestachelt. Gleichzeitig erkannte Kari durch seine Aussage etwas anderes, etwas Wesentliches.

»Sie hat Sie gar nicht um Geld gebeten, stimmt's?«

Er zog ärgerlich die Stirn kraus. »Was spielt das für eine Rolle?«

Eine große, dachte Kari bei sich. Die Vorstellung, Wiebke könnte diesen mehr als windigen Typen angepumpt haben, hatte ihr Unbehagen bereitet. »Darum der Aufstand vor Wiebkes Tür neulich? Deshalb haben sie versucht, in die Wohnung einzudringen.«

Gerdes sah sie überrascht an. »Das waren Sie da drin?«

Kari nickte. »Sie wissen, wenn Sie es ein weiteres Mal versuchen, wird es heftig für Sie.«

Wut flammte in seinen Augen auf. »Geben Sie mir mein Geld, dann ist die Sache für mich gegessen.«

Kari sah ihn kühl an. »Noch haben wir es nicht.« Und wenn, würde sie sich kein Bein ausreißen. Wer wusste schon, ob der Kerl die Wahrheit sagte.

Nach dem Gespräch mit Gerdes war Kari weitergefahren, um in einem großen Supermarkt in der Nähe des Hafens einzukaufen. Auf dem Parkplatz kam ihr Frau Bienhaus entgegen. Sie erkannte sie und winkte ihr zu.

»Hab meine Fähre verpasst«, erklärte sie ein bisschen außer Atem.

»War heute wieder Trauergruppe?«, fragte Kari höflich.

Die Andere nickte. »Es tut mir gut, mit Menschen zu reden, die dasselbe durchmachen wie ich.«

Kari murmelte etwas Zustimmendes und hoffte, sich gleich wieder verabschieden zu können. Die Frau strahlte eine tiefe Traurigkeit aus und davon hatte sie selbst schon genug. Aber Frau Bienhaus schien das Zusammentreffen mit ihr zu genießen. »Irmgard, also Frau Jaspers, sagte mir, dass Sie bei der Polizei arbeiten?«

Kari nickte und wollte bereits mit der üblichen Verwaltungslüge kommen, als ihr Gegenüber fortfuhr. »Meine Sonja hatte auch so viele Schulden. Wie Wiebke.«

»Wie bitte?« Kari meinte, sich verhört zu haben.

»Ja. Das ist es, was uns beide über die Selbstmorde hinaus verbindet. Wir haben keine Ahnung, was mit dem Geld geschehen ist.« Sie sah Kari auffordernd an. Als die nichts sagte, fuhr Frau Bienhaus fort. »Kann man denn da gar nichts machen?«

Kari seufzte. »Die Polizei ist nicht zuständig für Schulden«, hätte sie am liebsten geantwortet. Wie kamen die Leute denn überhaupt darauf, dass das eine Sache für die Gesetzeshüter war? Ihr stank es schon gewaltig, dass alle sich auf ihre Freiheiten beriefen, machen wollten, was ihnen in den Sinn kam. Und ging etwas schief, rief man nach der Politik oder der Polizei. Gerade wenn es Finanzielles betraf, wollte sich kein Bundesbürger reinreden lassen in noch so heikle und

spekulative Anlagen. Gier frisst Verstand, lautete die
Regel, die sich allzu häufig bewahrheitete. Aber wehe,
es stellte sich als genau das heraus. Dann waren das Ge-
schrei und die Anspruchshaltung groß. Und so dachte
sie daran, das Frau Bienhaus zu sagen. Dass, was auch
immer ihre Tochter mit dem Geld gemacht hatte, ihre
Privatangelegenheit gewesen war. So bitter sich das an-
hören mochte. Gleichzeitig sah sie die Parallelen. Beide
Frauen waren ungefähr im selben Alter. Hatten sich
massiv verschuldet, ohne dass ersichtlich war, wohin
das Geld geflossen war. Hatten sich am Ende das Leben
genommen.

»Kannten sich Wiebke und Sonja?«, fragte sie.

»Nein. Darauf gibt es keine Hinweise.« Frau Bienhaus
blickte betrübt. »Wenn ich nur wüsste, was sie mit dem
Geld gemacht hat.«

»Wie viel war es denn?«

Die Mutter der unglücklichen Sonja nannte einen Betrag, der zwar nicht so hoch war wie bei Wiebke, aber
immer noch ein Batzen Geld. Eine Summe, die, wenn
man sie nicht hatte, Bauchschmerzen bereiten konnte.

»Hören Sie«, Kari rieb sich die Nasenwurzel. »Vermutlich hat der eine mit dem anderen Fall nichts zu tun.
Aber wenn Sie mir mehr über ihre Tochter erzählen
könnten ...« Weiter kam sie nicht. Frau Bienhaus fiel ihr
regelrecht um den Hals. Sie schluchzte laut und entsetzt spürte Kari etwas Feuchtes auf ihrer Wange. Die
andere weinte. Sie schob sie sanft von sich.

»Hat Sonja einen Abschiedsbrief hinterlassen?«

Frau Bienhaus durchwühlte schniefend ihre Handtasche, zog schließlich ein Päckchen Papiertaschentücher hervor und schnäuzte sich lautstark. Kari

wünschte sich in diesem Moment nichts sehnlicher, als ihre Worte von soeben zurücknehmen zu können. Sie trat einen halben Schritt zurück.

»Abschiedsbrief?«, stieß Frau Bienhaus schwer atmend hervor. »Das würde ich so nicht nennen. Sie schrieb *Liebe Mama, lieber Papa, lieber Ben*, das ist unser Sohn, *ich sehe keine andere Möglichkeit mehr. Es tut mir leid. Seid mir nicht böse. Behaltet mich in guter Erinnerung. Eure Sonja.* Das war alles.«

»Handschriftlich?«

»Ja.« Frau Bienhaus wirkte verwirrt.

»Ihre Tochter war harmoniebedürftig.« Es war keine Frage, sondern eine Feststellung.

»Sie mochte keinen Unfrieden.«

»Wie alt war sie? Hatte sie einen Freund oder eine Freundin? Gab es Streit?«

Frau Bienhaus berichtete von einer Trennung, die nicht lange zurücklag. »Aber das ging von ihr aus.« Streit habe es keinen gegeben. Weder mit dem Ex noch mit anderen.

»Wollte sie sich beruflich verändern?«

Frau Bienhaus wiegte den Kopf. »Sonja war Physiotherapeutin. Sie dachte über eine Zusatzausbildung nach. Aber verändern, nein. Ihr gefiel es an ihrem Arbeitsplatz.«

Als Frau Bienhaus endlich in Richtung Amrum schipperte, fühlte sich Kari erschöpft. Erschöpft von all den unbeantworteten Fragen und der Trauer der beiden Mütter.

Zu Hause angekommen, loggte sie sich bei Facebook ein. Im Gegensatz zu Wiebke hatte Sonja Bienhaus recht viel öffentlich geteilt und ihr Account war immer noch online. Kari scrollte sich durch die Beiträge. Sonja hatte Katzen und Hundewelpen gemocht, gerne fotografiert, vor allem in der Natur. Während der letzten Monate ihres Lebens veränderte sich der Inhalt ihrer Beiträge. Immer wieder tauchten jetzt Posts auf, in denen vermeintliche Lebensweisheiten zum Besten gegeben wurden. Etwas klingelte in Karis Kopf, aber sie konnte es nicht fassen. Und dann fuhr sie hoch, wie elektrisiert.

»Ein toller Tag«, hatte Sonja geschrieben und diese Worte mit reichlich Emojis voller Herzen und Küssen garniert. »Endlich sehe ich Licht am Ende des Tunnels«, fuhr sie fort. Aus den folgenden Sätzen konnte man entnehmen, dass sie vorgehabt hatte, einen beruflichen Sprung zu tun. »Erfolg kommt von Mut«, schrieb sie. Und »das Wasser wird nicht weniger kalt, wenn man zögert zu springen.« Kari hob die Brauen. Das alles klang optimistisch und hoffnungsvoll. Keineswegs nach einer Frau, die sich wenige Wochen später das Leben nehmen würde. Was aber das Besondere an diesem Post war: Kari erkannte das Ambiente sofort. Sonja hatte diese enthusiastischen Zeilen auf Sylt, im *Hotel Radners Hof* geschrieben!

Kapitel 20

Kari starrte so gebannt auf das, was Sonjas Facebook-Account zeigte, dass sie das Klopfen an der Tür fast überhört hätte. Es war Frau Jaspers, sie wirkte wesentlich gefasster als am Vortag. Wortlos hielt sie Kari einen Umschlag entgegen.

»Was ist das?«, fragte die und bat ihre Besucherin herein. Sie blieben in der Küche stehen.

»Eine Erklärung, wohin das Geld geflossen ist. Vielleicht.«

Im Umschlag befand sich eine Kreditkartenabrechnung.

»Wiebke war in Dänemark?«

»Mehrfach.«

Die beiden Frauen sahen sich stumm an. Schließlich seufzte Frau Jaspers tief. »Was, wenn sie dort jemanden kennengelernt hat? Der Mann weiß vielleicht noch gar nicht, dass sie von ihm schwanger war. Dass sie nicht mehr lebt.«

»Tja«, sagte Kari und bat die ältere Dame, an dem großen Holztisch Platz zu nehmen.

»Wenn sie eine Beziehung hatte, wird er sich melden.«

»Ihr Handy ist mit ihr verschwunden«, gab Frau Jaspers zu bedenken.

»Der Mann wird Wiebkes Adresse kennen. Wenn Sie eine Postnachsendung an Ihre eigene Anschrift veranlassen, erfahren Sie es.«

»Kann man das Handy nicht orten?«

»Frau Jaspers, es tut mir leid. Aber bei erwiesenem Freitod wird nicht ermittelt.«

Wiebkes Mutter blickte ins Leere. Kari erhob sich, um Kaffee aufzusetzen. »Oder lieber Tee?« Ihre Besucherin schüttelte den Kopf.

»Kaffee ist gut«, sagte sie. Ihre Hände spielten unruhig mit der Kreditkartenabrechnung.

»Darf ich?«, fragte Kari, nachdem sie zwei Tassen auf dem Tisch abgestellt hatte. Frau Jaspers schob ihr die Abrechnung hin, die Kari nun intensiver musterte. »Wiebke war in einem Hotel. Das spricht nicht unbedingt dafür, dass es eine enge Beziehung gab.«

»Schwanger wird man nicht von alleine«, antwortete Frau Jaspers etwas schärfer als gewohnt.

»Es gibt eine andere Möglichkeit«, entgegnete Kari langsam. Sie hob den Kopf und blickte ihr Gegenüber direkt an. Das, was Carl ihr erzählt hatte, setzte sich in ihren Gedanken fort. Dänemark war ein beliebtes Pflaster für Frauen in Wiebkes Situation. »Könnte es sein, dass Wiebke eine Kinderwunschklinik besucht hat?«

»Eine ... was?« Frau Jaspers legte eine Hand an den Hals, ihre Augen wurden groß.

»Sie hat sich eventuell künstlich befruchten lassen.«

»Meine Wiebke? Unmöglich!« Der Blick der Älteren flackerte nervös. Sie rang die Hände. »Das hieße ja ...« Sie sprach nicht weiter, weil ihr die Stimme versagte.

»Das ist heutzutage kein Tabu mehr«, erklärte Kari. »Viele Frauen nehmen das in Anspruch. Sei es, dass sie keine Beziehung führen wollen. Oder beispielsweise lesbisch sind.«

»Aber warum in Dänemark?«

»In Deutschland benötigt man als Alleinstehende eine so genannte Garantieperson. Die muss sicherstellen, dass sie im Falle eines Falles finanziell einspringt. Die hatte Wiebke nicht. Sie wollte darüber hinaus offensichtlich nicht, dass jemand von der geplanten Schwangerschaft erfuhr.«

»Und wie läuft das ab?« Die Hände von Frau Jaspers zitterten, als sie nach diesen Worten die Tasse mit dem Kaffee zum Mund führte.

»So genau weiß ich es nicht.« Das Thema hatte Kari bisher nicht beschäftigt. »Soweit ich informiert bin, kann man sich bei einer Samenbank anonym über die Spender kundig machen. Also Alter, ethnische Zugehörigkeit, Haar- und Augenfarbe, solche Dinge.«

»Ein Kind zu bekommen von einem völlig Fremden. Das ist doch nicht normal! Wer kann das wollen?«

Kari konnte die Irritation von Wiebkes Mutter gut nachvollziehen. Es zeigte aber auch, wie verzweifelt sich deren Tochter ein Kind gewünscht hatte. Der Blick, mit dem sie vor zwei Jahren den kleinen Lars betrachtet hatte. Ihr Rückzug von Sesles Familie. Der One-Night-Stand mit Knut Gerdes, den sie sofort danach abserviert hatte. Ihr Wunsch, Carl möge ihr auf herkömmlichem Weg zu einer Schwangerschaft verhelfen.

»Merkwürdig, dass es keine Abbuchung auf ihrem Konto oder über die Kreditkarte gibt für die Insemination«, fuhr Kari nachdenklich fort.

»Was, wenn sie sich nur informiert hat?«

Ja, das konnte man nicht ausschließen. Gleichzeitig fragte sich Kari in diesem Moment, was Frau Jaspers mit all ihren Fragen bezweckte. Als habe die andere ihre Gedanken gelesen, murmelte sie: »Ich finde einfach keine Ruhe, solange ich nicht weiß, was mit meinem Kind geschehen ist. Warum sie eine solche Verzweiflungstat begangen hat. Keinen Ausweg gesehen hat.«

Kurz darauf verabschiedete sie sich. Ihre Ratlosigkeit hatte sich auf Kari übertragen. Als die Frauen sich zum Abschied in die Arme nahmen, klopfte erneut jemand an der Tür.

»Sesle«, sagte Kari erfreut, als sie ihre Jugendfreundin sah.

Frau Jaspers reagierte ebenfalls freudig. »Habe ich mich denn gestern für die schöne Predigt bedankt?«, fragte sie und ergriff Sesles Hände. »Es hat so gutgetan, all die liebevollen Worte über Wiebke zu hören.«

»Ja, Sie haben sich bedankt. Ich kann Ihnen aber sagen, dass es mir, so schmerzhaft der Anlass war, große Freude gemacht hat, etwas von dem Strahlen, das Wiebke zeitlebens an sich hatte, zu spiegeln.«

»Alles klar bei dir?«, fragte sie, als sie mit Kari alleine war.

»Nö. Ich habe vermutlich meinen Job verloren. Mein Vorgesetzter meldet sich nicht und drückt meine Anrufe seit gestern weg. Kein gutes Zeichen.«

»Dann bleibst du eben hier.« Sesle lächelte aufmunternd.

»Um was zu tun? Für mich gibt es hier keine Arbeit«, entgegnete Kari.

Sie setzten sich. Den angebotenen Kaffee lehnte Sesle ab, sie bat um ein Glas Wasser.

»Hat dein Besuch einen bestimmten Grund?«

»Ich wollte einfach mal wieder mit einer alten Freundin schnacken. Die letzte Zeit war ziemlich heftig.« Sie rieb sich die Stirn. »Und Frau Jaspers? Was wollte sie?«

Kari hob die Schultern und ließ sie wieder sinken.

»Ich glaube, sie braucht einfach jemanden zum Reden. Es ging um Wiebkes Schwangerschaft.«

Sesles Kopf ruckte nach oben. »Ist bekannt, von wem sie das Kind erwartete?«, wollte sie wissen.

»Nein. Möglicherweise von einer Zufallsbekanntschaft. Oder sie hat sich an eine Kinderwunschklinik gewandt.«

»Was?« Sesle wirkte genauso entgeistert wie kurz zuvor Wiebkes Mutter.

»Na ja, ich weiß es natürlich nicht. Laut dem Ultraschallfoto war sie in der zwölften Woche. Sie war zum Zeitpunkt einer möglichen Empfängnis in Dänemark. Dort ist es als Alleinstehende einfacher.«

»Wie teuer mag das wohl sein?«

»Du meinst, dass sie sich dafür verschuldet hat?«

»Du hast mich gestern gefragt. Jetzt hast du eine mögliche Erklärung.«

Kari nahm sich vor, das zu prüfen.

»Ich hoffe immer noch, dass ich in Wiebkes Laptop Antworten finde.«

»Wo ist er denn?«

»Hier, bei mir. Er ist passwortgeschützt. Ihre Eltern kennen den Code nicht. Wenn ich wieder in Berlin bin, werde ich einen Kollegen bitten, sich der Sache anzunehmen.«

»Ist das denn legal?«

»Ach Sesle. Wer sollte etwas dagegen haben? Die Eltern sind einverstanden. Und der Kollege macht das in seiner Freizeit.«

»Aha«, entgegnete die andere nur und fuhr dann fort: »Was ich auch noch fragen wollte – wollen wir beide übermorgen mal einen Spaziergang im Watt unternehmen?«

»So wie früher?« Zu viert hatten sie das zu Schulzeiten gerne gemacht, dabei die wichtigen Themen ihres jungen Lebens besprochen.

»Um uns persönlich von Wiebke zu verabschieden. Ich dachte an eine kleine private Zeremonie. Dort, wo unsere Freundin gestorben ist.«

Noch lange, nachdem Sesle gegangen war, klang ihr Vorschlag in Kari nach. Sie fand, dass es eine schöne Geste war, und so hatten sie sich für Donnerstag zum Zeitpunkt der einsetzenden Ebbe gegen Mittag verabredet.

Jetzt suchte Kari im Netz nach Informationen über die Kosten einer künstlichen Befruchtung. Sie lagen um die tausend Euro pro Termin. Nebenkosten wie Anfahrt, Hotelübernachtung, Nachsorge nicht inbegriffen. Da machte es natürlich Sinn, den Körper für diese

Zeitspanne so empfängnisbereit zu halten, wie es nur eben ging. Soweit sie sehen konnte, war Wiebke zweimal nach Dänemark gefahren. Ob es eine gute Trefferquote war, bereits nach dem zweiten Termin schwanger zu sein? Oder hatte es mehr Fahrten gegeben und sie hatten lediglich die Hinweise darauf nicht gefunden?

Sie setzte sich hin und schrieb alles, was sie bisher in Erfahrung gebracht hatte, auf ein Blatt Papier.

Spätestens vor zwei Jahren musste der Kinderwunsch in Wiebke erwacht sein. Das zeigte das Foto bei Sesles dreißigstem Geburtstag.

Irgendwann danach lernte sie Gerdes kennen und verbrachte eine Nacht mit ihm. Wenn man ihm glauben konnte, hatte sie diesen One-Night-Stand gut vorbereitet. Glücklicherweise, jedenfalls sah Kari das so, führte diese Begegnung nicht zum gewünschten Ergebnis.

Vor rund sieben Monaten saß sie im *Hotel Radners Hof.* Sie war damals nicht schwanger, denn sonst hätte sie keinen Alkohol getrunken.

Vor einem knappen halben Jahr nahm sie Kontakt zu Carl auf in der Hoffnung, mit ihm ein Kind zeugen zu können.

Als Carl ablehnte, fuhr sie mindestens zweimal nach Dänemark. Vor rund drei Monaten kam eine Schwangerschaft zustande. Es gab Grund zur Annahme, dass das ein Ergebnis dieser Fahrten war.

Dann nahm sie sich das Leben.

Kari kratzte sich am Kopf. Wenn man die Frage nach dem Suizid ausklammerte, passte alles hier zusammen.

Nur eines nicht. Was hatte Wiebke in diesem Nobelhotel auf Sylt gemacht?

Kapitel 21

Mittwoch, 23. Februar

Die Empfangshalle gab einen Vorgeschmack auf das, was einen in diesem luxuriösen Hotel erwartete. Licht, Luft, helles Holz und dunkler Marmor. Eine Wand war mit Moos begrünt. Korkböden dämpften nicht nur die Schritte, sie schluckten ebenso einen Teil aller anderen Geräusche. Kari kannte viele Luxushotels, betrat sie in der Regel aber von Berufs wegen. Dass sie an diesem Mittwochnachmittag im *Radners Hof* aufschlug, hatte mit Neugier zu tun. Sie hatte sich am Vorabend entschlossen, herzukommen. Zwei Frauen, die hoch verschuldet gewesen und freiwillig aus dem Leben geschieden waren, hatten hier gesessen. Wein getrunken, etwas gegessen. Es war kein Geheimnis, dass es etliche Menschen gab, die sich lediglich aus einem Grund an solche Orte begaben – um auf Social Media den Eindruck eines luxuriösen Lebensstils zu verbreiten. Aber das konnte Kari sich weder bei Wiebke noch bei Sonja vorstellen. Die Wiebke, die sie kannte, war im Grunde ihres Herzens ein bescheidener Mensch gewesen. Und auch Sonja hatte nicht geprotzt, jedenfalls nicht auf ihrem Facebook-Profil. Einen anderen Social-Media-Account hatte sie nicht genutzt.

Kari durchschritt lässig die Lobby. Sie hatte sich ein bisschen herausgeputzt, trug enge bordeauxfarbene Lederhosen und den schwarzen Mohairpullover, den sie sich für Wiebkes Beerdigung gekauft hatte. Ihr Haar hatte sie hochgesteckt, ausnahmsweise waren ihre Lippen geschminkt, normalerweise reichten ihr Fettstift, Kajal und Wimperntusche. Eine Rezeptionistin sah ihr lächelnd entgegen.

»Ich würde gerne ein Glas Wein trinken«, sagte Kari und sah sich um. Im vorderen Teil der Lobby standen verstreut ein paar gemütlich aussehende Sessel.

»Sehr gerne. Dort drüben in unserer Tagesbar.« Die Mitarbeiterin zeigte auf den hinteren Teil des Bereichs. Dort wurden, an kleinen runden Tischen, Getränke ausgeschenkt. Kari suchte sich einen Platz. Durch Fenster, die wie überdimensionale Bullaugen wirkten, hatte man einen direkten Blick auf wogendes Dünengras und fühlte sich dadurch mitten in die grandiose Landschaft der Insel versetzt. Ein Kellner erschien und fragte nach ihren Wünschen. Kari bestellte einen Chablis, der kurz darauf serviert wurde. Begleitet von einer winzigen Blätterteigpraline, die mit einer dezent gewürzten Fischfarce gefüllt war. Kari nippte an ihrem Getränk und sah sich um. An den anderen Tischen saßen teuer gekleidete Menschen in den Dreißigern, die Rosé oder Tee tranken. Ein älteres Paar legte zusammen eine Patience. Sie war die einzige Alleinstehende. Irgendwo hier hatte Wiebke gesessen. Sie holte ein Foto ihrer Freundin auf das Display ihres Handys und winkte den Kellner zu sich.

»Haben Sie diese Frau gesehen?«

Er hob die Brauen und behielt sein professionelles Lächeln. »Wer ist das?«

»Eine Freundin. Wir waren verabredet. Leider habe ich mich verspätet und ihr Handy ist ausgeschaltet.«

Er zuckte bedauernd mit den Achseln. »Tut mir leid. Ich kenne Ihre Freundin nicht. Sicher meldet sie sich bald.« Damit ging er davon. Kari seufzte. Ihr Blick wanderte erneut durch die Lobby und blieb an einer Art Staffelei hängen. Sie stand auf und ging hinüber, um besser lesen zu können, was dort angekündigt war.

Tourismus heute. Tagung. Bankettraum 02

Das war aus der Homepage des Hotels so nicht hervorgegangen. »Man kann bei Ihnen Tagungsräume mieten?«, fragte sie die Rezeptionistin.

»Grundsätzlich schon. Wir haben zwei, im Vergleich zu anderen Häusern eher kleine. Da sie praktisch immer auf Monate hinaus ausgebucht sind, machen wir gar keine Werbung dafür.«

Kari holte den Rechnungsbeleg von Wiebke auf das Display ihres Smartphones. »Können Sie mir sagen, wer die Räume an diesem Tag gemietet hatte?« Sie nannte das fragliche Datum. Die junge Frau wirkte unsicher. »Ich glaube nicht, dass ich über unsere Gäste, seien es Privatpersonen oder Institutionen, Auskunft geben darf. Am besten, Sie schreiben eine Mail an unsere Direktion. Dort kann man dann entscheiden.«

»Ist jemand heute hier. Von der Direktion?« Kari steckte das Handy weg.

»Bedaure.« Der bislang warme und freundliche Blick der Hotelmitarbeiterin hatte sich merklich abgekühlt. Sie atmete spürbar auf, als ein Gast an ihren Tresen trat und wandte sich von Kari ab.

Die ging zu ihrem Tisch zurück. Der Wein war gut und sauteuer. Den würde sie keinesfalls stehen lassen. Aber obwohl sie eine ganze Weile sitzenblieb, nach dem Wein einen Tee bestellte und versuchte, irgendetwas aufzufangen, auf etwas zu stoßen, was ihr helfen könnte zu verstehen, musste sie an diesem Nachmittag unverrichteter Dinge abziehen.

Es war später Abend und dunkel, als sie endlich wieder zu Hause auf Föhr war. Sie war keinen Schritt weitergekommen. Noch schlimmer: Sie wusste eigentlich gar nicht mehr, was sie wollte. Was hatte Bent gesagt? *Du verrennst dich in etwas.* Vielleicht hatte er recht und sie sollte ihre berufliche Spürnase einziehen und die Dinge einfach sein lassen. Doch dann entdeckte sie etwas, das sämtliche Alarmglocken läuten ließ. Wiebkes Laptop stand nicht mehr dort, wo sie ihn hingestellt hatte. Er stand überhaupt nirgends. Er war weg.

Kari drehte sich mitten im Raum um sich selbst. Alles befand sich an seinem angestammten Platz. Keine Schublade war geöffnet, kein Schrank durchwühlt. Sah sie Gespenster? Hatte sie den Laptop irgendwo anders hin geräumt und erinnerte sich nicht mehr daran? Schnell durchschritt sie alle Räume. Das Gerät blieb verschwunden. Ihr eigenes hingegen stand im Schlafzimmer neben dem Bett. Sie ging zum Eingang zurück. Er war unversehrt. Aber es gab ja noch die Hintertür zum Garten. Hatte sie nicht schon vor ein einigen

Tagen beschlossen, den Haken dort zu erneuern? Der alte saß zu locker und war jetzt nicht in die Öse eingelegt. Sie griff nach der Klinke und drückte sie runter. Die Tür war offen. Verdammt! Sie hatte am Morgen Müll in die im Garten stehenden Tonnen entsorgt und, wie üblich, solange sie sich im Haus aufhielt, nicht abgeschlossen, lediglich den Haken in die Öse gelegt. Der ließ sich aber, wenn die Tür nicht abgeschlossen und damit von außen zu öffnen war, leicht lüpfen, weil er zu viel Spiel hatte. Wenn jemand von draußen einen langen, dünnen Gegenstand, ein Lineal, ein Messer oder etwas in der Art, durch den Türspalt schob, konnte er ihn einfach emporheben und die Tür von außen öffnen. Wobei – wer sich Zugang zur Kate verschaffen wollte, für den wäre das altertümliche Schloss auch kein Hindernis. Stellte sich die Frage, wer in das alte Haus, in dem keine Spur von Reichtümern zu vermuten war, einbrechen würde. Und wer würde einen alten Laptop mitnehmen, wo Karis eigener, ein viel neueres und wesentlich teureres Modell, ebenso zur Verfügung stand. Es gab nur eine Erklärung: Diejenige Person, die ins Haus eingedrungen war, hatte genau dieses Gerät gesucht. Und das ließ auf einmal alles in einem völlig anderen Licht erscheinen.

Jette hatte schon geschlafen. Ihre weißen Haare standen kreuz und quer vom Kopf ab, die Augen waren klein vor Müdigkeit.

»Du?«, murmelte sie, als sie Kari sah.

»Jette, jemand ist in die Kate eingebrochen. Hast du etwas gesehen oder gehört? Vielleicht auch etwas, dem du gar keine Bedeutung zugemessen hast?«

Karis Nachbarin schüttelte den Kopf. »Nö. Nüscht. Ich bin allerdings heute schon früh zu Bett gegangen. Ich war lange zu Fuß unterwegs. Fehlt was?«

Kari winkte ab. »Ein Laptop. Sorry, dass ich dich geweckt habe. Aber das Teil gehört mir nicht mal.«

Sie würde am nächsten Tag Anzeige erstatten. Ohne die geringste Aussicht auf Erfolg vermutlich. Aber da er nun mal nicht ihr gehörte und sie den Jaspers versprochen hatte, gut darauf aufzupassen, führte kein Weg daran vorbei. Bevor sie schlafen ging, schloss sie die Hintertür ab, ließ den Haken einrasten und stellte vorsichtshalber zwei Getränkekisten von innen gegen die Tür. Ohne Radau käme hier vorläufig niemand mehr rein.

Kapitel 22

Donnerstag, 24. Februar

Sie trafen sich kurz nach Mittag am Strand. Kari hatte rosafarbene Gerbera gekauft. Sesle trug eine geräumige gelbe Schultertasche über ihrer schwarz glänzenden Jacke, aus der sie ein Stofftier zog.

»Ein Delfin?« Kari betrachtete das Spielzeug.

»Wiebke mochte Delfine«, antwortete Sesle. »Mir gefällt die Vorstellung, dass ihre Seele in ihrem nassen Grab nicht mehr alleine ist.« Sie blickte traurig, dann lächelte sie plötzlich. »Komm, lass uns gehen.« Sie hakte sich bei Kari unter und die beiden marschierten schweigend aufs Watt hinaus. Kari sog tief den Schlickgeruch ein. Die kalte, an diesem Tag trockene Luft belebte all ihre Sinne. Man konnte bis nach Amrum schauen. Es gab geführte Wanderungen zur Nachbarinsel, denen sie sich früher auch hin und wieder angeschlossen hatte. Der Boden schmatzte unter ihren Schritten. Auf einmal waren die vertrauten Gespräche wieder gegenwärtig. Die Geheimnisse, die sie und die anderen drei miteinander geteilt hatten bei ihren Spaziergängen. Sie fühlte sich wieder wie damals. Obwohl sie heute Schuhe trugen, meinte sie, den Schlick unter ihren bloßen Füßen zu spüren, wie er sich zwischen den Zehen hindurchschob.

»Wie geht es Magnus? Passt er auf Lars auf?«, fragte sie nach einer Weile.

»Nein. Das macht Ingrid, eine junge Frau aus der Nachbarschaft. Sie hilft mir im Haushalt und mit meinem Sohn. Manchmal arbeitet sie zudem für Magnus' Firma.«

Kari dachte an die Frau, mit der sie Magnus in Wyk gesehen hatte.

»Kenne ich sie zufällig?«, wollte sie wissen.

»Weiß ich nicht.« Sesle lächelte sie warm an. »So 'ne kleine. Kurze schwarze Haare.«

Bingo! Das war sie. Ihre Anbindung an die Familie erklärte dann wohl auch die Vertraulichkeit, mit der Magnus und sie sich unterhalten hatten.

»Wollt ihr weitere Kinder?«, fuhr Kari fort.

»Unbedingt!«, antwortete Sesle wie aus der Pistole geschossen. »Ich möchte nicht, dass Lars als Einzelkind aufwächst. Ich selbst habe es immer genossen, ältere Geschwister zu haben. Auch wenn sie jetzt in alle Himmelsrichtungen verstreut sind.« Anschließend erzählte Sesle genauer, was in ihrer Herkunftsfamilie so los war – alle waren sich immer noch sehr verbunden –, dann blieb sie plötzlich stehen. »Hier«, sagte sie. »Das ist ein guter Platz.«

Kari blickte zurück. Sie waren weiter draußen als gedacht. Das hatte nur passieren können, weil sie ihr Gefühl dafür verloren hatte. Zu viele Jahre abseits der Insel.

»Was denkst du?«, holte Sesle sie aus ihren Gedanken zurück.

»Tja, da wir nicht wissen, wo genau Wiebke ins Watt ging, ist wohl jeder Platz irgendwie der richtige. Im unendlichen Meer ist schließlich alles eines.«

»Gut«, sagte Sesle. Dann starrten sie nebeneinanderstehend zum Horizont. In Sichtweite stapfte eine kleine Gruppe von Menschen mit gesenkten Köpfen durchs Watt. Hin und wieder machte eine der Personen andere auf etwas am Boden aufmerksam. Sie warteten, bis die Gruppe vorbei war, bevor Sesle ihre Blumen ablegte. Sie hatte sich für einen Strauß Vergissmeinnicht entschieden. Kari legte ihr Gebinde daneben. Der Stoffdelfin kam quer darüber. Als alles zu Sesles Zufriedenheit platziert war, holte die ein Notizbuch aus ihrer Tasche, schlug eine zuvor markierte Seite auf und begann zu lesen.

»Allmächtiger Gott«, sagte Sesle, während Kari die Hände faltete und den Blick zu Boden senkte. »Der du unsere Seelen verbindest. Im Hier und Jetzt und in der Ewigkeit. Der du uns zeigst – alles hat seine Zeit. Freude, Stille, Schmerz und Trauer. Nun ist es die Zeit der dankbaren Erinnerung an unsere Freundin Wiebke. Möge sie Frieden finden. Amen.«

Danach holte sie ein Foto von Wiebke aus ihrer Tasche. Beide betrachteten es eine Weile stumm.

»Wiebke, immer wenn wir an dich denken, fallen Sonnenstrahlen in unser Herz. Wir werden dich nie vergessen«, fügte Kari hinzu. Nach diesen Worten verabschiedeten sie sich gemeinsam von ihrer Freundin, indem sie das Bild zu den Blumen und dem Delfin legten und das Abschiedsarrangement mit einem Stein beschwerten.

»Du hast an alles gedacht«, bemerkte Kari.

Sesle sagte nichts, stand nur so da, mit gefalteten Händen. »Ich habe sogar Tee dabei«, sagte sie und zog eine Thermoskanne aus ihrem Beutel. Im selben Moment piepste Karis Uhr.

»Wir müssen zurück«, sagte sie. »Sonst geht es uns wie Wiebke.«

Sesle wirkte, als wolle sie etwas erwidern. Doch jetzt machte jemand mit lautem Rufen auf sich aufmerksam. Es waren die Wattwanderer, die umgekehrt waren und nun, näher an ihnen als vorher, vorbeikamen.

»Wir müssen zurück. Nur für den Fall, dass Sie die Gezeiten nicht im Blick haben«, rief einer zu den beiden Frauen herüber. Ein Anflug von Ärger huschte über Sesles Gesicht. Sie schob die Thermoskanne in ihren Rucksack und zuckte mit den Schultern. »Viel zu früh. Diese Touristen mit ihrer Panik.« Dennoch machten auch sie sich jetzt auf den Rückweg. Die Flut würde kommen und ihren Abschiedsgruß an Wiebke mit sich davontragen.

»Bei mir ist eingebrochen worden.« Kari stapfte neben Sesle zurück zum Deich.

»Ach du liebe Güte. Ist es schlimm?«

»Seltsamerweise wurde nur Wiebkes Laptop geklaut.« Kari blieb stehen und strich sich die Haare aus der Stirn. Der Wind wehte sie ihr gleich wieder ins Gesicht. »Sonst nichts. Jedenfalls nichts, das mir aufgefallen wäre.«

»Hatte dein Großvater denn wertvolle Sachen in seiner Kate?« Sesles Gesicht drückte Skepsis aus.

»Nö.« Kari schüttelte den Kopf. »Kannst du dir vorstellen, dass es jemanden gibt, der glaubt, in Wiebkes Laptop verstecke sich ein Geheimnis?«

Sie blieben stehen. Sesle kaute auf ihrer Unterlippe herum. »Nein. Das kann ich nicht. Es sei denn der Einbrecher wurde gestört, hat einfach gegriffen, was in Reichweite war, und hat sich eilig davongemacht.«

Kari war nicht überzeugt. Ja, das wäre eine mögliche Erklärung. Aber die Person musste von der Hintertür gewusst, zumindest eine Ahnung davon gehabt haben, dass sie sich leicht öffnen lassen würde. Demnach war es ein gezielter Einbruch und sie kein Zufallsopfer.

»Aber vielleicht ist in der Kate ja doch mehr verborgen, als du denkst«, spann Sesle ihren Gedankengang weiter. Sie setzten ihren Weg fort.

»Was sollte das sein?«

»Ein Gemälde, das wertvoller ist, als es aussieht? So was in der Art?«, schlug Sesle vor. Sie waren bei ihren Rädern angekommen.

Ja, wer einen Lamborghini in der Garage stehen hatte, dem schrieb man so etwas vielleicht auch zu. Aber von dem Luxusauto wusste ja niemand.

»Ach, ich weiß nicht. Im Haus ist alles so, wie ich es von früher kenne. Es stand zudem lange genug leer.«

»Geh zur Polizei«, riet Sesle.

»Schon geschehen. War heute früh dort.«

Sie hatten die Anzeige aufgenommen, weil sie es zurzeit mit einer Einbruchserie auf den Inseln zu tun hatten und nicht ausschließen konnten, dass es sich um dieselben Täter handelte. »Leider ist dabei auf Sylt eine

Person zu Schaden bekommen. Daher behandeln wir das hier alles mit besonderem Interesse«, hatte der Beamte zu ihr gesagt. Es war wohl diesem Umstand zu verdanken, vielleicht auch der Tatsache, dass Kari sich als Kollegin zu erkennen gegeben hatte, dass an der Tür und auf dem Sideboard, auf dem der Laptop gestanden hatte, ein bisschen schwarzer Staub aufgepinselt worden war. Kari bezweifelte, dass sie jemals etwas vom Ausgang dieser Aktion hören würde. Sobald sie nach Hause kam, würde sie erst einmal sauber machen.

Der Mann vor ihrer Haustür stand an den Kotflügel eines silbergrauen BMW gelehnt und rauchte entspannt eine Zigarette.

»Frau Lürsen?«, sprach er sie an, als sie das Fahrrad am Gartentor stoppte. Er warf den Stummel auf den Boden und trat ihn sorgfältig aus.

Karis Radar schlug sogleich an. Sie wusste sofort, dass sie jemanden vor sich hatte, unter dessen Oberfläche sich eine Seele aus Stahl verbarg. Solchen Menschen war sie beruflich bedingt in der Vergangenheit öfter begegnet.

»Ja, das bin ich«, antwortete sie und blieb abwartend stehen.

»Kann ich kurz mit Ihnen reden.« Er formulierte es nicht als Frage, es klang eher wie ein Befehl.

»Mit wem habe ich es zu tun?«

»Weber. Verfassungsschutz.«

Kari rutschte das Herz in die Hose. »Schickt Jo ... Herr Weinheimer Sie?«

Zwei Touristen kamen den Weg entlanggeradelt und er wartete, bis sie außer Hörweite waren, bevor er antwortete. »Sie meinen, wegen Ihrer Suspendierung? Nein. Die ist nicht aufgehoben und nicht Gegenstand unseres Gesprächs.«

Jette Beckum trat aus der Haustür und schaute zu ihnen herüber. Kari zwang ihre Mundwinkel nach oben und winkte ihrer Nachbarin zu. *Alles in Ordnung* sollte das heißen, aber es stimmte nicht. Kari war mehr als verwirrt. Weshalb war Weber hier, wenn es nicht um sie ging?

»Lassen Sie uns das Thema drinnen besprechen«, verlangte ihr Besucher.

»Können Sie sich ausweisen?« Keinesfalls würde sie diesen Menschen ins Haus lassen, bevor sie nicht sichergestellt hatte, dass er derjenige war, für den er sich ausgab. Der Mann zückte, ohne mit der Wimper zu zucken, einen Dienstausweis und Kari nickte knapp. »Kommen Sie.«

Sie schob das Gartentor auf und schritt voraus. Das Rad lehnte sie an die Hauswand, dann bat sie Herrn Weber herein. Er blickte sich um und musterte das Innere der Kate. Sie musterte ihn. Er war einige Zentimeter größer als sie, eins achtzig ungefähr, hager, das kurz geschnittene Haar war dunkel. Tiefe Nasolabialfalten gaben seinem Gesicht etwas Angestrengtes, das durch den ernsten Blick aus hellgrauen Augen noch verstärkt wurde.

»Sie haben den Diebstahl eines Laptops angezeigt«, kam er nunmehr unumwunden zur Sache. Sie standen sich in der Küche gegenüber. Während Kari ihre Jacke auszog und über einen Stuhl hängte, behielt er den Mantel an.

»Ich kann mir nicht vorstellen, was daran so wichtig wäre, dass es Ihre Behörde auf den Plan ruft. Noch dazu mit solcher Geschwindigkeit«, antwortete sie trocken.

»Der Laptop interessiert uns nicht.« Er musterte sie mit ernstem Blick.

»Was dann?«

»Es geht um Fingerabdrücke, die gefunden wurden. Hier, in Ihrem Haus.«

Kari starrte ihn sprachlos an.

»Bei uns wurde ein Alarm ausgelöst«, fuhr er fort. »Ich bin hier, um die Sache zu klären.«

Kari tastete nach einem Stuhl und ließ sich darauf fallen. »Sie wollen sagen, dass hier im Haus jemand war, den Sie auf dem Schirm haben?«

Er nickte.

»Und die Kripo hat Ihnen …«

Er schüttelte den Kopf. Leicht tadelnd, wie es schien. »Das geht bei uns automatisch.«

Kari brauchte eine Sekunde, bis sie begriff. »Verstehe«, murmelte sie. »Also, ich bin es nicht, das wissen Sie ja. Von meinem verstorbenen Großvater dürften keine Abdrücke mehr übrig sein. Die Nachbarin, die hier nach dem Rechten sieht …«

»Frauen, die sich bei Ihnen aufgehalten haben, können wir ausschließen. Die Person, der unser Interesse gilt, ist männlichen Geschlechts.«

Die Gedanken rasten jetzt durch ihren Kopf wie eine aufgescheuchte Spatzenschar. Jemand war im Haus gewesen, der, aus welchen Gründen auch immer, auf dem Radar des Verfassungsschutzes war. Dieser Jemand hatte Wiebkes Laptop geklaut. Sie schüttelte den Kopf. Das konnte doch alles nicht wahr sein!

»Weshalb sind Sie hinter ihm her?«

Er lächelte nur schwach. Seine Augen blieben kühl. Er musste die Frage nicht beantworten, sie kannte das Spiel. Sie war mittendrin in einer Sache, über die sie aller Wahrscheinlichkeit nach nie etwas erfahren würde.

»Der Mann, der hier eingedrungen ist, was sollte er denn mit dem Laptop einer jungen Frau anfangen, die in einem Drogeriemarkt gearbeitet hat?«, fuhr sie fort.

»Das Gerät gehört gar nicht Ihnen?« Verblüfft zog er die Brauen nach oben. Das konnte er natürlich nicht wissen, weil sie es bei ihrer Anzeige nicht angegeben hatte.

Sie schüttelte den Kopf. »Es gehörte einer Freundin.«

»Wer ist diese Freundin und wo finde ich sie?«

»Sie ist tot. Hat vor einiger Zeit Suizid begangen«, presste sie hervor.

Weber starrte sie an. »Gab es Zweifel an dieser Theorie?«

»Nein. Kein Hinweis auf Fremdverschulden. Die Obduktion fand in der Rechtsmedizin in Kiel statt.«

»Name?«

Sie nannte ihm Wiebkes Namen und ihre frühere Adresse.

»Irgendeine Ahnung, was es damit auf sich haben könnte?«

Kari verneinte. Die Vorstellung, dass sich jemand mit dubioser Vergangenheit für Wiebke interessierte, war geradezu grotesk. »Ich denke, es handelt sich um eine Verwechslung.«

»Vielleicht wollte der Eindringling Ihr Gerät klauen, hat sich einfach geirrt. Meinen Sie das?«

Nein, das hatte sie nicht gemeint, es musste aber in Betracht gezogen werden.

»Mein eigener Laptop stand im Schlafzimmer.« Was sie nicht sagte: Wer würde, wenn er es denn auf sie abgesehen hätte, ein altes Modell klauen, auf den Katzensticker geklebt waren? Wer würde sich nicht weiter im Haus umsehen? Bei jemandem mit hoher krimineller Energie war das unwahrscheinlich.

Er musterte sie immer noch und plötzlich war ihr klar, warum. »Sie denken doch nicht etwa, das hat etwas mit meinem letzten Einsatz zu tun?«, fragte sie alarmiert.

»Mit dem, der schiefgelaufen ist? Das hoffe ich nicht. Nicht für Sie, nicht für Ihre Behörde und auch nicht für meine.«

Das Zittern begann in ihrem Inneren, irgendwo zwischen Brustbein und Magen, und setzte sich bis in ihre Fingerspitzen fort. Noch immer stand er, während sie saß. Sie erhob sich abrupt. »Ich habe keine Ahnung, worum es hier geht«, schleuderte sie ihm entgegen. Auf einmal war ihr die Anwesenheit dieses Weber höchst suspekt. Sie spürte eine fast körperliche Abneigung gegen den Mann und wünschte sich, sie könnte ihn rausschmeißen. Aber das würde das Problem nicht lösen.

»Wenn sich kein anderer Mann hier in Ihren Räumen aufgehalten hat, bleibt nur der Einbrecher. Haben Sie einen Verdacht?«

Natürlich hatte sie den. Knut Gerdes war wie besessen von Wiebke, wollte Geld zurück, das er ihr praktisch aufgedrängt hatte, und hatte eine kriminelle Vergangenheit. Jemand anderes fiel ihr nicht ein. Wer sonst könnte ein Interesse an Wiebkes Laptop haben?

Dass Weber noch nicht auf den Mann gestoßen war, war lediglich der Tatsache zu verdanken, dass er nicht gewusst hatte, wem der Laptop gehörte. Wenn sie den Namen preisgab, würde man ruckzuck alles über den Einbruch bei Wiebke in Erfahrung bringen. Samt ihrer Zeugenaussage.

»Knut Gerdes«, presste sie schließlich hervor. »Er hat versucht, bei meiner Freundin einzubrechen. Ich habe ihn überrascht. Es ist nicht ausgeschlossen, dass er es war.«

»Wir prüfen das«, versicherte Weber ihr.

An seiner Reaktion erkannte sie, dass ihm der Name zunächst einmal nichts sagte.

»Und wie geht es jetzt weiter mit dem Laptop? Wird nach dem gesucht?«

Herr Weber hob die Brauen. »Nicht unsere Baustelle.«

Er wandte sich dem Ausgang zu. »Ich melde mich, wenn ich mehr Informationen benötige.« Damit öffnete er die Tür und verschwand.

Erst, als ihr merkwürdiger Besucher gegangen war, bemerkte Kari, wie heftig ihr Herz schlug. Sie musste sich setzen und starrte eine Weile wie betäubt vor sich hin. Sie war einiges gewohnt. Das, was Weber angedeutet hatte, sprengte jedoch ihre Vorstellungskraft. Sie hatte Wiebke vor zwei Jahren zuletzt gesehen. Sie war gewesen wie immer. Wobei – das schlechte Gewissen saß ihr auf einmal im Nacken – sie nichts von der Traurigkeit der anderen bemerkt hatte. Mit ihr hatte Wiebke nie über ihren Kinderwunsch gesprochen, der sich zu einer regelrechten Besessenheit ausgeweitet zu haben schien. Aber dass sie mit einer Person in Verbindung stand, die vom Verfassungsschutz beobachtet wurde, hielt Kari für nahezu ausgeschlossen. Wiebke musste in etwas hineingeraten sein, anders konnte sie sich das nicht erklären. Und während sie noch nachgrübelte, jagte ihr plötzlich ein anderer Gedanke heißkalte Schauer durch den ganzen Körper. Sie hatte eine Sache vergessen. Etwas Wesentliches. Eine Person, die ebenfalls im Haus gewesen war. Langsam erhob sie sich. Was, wenn die Fingerabdrücke Bent Sörensen gehörten? Auf einmal machte sein Verhalten während des Einbruchsversuchs von Knut Gerdes Sinn. Er war verschwunden, als die Polizei aufgetaucht war. Andererseits lebte er hier seit Jahren völlig offen, führte eine Kneipe. Nicht gerade ein gutes Versteck für jemanden, der nicht gefunden werden wollte. Was immer sein Geheimnis war, wenn er Wiebkes Laptop hatte, würde sie ihn ihm wieder abnehmen. Am besten, bevor Herr Weber dies tat und alles, was Karis tote Freundin dort an Informationen hinterlegt hatte, in die Mühlen unendlich langsamer Bürokratie und verschlungener Dienstwege geriet. Aber vorher setzte sie noch eine Nachricht ab. Sie ging an Jo und lautete:

Dringend! Hast du mit dem Verfassungsschutz über mich gesprochen?

Denn der geheimnisvolle Herr Weber wusste eindeutig zu viel über sie!

Kapitel 23

Die *Blaue Möwe* war noch geschlossen, als Kari dort ankam. Da sie Bent sowieso in seiner Bleibe über der Kneipe aufsuchen wollte, war ihr das egal. Der Eingang zum Wohnhaus lag um die Ecke. Sie stieß ein angerostetes Metalltor auf und besah sich das Klingelschild. Auf dem zum ersten Stockwerk gehörenden Schild stand *Sörensen.* Sie drückte die Klingel und wartete. Zunächst tat sich nichts, daher klingelte sie ein zweites Mal. Fast sofort danach erklang der Summer und die Haustür ließ sich öffnen. Schnell schritt sie die Treppen hoch. Bent stand an der Wohnungstür. Sein Haar war verwuschelt, er wirkte, als habe er geschlafen.

»Habe ich dich geweckt?«, fragte sie munterer, als sie sich fühlte. Er rieb sich übertrieben theatralisch die Augen.

»Du hier? Was verschafft mir die Ehre?«

»Kann ich reinkommen?« Sie stand jetzt direkt vor ihm. Viele Menschen wären automatisch zurückgewichen. Er nicht. Seine Augen zogen sich zu Schlitzen zusammen. »Ist was passiert?«

Sie nickte.

Seufzend bat er sie herein und führte sie in die Küche. Im Vorübergehen erhaschte sie einen Blick in ein ordentlich aufgeräumtes Wohnzimmer. Die Tür zum Raum daneben stand halb offen, dahinter verbarg sich Halbdunkel mit einem zerwühlten Bett darin. Kari sah schnell wieder weg und folgte Bent. Der gähnte ungeniert.

»Kaffee?«, fragte er und hantierte bereits an einer Maschine, die ebenso professionell war wie die in seiner Kneipe.

Kari blickte sich derweil in der Küche um. Es herrschte eine wurstige Gemütlichkeit. Eine Tageszeitung lag aufgeschlagen auf dem Tisch, auf dem Fensterbrett reihten sich Kerzen in unterschiedlichen Stadien der Abgebranntheit und in diversen Halterungen nebeneinander. Gewürze und Öle standen dekorativ im oberen, offenen Bereich eines hohen Regals. Das Porzellan befand sich darunter, hinter Glas. Herd, Spüle und Kühlschrank waren Einzelstücke, aber gut auf den Rest der Einrichtung abgestimmt. Erst auf den zweiten Blick war zu erkennen, dass es sich bei allen Einrichtungsgegenständen keineswegs um übliche Massenware handelte, sondern um Stücke aus eindeutig hochpreisigeren Programmen.

»Kann ich mal dein Bad benutzen?«, fragte sie, als sie den Raum abgecheckt hatte. Ohne sich zu ihr umzudrehen, brummte Bent eine Zustimmung.

»Gleich die nächste Tür.« Sie ging hinaus, warf dabei einen schnellen Blick ins Wohnzimmer – sichtbar stand der Laptop dort nicht herum – und verschwand im Badezimmer. Es war klein, wirkte aber aufgrund von hellen Farben, gut platzierten Lichtquellen und einem schönen, ovalen Spiegel größer. Wer auch immer es eingerichtet hatte, besaß ein gutes Auge dafür, was man auf engstem Raum machen konnte. Schnell durchsuchte sie die zwei Unterschränke und ließ ihre Finger zwischen die flauschigen Frotteetücher auf dem Regal gleiten. Nichts. Auf das Waschbecken gestützt blieb sie stehen, um nachzudenken, wie sie weiter vorgehen sollte. Dann zog sie die Wasserspülung und wusch sich die Hände.

Als sie in die Küche zurückkehrte, saß Bent am Tisch, auf dem zwei Tassen Kaffee standen. »Was ist geschehen?«, wollte er wissen und nippte an dem heißen Gebräu.

Sie hatte sich in Eile eine Geschichte zurechtgelegt, von der sie nicht wusste, ob sie funktionierte. Sie hoffte, dass sie es tat. Wenigstens so lange, bis sie sich in seiner Wohnung umgesehen hatte.

»Kennst du jemanden, der oder die auf Sylt bei *Radners* arbeitet?«

»Dem Nobelhotel?« Er zog die Stirn kraus und kratzte sich am Kopf. »Ist nicht gerade meine Kragenweite.«

»Ja, aber ich denke, in der Gastronomie hat man doch seine Kontakte.«

Etwas in seinem Blick veränderte sich. Kari spürte, dass sie aufpassen musste. Bent war nicht blöd. Er war vermutlich genauso misstrauisch wie sie selbst. Besaß gute Antennen. Sie lächelte ihn aufmunternd an. »Ich will keine Betriebsgeheimnisse erfahren. Lediglich wissen, welche Firma an einem bestimmten Datum die Tagungsräume gebucht hatte.«

»Warum das denn?«

»Ist eine persönliche Angelegenheit.«

Die Skepsis in seinem Blick war nicht zu übersehen. »Hat nicht zufällig was mit deinen kleinen privaten Ermittlungen zu tun?«

Wenn sie lügen würde, würde er es merken. Wenn sie ihm die Wahrheit sagte und er der Einbrecher gewesen war, wäre er gewarnt. Andererseits wusste er bereits, dass sie versuchte, Antworten zu finden.

»Ermittlungen ist das falsche Wort. Ich versuche nachzuvollziehen, was in meiner Schulfreundin vorgegangen ist. Sie war einmal in diesem Hotel und angesichts der Begleitumstände scheint mir das merkwürdig.«

»Hoffnungslos überschuldet«, murmelte er.

Karis Kopf ruckte nach oben. »Was sagst du da?«

»Habe nur wiederholt, was du mich mal fragtest.«

Sie konnte sich an das Gespräch in seiner Kneipe erinnern. Sie hatte Wiebkes Namen nicht genannt, aber Bent schien gut darin zu sein, eins und eins zusammenzuzählen.

»Ist okay«, meinte er dann und winkte mit einer großzügigen Geste ab. »Wenn es so wichtig für dich ist, helfe ich dir.«

»Wirklich?«

Er beugte sich nach vorn und plötzlich waren sich ihre Gesichter ganz nah. »Würdest du doch auch tun. Oder?«

»Was tun?«, stotterte sie und rückte etwas von ihm ab.

»Mir einen Gefallen tun. Wenn es nötig wäre.«

Kari fühlte sich auf einmal wie eine Maus in einer Versuchsanordnung. Denn genau so sah er sie an. Sie schluckte. »Habe ich schon«, antwortete sie mit etwas zu rauer Stimme. Seine Brauen schossen nach oben.

»Ach ja?«

»Bei meiner Zeugenaussage nach dem Einbruchsversuch habe ich dich nicht erwähnt.«

»Okay«, meinte er gedehnt. Dann grinste er breit und Kari fühlte widerwillig erneut diese Anziehung, die er auf sie ausübte.

»Das heißt, wenn ich dir helfe, wären wir quitt?« Etwas Lauerndes lag jetzt in seinem Blick.

»Man sollte nicht so aufrechnen. Falls ich dich bei etwas unterstützen kann, würde ich es tun.« Dieses Versprechen konnte sie locker geben. Egal, was in Berlin gerade geschah. Sie würde dorthin zurückkehren und nicht mehr lange genug auf der Insel sein, um Bent Sörensen einen Gefallen zu tun. Wenn er ihr in der Hotelsache half, gut. Wenn nicht, würde sie andere Wege finden.

»Schöne Wohnung übrigens«, wechselte sie abrupt das Thema.

Er schwieg und wirkte dabei so entspannt, dass es an ihren Nerven zerrte. Während sie noch krampfhaft überlegte, wie es jetzt weitergehen sollte, schließlich hatte sie weder den Wohnraum noch das Schlafzimmer gesehen, klingelte es. Bent stellte seine Tasse ab und ging zur Tür. Jemand kam die Treppe hoch gepoltert, sie hörte eine Männerstimme, verstand aber nicht, was gesprochen wurde. »Komme«, antwortete Bent. Sie hörte das Klirren, als er Schlüssel vom Brett im Flur nahm. Als Kari hinausspähte, war der Gang leer, die Tür zur Wohnung angelehnt. Ohne weiter nachzudenken, schloss sie sie und rannte ins Wohnzimmer. Offen herum stand hier wenig, schon gar nicht Wiebkes Laptop. Schnell öffnete sie sämtliche Schränke und

Schubladen und stellte dabei fest, dass Bent Sörensen
weder zur Hamsterei neigte noch einer Sammelleiden-
schaft nachging. Es wirkte sogar fast so, als habe er, abgesehen von den Einrichtungsgegenständen und Mö-
beln, kaum persönlichen Besitz. Vorsichtshalber sah
sie auch unter das Sofa. Nichts. Sie rannte förmlich auf
den Flur hinaus, stieß die Tür zu Bents Schlafzimmer
auf. Hier sah es unordentlicher aus. Auf einem Holz-
stuhl lag ein Kleiderhaufen. Neben dem Bett stapelten
sich Bücher und Zeitschriften. Kari hatte gerade die
Hand nach dem Griff des Kleiderschranks ausge-
streckt, als sie den Schlüssel im Türschloss hörte. Verdammt, Bent kam einige Augenblicke zu früh zurück
und sie saß hier in der Falle!

Kapitel 24

»Nanu?« Bent stand in der Wohnungstür und starrte die Frau, die aus seinem Schlafzimmer kam, fragend an.

»Tja, ich war mir nicht sicher, wo du abgeblieben bist«, erklärte Kari ohne mit der Wimper zu zucken.

»Und da hast du mich in meinem Bett gesucht.« Sein Blick glitt über ihre Schulter zur offen stehenden Tür.

»Ich wusste nicht, dass das dein Schlafzimmer ist.« Sie machte eine vage Handbewegung. »Aber jetzt bist du ja wieder da. Ich muss leider los und wollte nicht gehen, ohne tschau zu sagen.« Ihr Herzschlag hatte sich beruhigt, sie wusste, sie wirkte nach außen völlig cool.

»Ich habe ein paar Kisten Schnaps entgegengenommen, der Lieferant war zu früh dran.« Bent trat von der Tür weg.

Sie ging mit einem Lächeln an ihm vorbei auf den Hausflur hinaus. Jetzt wollte sie nur so schnell wie möglich fort von hier.

»Hast du nicht etwas vergessen?« Seine Stimme war dunkler als sonst.

»Was denn?«

»Das Datum.«

Einen Moment lang wusste sie nicht, wovon er sprach. Dann schlug sie sich mit der Hand gegen die Stirn. »Natürlich.« Sie nannte ihm den Termin, an dem Wiebke im *Radners* gewesen war.

»Und du willst wissen, wer die Tagungsräume gemietet hatte?«

»Genau.«

»Gut. Ich melde mich. Partnerin.« Das letzte Wort betonte er. Sie drehte sich um und musste sich beherrschen, die Treppe nicht hinunterzurennen. Wenn sie es nicht schon die ganze Zeit geahnt hätte, wäre sie jetzt sicher: Bent Sörensen hatte ein Geheimnis. Und sie hoffte für ihn, und überraschenderweise auch ein bisschen für sich selbst, dass es nichts mit dem Verfassungsschutz zu tun hatte.

Als Kari auf die Straße hinaustrat, scherte direkt vor ihr ein schwarzer Porsche schwungvoll auf den Parkplatz vor der Kneipe ein. Gleich darauf stieg eine Frau aus. Kari starrte einen Moment auf die schlanken Beine, die durch schwindelerregend hohe Pumps noch länger wirkten, als sie es sowieso schon waren. Das letzte Mal hatte sie solche Schuhe im Fernsehen an weiblichen Mitgliedern des englischen Königshauses gesehen und sich gefragt, wie man es darin länger als zehn Minuten aushalten konnte. Jetzt drehte die Frau sich um.

»Mareike«, stieß Kari überrascht hervor.

»Du hier?«, entgegnete die nicht weniger erstaunt. Um gleich darauf misstrauisch zum Hauseingang zu schauen. »Was führt dich her?«

»Vermutlich dasselbe wie dich.« Kari schob die Hände in die Taschen ihrer Jacke. Sie war generell kein eifersüchtiger Typ. Aber dass Mareike und Bent was am Laufen hatten, versetzte ihr einen Stich. »Die *Blaue Möwe* ist noch geschlossen. Ich war zu früh.« War das Erleichterung, was sie da im Blick von Mareike erkennen konnte? »Und du wolltest dir einen frühen Aperitif gönnen?« Mareike schüttelte den Kopf, als sei allein der Gedanke absurd.

»Nein, ich statte Bent einen Besuch ab.« Sie lächelte fein. »Ich muss was mit ihm besprechen. Geschäftlich.« Das letzte Wort hatte sie mit Nachdruck gesprochen.

»Dann viel Spaß.« Kari hatte schon nach ihrem Rad gegriffen und war im Begriff aufzusteigen, als sie innehielt. »Sag mal, hat Wiebke dir mal erzählt, was sie in Dänemark gemacht hat? Sie war ein paarmal dort in den Monaten vor ihrem Tod.« Mareikes Gesicht nahm sofort einen betroffenen Ausdruck an. »Nein«, sagte sie. »Aber das ist ja nichts Besonderes, dem Nachbarland hin und wieder einen Besuch abzustatten. Apropos – wie geht es denn deiner Mutter?« Die Bemerkung, so unschuldig sie auch gemeint gewesen sein konnte, traf bei Kari einen Schmerzpunkt. »Ich hatte bisher keine Zeit, sie zu besuchen«, antwortete sie steif. Aber in Wahrheit hätte sie sagen müssen: Ich weiß es nicht, weil es mich nicht interessiert, was meine Mutter in ihrer Heimat macht. Und wenn sie ganz ehrlich zu sich selbst war, dann hätte die Antwort auch lauten können: Ich bin immer noch verletzt von dem, was sie getan hat, und kann nicht einfach so zur Tagesordnung übergehen.

Über dem Friedhof lag eine Stille, die ihn für Kari an diesem Spätnachmittag zum idealen Aufenthaltsort machte. Sie hatte eine Grabvase gekauft, damit sie die, die Tanja Sievers ihr geliehen hatte, zurückstellen konnte. Danach hatte sie den Blumenstrauß am Grab ihres Vaters neu arrangiert. Jetzt stand sie vor der letzten Ruhestätte von Wiebke. Ein Teil der Blumengebinde war trotz der kühlen Witterung bereits angewelkt. Eine Weile betrachtete sie die Kränze und Sträuße. Jemand trat neben sie. Es war Frau Sievers. »Die Beerdigung, von der Sie am Montag kamen?«, fragte sie.

»Ja. Wir sind ein Jahrgang. Waren in unserer Jugend befreundet.«

»Am Ende nicht mehr?«

»Ich lebe schon lange woanders. Bin lediglich vorübergehend hier.« Sie sah die andere neugierig an. »Kannten Sie Wiebke denn?«

Zu ihrer Überraschung nickte Frau Sievers. »Flüchtig. Sie war einmal bei mir.« Als sie Karis verständnislosen Blick bemerkte, fuhr sie fort. »Ich bin Heilpraktikerin mit einer kleinen Praxis. Dienstag und Donnerstag geöffnet.« Sie lächelte auf die Weise, die die Augen strahlen ließ.

»War Wiebke denn krank?« Dieser Gedanke war ihr bisher nicht gekommen.

»Das kann ich Ihnen nicht sagen. Drücken wir es mal so aus: Zu mir kommen Menschen, die in der Schulmedizin nicht weiterkommen. Häufig helfen ihnen sanfte Mittel besser als die Pharmazie. Stellen sich ihre Beschwerden hingegen als so gravierend heraus, dass ich ihnen nicht guten Gewissens etwas empfehlen kann, schicke ich sie wieder dorthin zurück.«

»Und Wiebke ... haben Sie zurückgeschickt?«

Erneut dieses feine Lächeln. »Nein«, sagte Tanja Sievers, »so viel kann ich Ihnen sagen.«

Was hieß, dass Wiebke keinesfalls todkrank gewesen war.

»Sie hat sich das Leben genommen«, murmelte Kari.

»Davon habe ich gehört.« Jetzt war das Lächeln verschwunden. »Mysteriös«, setzte die Frau hinzu.

Was hieß, dass sie keine Kenntnis über einen Umstand hatte, der Wiebke in den Freitod getrieben haben könnte.

»Ich muss«, sagte Frau Sievers mit einem Blick auf ihre Uhr. »Es hat sich für nachher ein Patient angekündigt.« Sie hob grüßend die Hand und ging davon. Kari erinnerte sich an die Fläschchen voller Globuli, die sie bei Wiebke gesehen hatte.

»Frau Sievers«, rief sie der anderen nach und schritt eilig hinter ihr her. »Ich habe noch eine Frage.« Jetzt waren sie gleichauf und gingen gemeinsam Richtung Ausgang. »Wofür sind Nux vomica und Mönchspfeffer?«

Frau Sievers seufzte leicht auf. »In der Homöopathie gibt es keine direkte Indikation, so wie bei einer Schmerztablette oder einem Rheumamittel. Nux vomica empfehle ich bei Übelkeit. Das kann durch zu üppiges Essen und Trinken aber auch durch andere Dinge ausgelöst werden. Da es weitere Mittel gibt, die angesagt sein könnten, ich nenne mal Okoubaka, das sich bei Lebensmittelunverträglichkeiten empfiehlt, betrachten wir Leitsymptom, Ähnlichkeitswerte und – ganz wichtig – die Patienten selbst. In der Homöopathie steht die Person im Zentrum der Behandlung, nicht das Symptom. Um es mal banal auszudrücken: Welches Mittel bei Kopfschmerzen hilft, hängt von mehreren Faktoren ab, von denen einer der Mensch selbst ist.«

»Aha«, murmelte Kari, der das Ganze etwas kompliziert vorkam. »Und Mönchspfeffer«, den Namen hatte sie skurril gefunden, »nimmt man normalerweise wofür? Oder wogegen?«

Frau Sievers runzelte die Stirn und schien unschlüssig, ob sie die Frage beantworten konnte.

»Ich interessiere mich ganz allgemein für die Wirkungsweise«, half Kari ihr.

»Allgemein, tja, wie ich schon sagte ...« Die Heilpraktikerin brach ab. Sie blieb stehen und schob die Hände in die Manteltaschen. »Die Homöopathie ist keine Pralinenschachtel, aus der man sich etwas herausnimmt, was gerade schmeckt. Sie ist eine Wissenschaft, zu der eine gründliche Anamnese und Diagnose sowie eine sorgsam gewählte Medikation gehören.«

»Könnte es etwas mit dem Thema Schwangerschaft zu tun haben?« Fasste Kari nach.

Frau Sievers wiegte den Kopf. »Ob ich dieses Mittel verordnen würde, hängt, wie gesagt, von mehreren Faktoren ab. Greift jemand nach oberflächlicher Information zur Selbstmedikation, sieht das anders aus. Da wäre es durchaus denkbar, dass diejenige Person bei diesem Mittel landet. Was unter Umständen aber bedeutet, dass es völlig wirkungslos bleibt.«

»Danke«, antwortete Kari.

»Keine Ursache. Wenn Sie mögen, können wir ja mal einen Kaffee miteinander trinken und ich erzähle Ihnen mehr über die Homöopathie.«

»Gerne«, entgegnete Kari. Weniger wegen der Aufklärung über Globuli und Co. Eher, weil sie Tanja Sievers so sympathisch fand. Am liebsten hätte sie der anderen die Hand gedrückt.

»Bis bald also«, sagte die jetzt und ging schnellen Schrittes davon.

»Wer war denn der Mann?« Jette hatte Kari zu sich gewunken, als die nach ihrem Besuch auf dem Friedhof wieder zu Hause ankam. Die ältere Nachbarin schien an diesem Tag viel Zeit in ihrem Garten zu verbringen.

»Ach, das war beruflich«, antwortete Kari ausweichend. Um dann erschrocken nachzufragen. »Ist er zurückgekommen, während ich weg war?«

»Nee. Aber wenn, behalte ich ihn im Auge. Der hatte was Seltsames an sich.«

Ja, dachte Kari, *das kannst du wohl laut sagen.*

Jo hatte auf ihre Nachricht nicht reagiert, was sie wütend machte. Sie mochte es nicht, zum gläsernen Menschen gemacht zu werden. Wobei Weber Jo voraushatte, dass er ihren Aufenthaltsort kannte. Ein Umstand, der ihr nicht gefiel. Die Insel stellte ihren Rückzugsort dar. Webers Eindringen hatte sie auch in dieser Hinsicht verunsichert.

Kapitel 25

Freitag, 25. Februar

Am nächsten Morgen erlebte Kari eine Überraschung. Kaum von ihrer morgendlichen Joggingrunde zurück, stand einer der Polizisten vor der Tür, die die Anzeige des Diebstahls aufgenommen hatten.

»Ist das Ihrer?«, fragte er und deutete auf das Gerät mit den aufgeklebten Katzenstickern.

»Ja, das ist der Laptop, der geklaut wurde«, antwortete sie und nahm das Gerät entgegen. Es wies am Deckel eine Delle auf, war sonst aber unversehrt. »Wo haben Sie ihn gefunden?«

»Das Gerät wurde am Mittwochabend in einen Mülleimer in Witsum entsorgt. Hausmüll!« Er schüttelte verständnislos den Kopf. »Der Hausbesitzer hatte kurz zuvor die Mülltonne hinausgeschoben, da hörte er, wie sich jemand daran zu schaffen machte.«

Bei Dunkelheit, dachte Kari. »Was denken Sie, was das zu bedeuten hat?«, fragte sie den Uniformierten. Der Mann rieb sich die Nasenwurzel.

»Da hat jemand in Panik gehandelt. Das Gerät geklaut und gleich wieder weggeworfen. Das scheint kein Profi gewesen zu sein. Oder er hat erkannt, dass es der falsche Laptop ist. Auf jeden Fall scheint ihm oder ihr das alles zu heiß geworden zu sein. Hat wohl gedacht, ab auf die Halde, da wird das Ding geschreddert.«

Wie gut, dass es nicht so gekommen war! Kari dankte dem Mann und unterschrieb die Empfangsquittung.

»So, Frau Lürsen. Damit ist dann Ihre Anzeige erledigt«, meinte der Beamte und steckte die Quittung ein.

»Ja«, antwortete sie. Ob Herr Weber von dem Fund wusste? Vermutlich genauso wenig wie der Polizist von dessen Besuch bei ihr. Als er gehen wollte, hielt sie ihn zurück. »Was haben denn die Fingerabdrücke ergeben? Die aus meinem Haus. War es jemand Bekanntes?«

»Nee. Alles nicht zuzuordnen. Niemand aus unserer Kartei. Und auch kein Hinweis darauf, dass es sich um den oder dieselben Täter aus der Einbruchserie handelt.«

»Wie geht es der verletzten Person?«, fragte Kari.

Der Mann senkte den Blick. »Nicht gut. Ist eine ältere Dame. Der oder die Täter haben sie schwer misshandelt.« Dann straffte er die Schultern. »Bei Ihnen war das wohl eindeutig nur ein einfacher Einbruch. Mehr, als die Spuren abzugleichen, hätten wir bei so einem Delikt sowieso nicht tun können.« Also hatte der gute Mann keine Ahnung, welch dicker Fisch dabei gewesen war.

Nachdenklich stellte Kari den Laptop auf. In Berlin kannte sie jemanden, der ihn für sie knacken konnte. Aber hier ... Kurz entschlossen rief sie Wiebkes Eltern an. Nein, sagte Frau Jaspers, sie hätten in den Unterlagen, die sie bei sich hatten, immer noch nichts gefunden, was wie ein Passwort aussah. »Du kannst gerne vorbeikommen und die Papiere erneut durchsehen. Wir haben inzwischen alle persönlichen Dinge aus Wiebkes Wohnung abgeholt.« Danach folgte ein dumpfes Schlucken, bevor die Ältere fortfuhr. »Mein Mann verkauft schon die Möbel über so ein Online-Ding.« EBay, vermutete Kari. Bald wäre die Wohnung leer. Jemand würde dort einziehen und keine Ahnung davon haben, wer die Vormieterin gewesen war. Aber so war eben das Leben.

Nach dem Telefonat gab Kari im Netz die Suchbegriffe *Kinderwunsch* und *Aarhus* ein. Dorthin war Wiebke gefahren, sie hatte zweimal dort übernachtet. *Bingo!*, dachte sie, als die Webseite einer entsprechenden Klinik aufploppte. Alles, was dort geschrieben stand, deckte sich mit Karis Überlegungen. Man konnte sich als Single-Frau den Kinderwunsch erfüllen, dabei zwischen verschiedenen Kategorien der Anonymität des Spenders wählen. Die Frau benötigte keine Garantieperson wie in Deutschland. Kurz entschlossen griff Kari zum Telefon. Schon beim dritten Klingeln wurde abgenommen. Die weibliche Stimme am anderen Ende blieb auch dann noch freundlich, als Kari ihre Fragen stellte. Ja, sagte die Mitarbeiterin, eine Reihe von deutschen Frauen würden sich jedes Jahr ihren Wunsch bei ihnen erfüllen. Nein, natürlich könnten sie keinerlei Patientinnendaten herausgeben. Die Frage nach den Zahlungsmöglichkeiten ergab das Übliche: Kreditkarte, Vorauskasse. Ebenso war Barzahlung möglich. Kari fragte nach, die Mitarbeiterin blieb dabei. Bargeld wurde angenommen, wenn die Patientin sich das wünschte. Nur bei der Frage, ob und wie es möglich war, einen Namen abzugleichen, blieb die Dänin hart.

»Aber eines kann ich Ihnen sagen. Egal, wie unsere Kundinnen bezahlen, es wird auf jeden Fall eine Rechnung ausgestellt.«

Kari überlegte. Hatte sie in Wiebkes Wohnung eine Rechnung gesehen? Nein. In den Unterlagen war keine Rechnung einer Klinik in Dänemark aufgetaucht. Das hätten Wiebkes Eltern bemerkt. Ja, hieß es auf ihre diesbezügliche Frage, man verschicke diese Dokumente auf Wunsch per Mail. Nur leider kam Kari an Wiebkes E-Mail-Account nicht dran, solange sie den Laptop nicht entsperren konnte. Sie dankte der Dänin und beendete das Telefonat. Die ganze Sache war ermüdend und führte im schlimmsten Fall zu gar nichts. Und sie selbst hatte ebenfalls ihr Päckchen zu tragen. Ohne groß nachzudenken, schrieb sie Jo erneut eine Nachricht. Danach beschloss sie, den Tag für sich zu nutzen. Einfach mal die Seele baumeln lassen. Genau so.

Das Wellness-Center an der Strandpromenade in Wyk punktete mit einem breiten Angebot und war der Ort ihrer Wahl. Nachdem Kari drei Saunagänge hinter sich gebracht hatte, gönnte sie sich eine wohltuende Rückenmassage. Sie entspannte anschließend eine Weile in einem Ruheraum, bevor sie im angeschlossenen Bistro eine Kleinigkeit zu sich nahm. Am Ende hatte sie drei Stunden in dem Wellness-Center verbracht und eine Entscheidung getroffen. Jo hatte auf ihre Nachricht vom Vormittag nicht reagiert. Sie hatte jetzt genug von diesen Spielchen und würde nicht mehr darauf warten, dass ihr Vorgesetzter geruhte, sich bei ihr zu melden. Sie würde ein letztes Mal versuchen, Jo zu kontaktieren. Nahm er ihren Anruf wieder nicht entgegen, würde sie nach Berlin fahren, gleich am Montag ins BKA-Gebäude marschieren und zur Not vor seiner Bürotür kampieren! Sie hatte sowas von die Nase voll davon, dass er ihre Anrufe wegdrückte oder, wenn sie im Büro direkt anrief, sie von einer Vorzimmer-Mitarbeiterin abwimmeln ließ – »Herr Weinheimer ist gerade in einer Besprechung. Nein, ich kann Ihnen nicht sagen, wie lange sie dauert. Ja, ich hinterlasse eine Nachricht mit der Bitte um Rückruf.« Alles Käse. Jo hatte sich nicht gemeldet und ließ sie hängen. Zur Strafe oder weil es ihn nicht mehr interessierte. Sie aber konnte nicht länger warten. *Mein Job ist mein Leben*, hatte sie ein ums andere Mal gedacht, als ihre Wirbel unter den kundigen Händen einer Masseurin geknackt und sich ihre durch die Sauna durchwärmten Muskeln wohlig entspannt hatten. Die Entscheidung darüber konnte sie nicht anderen überlassen. So gut sie sich mit Jo auch immer verstanden hatte, an diesem Punkt würde sie ihm die Pistole auf die Brust setzen. *Sorge dafür, dass ich wieder aktiv werden kann*, würde sie ihm sagen. Zur Not ein halbes Jahr in der Registratur oder sonst wo. Hauptsache, man würde ihr die Tür nicht endgültig vor der Nase zuschlagen.

Auf Jos Handy erreichte sie ihn erneut nicht, es war an diesem Nachmittag ausgeschaltet. Sie versuchte es in seinem Büro, hatte aber kein Glück. Niemand nahm den Anruf entgegen. Daher tippte sie sie Nummer der Zentrale ein.

»Herr Weinheimer? Moment«, sagte eine weibliche Stimme. Gleich darauf ertönte das Klackern einer

Computertastatur. »Er ist zurzeit nicht im Büro«, wurde Kari informiert. »Versuchen Sie es doch direkt in seinem Vorzimmer. Das ist besetzt.« Kurze Zeit später wurde bei Karis erneutem Anruf dort von einer Kollegin abgenommen, die Kari gut kannte.

»Hallo Bettina«, grüßte sie und kam gleich auf ihr Anliegen zu sprechen.

»Jo ist nicht im Büro«, erfuhr Kari gleich darauf. »Er wird erst Ende nächster Woche wieder hier erwartet.«

»Verdammt«, entfuhr es ihr. »Ich versuche seit Tagen, ihn zu erreichen.« Ihre Ungeduld hatte inzwischen eine Größenordnung erreicht, die kaum noch zu beherrschen war.

»Hör mal«, die Stimme am anderen Ende wurde etwas gesenkt. »Jo hat sich hier wirklich ein Bein für dich ausgerissen. Manche in der Abteilung sind offen der Meinung, du hättest das gar nicht verdient.«

»Ich weiß, dass ich Mist gebaut habe. Aber nicht absichtlich, falls dieses Gerücht immer noch herumschwirrt!« Sie wurde laut. Kein gutes Zeichen.

»Du hättest ihn nicht hängen lassen sollen am Montag. Das war für ihn ein Tiefschlag. Gleichzeitig eine Bestätigung für alle, die ihn vor einem zu großen Engagement für dich gewarnt haben.« Bettinas Stimme klang jetzt eindeutig kühler. Jo war bekannt für sein gutes Verhältnis zu seinem Mitarbeiterstab. Dafür, dass er sich einsetzte für seine Leute. Aber auch dafür, die Schotten dicht zu machen, wenn man ihm dumm kam.

»Was soll ich denn jetzt tun?«, fragte Kari. Sie bemerkte selbst, wie weinerlich ihre Stimme klang.

»Tut mir leid. Da kann ich dir nicht helfen. Mein Rat wäre, jetzt abzuwarten. Die Entscheidung fällt ja in Kürze.«

Die Entscheidung? Was für eine Entscheidung? Karis Blut schien auf einmal wie mit Hochdruck durch den Körper zu pulsieren. »Heißt das … man redet über meine Zukunft, ohne mich dazu anzuhören?«

»Du wurdest angehört. Du hattest eine zweite Chance. Du hast sie nicht ergriffen.« Mit diesen Worten wurde aufgelegt.

Die Verzweiflung warf sie regelrecht um. Es war lange her, seit Kari Lürsen das letzte Mal hemmungslos geweint hatte. Jetzt brachen die Dämme. Sie sank auf das alte Sofa im Wohnzimmer und ließ den Tränen freien Lauf. Sie hatte alles verspielt. Konnte nicht mehr aktiv eingreifen. Hopp oder Topp, darüber entschieden inzwischen andere. Im besten Fall konnte sie bleiben, auf ewig abgeschoben auf einen Posten, der nichts mit dem zu tun hatte, wofür sie brannte, was ihr mehr Berufung als Beruf war. Im schlimmsten Fall würde es das Aus bedeuten. Finito. Basta. Vorbei.

Nachdem der Weinkrampf vorüber war, setzte sie sich auf. Das Leben ging weiter. So oder so. Am besten, sie zimmerte sich jetzt einen Plan B.

Als kurz darauf ihr Handy summte, durchzuckte sie eine wilde Hoffnung. Jo! Seine Mitarbeiterin hatte ihm von dem Gespräch erzählt und er rief nun zurück!

Aber nein, es war Bent. Im Hintergrund lief leise Musik, sie konnte die weiche Stimme von Randy Crawford erkennen. *Secret Combination*, wie passend.

»Ich habe, was du suchst«, sagte er.

»Erzähl«, forderte sie ihn auf. Er lachte.

»Wie wäre es mit Abendessen?«

Kari blickte auf die Uhr. »Wann soll ich kommen?«

»Oh, ich dachte, du lädst mich ein. Als kleines Dankeschön. Ich kann gegen acht Uhr bei dir sein. Gebongt?«

Eine richtige Mahlzeit zu kochen war und blieb eine Herausforderung für sie. Es reichte ihr meist, einen Beutel aufzuschneiden und etwas in einen Topf zu werfen oder sich ein Tiefkühlgericht in die Mikrowelle zu schieben. Hein wäre so etwas nicht ins Haus gekommen. Er war, angesteckt von Jette, der festen Überzeugung, dass Mikrowellenstrahlen die Moleküle eines Nahrungsmittels derartig durcheinanderwirbelten, dass es hinterher keinerlei Wert mehr für den menschlichen Organismus besaß. Jetzt wollte Bent Sörensen von ihr zum Essen eingeladen werden und verstand darunter bestimmt keine Lieferpizza oder Butterbrot mit Käse, eines von Karis Lieblingsabendessen. Dazu ein alkoholfreies Bier und einen Thriller, am liebsten mit Liam Neeson oder Denzel Washington. So hatte sie viele ihrer »ruhigen« Abende in Berlin verbracht. Ruhig, weil zum nächsten Morgengrauen Einsätze auf der Tagesordnung standen, bei denen von allen Beteiligten höchste Konzentration gefordert war. Andere Abende waren wesentlich wilder gewesen. Kari liebte die Clubszene, sie tanzte sich gerne mal halbe oder ganze Nächte frei von all den Dingen, die den Alltag eines Menschen so belastend machen konnten.

»Jette, du musst mir helfen«, fiel sie Minuten später bei ihrer Nachbarin mit der Tür ins Haus. »Jemand hat sich bei mir zum Essen eingeladen. Und ich kann ja nichts Gescheites kochen.«

»Eine Gemüsesuppe wirst du doch wohl kennen? Dazu ein frisch gebackenes Sauerteigbrot.« Nicht einmal *Schnüsch* konnte sie zubereiten, vom Backen eines Brotes ganz zu schweigen. »Wie deine Mutter. Die stand auch nicht gern in der Küche.« Nicht gerade ein Vergleich, der Kari erheiterte. Jette schüttelte den Kopf, als wolle sie sagen, die andere sei ein hoffnungsloser Fall. Dann schickte sie sie weg, um wenig später mit einem großen Weidenkorb voller Nahrungsmittel in der Kate aufzutauchen. Ein Teil der Sachen steckte in selbst beschrifteten Tiefkühlbeuteln, stammte aus Jettes Garten. »Jetzt machen wir das mal gemeinsam. Setz dich hin. Schäl die Kartoffeln, schneide sie in dünne Scheiben und danach raspelst du den Käse.« Sie schob alles auf den Küchentisch und machte sich anschließend resolut am Herd zu schaffen. Eine Stunde später durchzog der Duft eines Kartoffel-Gemüseauflaufs das kleine Haus. »Salzen tue ich nicht, mach du es«, hatte Jette gebrummt, als es ans Abschmecken ging.

Nur Minuten, nachdem sie gegangen war, klopfte es erneut. Bent Sörensen stand vor der Tür.

»Riecht gut hier«, rief er, stolzierte herein und hielt ihr eine Flasche Wein entgegen. Keine aus seiner Kneipe. Ein edler Winzerwein aus Bioanbau. Während er die Flasche öffnete, verteilte sie den Auflauf auf zwei Teller, schob die Schüssel mit dem Tomatensalat in die Mitte des Tisches und fragte sich, was sie so nervös machte.

»Und, was hast du herausgefunden?«, platzte es aus ihr heraus, kaum, dass sie saßen. Bent schaute versonnen in sein Glas, hob es an und betrachtete den Wein, der rot und samtig schimmerte. Obwohl Kari auf jedwede Art von romantischem Beiwerk wie Kerzen und gedimmtes Licht verzichtet sowie den Tisch im Wohnzimmer rustikal mit Platzdecken gedeckt hatte, herrschte durch die nicht mehr allzu leistungsfähige Deckenlampe und das Knacken des Kaminfeuers eine heimelige Atmosphäre.

»Lass uns anstoßen«, meinte Bent und hielt ihr sein Glas entgegen. »Und dann schließt du die Augen und sagst mir, was du schmeckst.« Widerwillig tat sie, was er sagte. Der erste Schluck lag weich im Mund, sie kostete und öffnete die Augen. Er betrachtete sie mit einem interessierten Funkeln im Blick.

»Schmeckt nach ... Pflaume?« Sie sah ihn an, er senkte kurz zustimmend die Lider. »Und ein bisschen nach Kirsche.« Außerdem war der Wein erfreulich säurearm.

»Genau. Ein Salice Salentino. Handgelesen. Hergestellt in einer kleinen Kellerei in Italien. Die Leute dort widmen sich liebevoll ihren Reben. Alles biologisch, bis hin zu den Pflanzen zwischen den Weinstöcken.« Er nahm selbst einen Schluck und fuhr fort. »Dabei kein allzu versponnener Wein, eher weich und bodenständig, ohne Ecken und Kanten. Ich dachte mir, er passt sehr gut zum heutigen Abend.« Sie hatte ihm stumm gelauscht, ein bisschen überrascht über die poetische Art, mit der er über einen Wein sprach. Tatsächlich hatte all das etwas Tröstliches, das sie an diesem Tag gut gebrauchen konnte. Sie trank erneut und stellte fest, dass sie begann, den Abend zu genießen. »Guten Appetit«, wünschte sie. Der Auflauf, den sie unter Jettes strenger

Aufsicht zubereitet hatte, schmeckte hervorragend. Am Ende blieb nichts mehr übrig. Weil Bent sich auf eine fast philosophische Art standhaft weigerte, beim Essen über seine Erkenntnisse zu sprechen – »Wenn ich rede, rede ich. Wenn ich esse, esse ich.« –, musste sie sich gedulden. Am Ende gab es Kirschkompott aus Jettes Vorrat mit einer Vanillesoße und dann bereitete Kari zwei Espressi und stellte die Grappagläser auf den Tisch.

»So«, sagte sie, als sie sich mit dem Hochprozentigen zuprosteten. »Jetzt will ich wissen, was du herausgefunden hast.«

Bent trank den Grappa zügig aus und erzählte ihr endlich, was sie wissen wollte.

»Einer der Tagungsräume war für eine hausinterne Fortbildung des *Radners* geblockt. Im zweiten traf sich eine Gruppe, die sich *LebensTraumFrauen* nennt.«

»Was ist das denn?«

»Ein etwas esoterischer Zirkel. Die Webseite gibt nicht viel her. Da werden Kalenderweisheiten gepostet. *Wer sich selbst im Weg steht, erreicht kein Ziel* oder *Liebe ist die größte Macht. Sie wächst, wenn man sie verschenkt.*«

Kari lachte lautlos auf. »Ach herrje. Was haben die denn da gemacht?«

Bent zuckte mit den Achseln. »Es haben rund ein Dutzend Frauen teilgenommen. Das Treffen ging von zehn Uhr früh bis siebzehn Uhr am Abend. Kannst du damit was anfangen?«

In Karis Kopf klingelte etwas. Kalendersprüche. Hatte nicht eine der Frauen auf Facebook ebenfalls Derartiges gepostet? Sie war am selben Tag wie Wiebke im Hotel gewesen. Hatte am Abend mit jemandem zusammen im Restaurant gegessen. Sie würde den Post noch einmal heraussuchen.

»Ich habe übrigens auch die Tageszimmer gecheckt«, fuhr Bent fort.

Sehr umsichtig von ihm. Diese Art von Zimmern wurden hauptsächlich von Stadthotels angeboten. Sie wurden zu geschäftlichen Zwecken angemietet. Besprechungen im kleineren Kreis. Kari hatte nicht daran gedacht, weil sie sie im *Radners* nicht vermutet hätte.

»War aber nichts. Es gab keine Buchungen an diesem Tag.«

»Woher hast du deine Informationen?«, fragte Kari neugierig. Er lächelte nur, hob bedauernd die Schultern.

»Meine Quellen schütze ich«, antwortete er dann. Ein geheimnisvolles Lächeln huschte über sein Gesicht. »Auch wenn ich nicht verstehe, warum du diese Daten zusammenträgst, hoffe ich doch, ich konnte dir helfen.« Er griff nach der Weinflasche und teilte den Rest, der sich noch darin befand, zwischen ihnen auf.

»Danke, dass du mir geholfen hast«, sagte sie.

»Und jetzt sag mir, was du in meinem Schlafzimmer gemacht hast!« Die Stimmung war mit einem Mal umgeschlagen. Er sah sie so ernst an, dass sie sich unter seinem Blick unwohl fühlte.

»Habe ich dir doch erklärt.«

»Kari, halte mich nicht für blöd. Die Wahrheit bitte.«

Sie seufzte, schob den Wein beiseite und legte die Unterarme auf den Tisch.

»Jemand ist am Mittwochabend bei mir eingebrochen. Es wurde ein Laptop gestohlen. Ich bin systematisch diejenigen durchgegangen, die es gewesen sein könnten.«

Er wirkte ehrlich verblüfft. »Und dabei kommst du auf mich? Warum?«

»Weil du schon lange Zugang zum Grundstück hast. Weil du Wiebke kanntest ...«

»Was hat dein Laptop mit deiner toten Freundin zu tun?«, unterbrach er sie.

»Es war nicht meiner, es war ihrer.«

»Sie war Gast bei mir. Darüber hinaus kannte ich sie kaum. Was um alles in der Welt sollte ich denn mit ihrem Laptop?«

»Ich weiß überhaupt nicht, wer etwas mit diesem Gerät will. Es war verschwunden, ich hatte keine Ahnung, wer es gewesen sein könnte. Als ich bei dir war, wollte ich nachschauen. Nenn es Berufskrankheit. Sorry.«

»Ich nenne es Misstrauen«, entgegnete er mit einem ärgerlichen Aufflackern in den Augen.

»Ja, du hast recht. Ich hätte das nicht tun sollen. Ehrlich gesagt war ich froh, dass ich das Ding nicht bei dir gefunden habe.«

»Na ja, vielleicht habe ich es ja unter dem Bett versteckt«, meinte er spöttisch. »Willst du nachsehen?«

»Das brauche ich nicht. Es ist wieder aufgetaucht.«

»Ach?« Seine Brauen hoben sich fast bis zum Haaransatz. »Wo war es denn?«

»Der Dieb hat es in einer Mülltonne entsorgt.«

»Klingt nach einem echten Vollpfosten. Ich hoffe, du hältst mich nicht für einen solchen.« Er klang immer noch irritiert, gleichzeitig gekränkt und verärgert.

»Es tut mir leid«, sagte sie. »Aber du gehörst eben zu den wenigen Menschen, die wissen konnten, wie man sich Zutritt ins Haus verschafft.«

Inzwischen hatte sie den Haken versetzt, sodass die Hintertür kein Spiel mehr hatte. Und sie achtete darauf, stets abzuschließen, selbst wenn sie im Haus war.

»Woher sollte ich denn überhaupt wissen, dass dieser Laptop sich bei dir befindet?«, wollte er wissen. Kari zuckte mit den Schultern. Die Frage traf sie dummerweise unvorbereitet. Aber Bent schien keine Antwort zu erwarten. Er spielte mit dem Glas, schob es auf dem Tisch hin und her. »Was denkst du überhaupt, warum wurde der Laptop geklaut?«

»Ich habe keine Ahnung«, gab sie zu. »Er ist gesichert, ich komme nicht an die Daten heran.«

»Da kann ich dir leider nicht helfen.«

Etwas in seiner Miene hatte sich verändert. Er war ernst geworden. Alles Spielerische oder Charmante, das Gesicht, das er ihr bisher in seiner Kneipe oder in Unterhaltungen gezeigt hatte, war verschwunden. Im selben Moment wusste sie, was an ihm sie anzog und ihr gleichzeitig Angst einflößte. Weil sie wissen wollte, mit wem sie es wirklich zu tun hatte, setzte sie das Gespräch in eine andere Richtung fort.

»Ich hatte Besuch vom Verfassungsschutz.«

Sein Kopf ruckte nach oben. »Du? Was hast du angestellt?«

»Ich nichts. Wegen des Diebstahls, genauer gesagt wegen einer Einbruchserie, die sich in einigen anderen Gemeinden ereignete, wurden Fingerabdrücke auf der Hintertür und dem Sideboard, auf dem der Laptop stand, abgenommen. Sie hatten einen Treffer.«

Er wurde blass, blieb aber gefasst. »Und?«, fragte er.

»Ich habe nachgedacht. Die Person, die man dort auf dem Radar hat, ist ein Mann. Bei mir sind fast nur Frauen ein und aus gegangen. Bis auf dich. Du bist der einzige männliche Besucher bei mir gewesen.«

»Hast du das denen erzählt?«

»Nein. Mir fiel es erst wieder ein, nachdem der Mann, der mich besucht hat, weg war.«

»Die Fingerabdrücke könnten vom Dieb des Laptops stammen.«

»Möglich, ja. Aber sie fanden sich nur hier im Raum, nicht an der Tür.«

»Darum hast du mich im Visier?«

»Bist du es?«

Er sah weg von ihr und sie bemerkte, wie es in ihm arbeitete. Seine Kiefermuskulatur spannte sich an und sie glaubte, die Zähne knirschen zu hören.

»Du bist Polizistin. Dem Staat verpflichtet. Warum hast du mich nicht verpfiffen?«

»Weil ich mir nicht sicher bin. Außerdem – wenn sie dich suchen, werden sie dich auf jeden Fall finden. Diese Insel ist zu klein, um sich dauerhaft vor dem Verfassungsschutz zu verstecken. Auch unter falschem Namen.«

»Ach ja? Warum verhaften sie dich dann nicht? Und was hast du überhaupt angestellt?«

»Okay«, sagte er gedehnt. Er trank den Rest seines Weins aus und schob das Glas zur Seite. »Du könntest mich jetzt sowieso schon ans Messer liefern. Ich hoffe aber, du überlegst es dir, wenn ich dir meine Geschichte erzähle.«

»Fang an.« Sie lehnte sich zurück, um ihm mit vor der Brust verschränkten Armen zu lauschen.

»Ich war jung, siebzehn, achtzehn und geriet in eine ziemlich krasse Clique.«

»Rechts oder links?«

»Hör mal! Rechts? Geht's noch?« Er tippte sich mit dem Finger an die Stirn.

Linkes Spektrum also.

»Dort lief das Übliche ab. Man diskutierte nächtelang. Kritisierte den Staat und seine Macht. Den Kapitalismus. Soziale Ungerechtigkeit. Die ganze Bandbreite. Irgendwann dachte man offen über Umsturz nach. Zu dem Zeitpunkt war mir bereits unwohl. Es ist eine Sache, ein vermeintlich besseres Gesellschaftsmodell zu diskutieren. Eine andere, es mittels Gewalt durchzusetzen.«

»Du bist ausgestiegen?«

»Nein. Damals nicht gleich. Ich stehe nach wie vor zu einigen Thesen, was unsere Gesellschaft betrifft. Dabei niemals zu Gewalt. Ich hatte gehofft, dass sich die Gemüter wieder beruhigen. Haben sie aber nicht. Irgendwann tickte in einem Büro eines als ziemlich krass angesehenen Finanzdienstleisters eine Bombe. Da wusste ich, es geht nicht mehr.«

»Was ist geschehen?« Kari fühlte einen kalten Schauer auf dem Rücken.

»Man hat die Bombe entdeckt und entschärft. Die Spur führte direkt zu uns, was zeigt, wie dilettantisch die ganze Sache ausgeführt war. Unser Versteck wurde

ausgehoben. Die Täter einer nach dem anderen gefasst.«

Alle, bis auf einen.

»Sie haben meine Fingerabdrücke gefunden. Ich bin
monatelang dort ein- und ausgegangen. Sie sind sich sicher, dass ich ein wichtiger Akteur bin, aber sie konnten die Abdrücke niemandem zuordnen und wissen bis
heute nicht, wer ich bin.«

Eines der Phantome, die immer wieder durch die Ak-
ten geisterten. Menschen, die irgendwo eine Spur hinterlassen hatten, die ins Nichts führte, solange man
keine weiteren Hinweise hatte. Solange sie die Füße
stillhielten. Nicht erneut ins Visier gerieten.

»Deine alten Kumpels, haben sie alle dichtgehalten?«

»Vermutlich ja. Es gab sehr strenge Regeln. Aber
selbst wenn nicht, wir kannten uns alle nur mit Vornamen. Ich habe stets meinen zweiten genutzt. Möglicherweise ahnte ich damals schon, dass es sinnvoller war,
eine gewisse Anonymität zu wahren.«

»Was geschieht jetzt?«

»Nichts. Ich führe die Kneipe und mein Leben genauso weiter wie bisher.«

Er musste nur tunlichst jeden Kontakt mit der Polizei
vermeiden, und sei er auch nur zufällig. Das erklärte
sein Verhalten am Abend des Einbruchs.

»Es sei denn, du hängst mich hin. Dann wird es unge-
mütlich. Wenn die Heinis jemanden auf dem Kicker
haben, lassen sie so schnell nicht wieder los.«

»Warum sollten sie, nach so langer Zeit.« Eine Frage,
auf die sie keine Antwort bekam.

Nach seinem Geständnis war Bent vor die Tür gegangen. Sie hatte den Kofferraum des Wagens schlagen gehört, gleich darauf erschien er mit einer zweiten Flasche Wein.

»Nein, ich habe genug«, lehnte Kari ab. Unbeeindruckt goss er beide Gläser halb voll.

»Was macht dir zu schaffen?«, fragte er geradeheraus.

»Das weißt du. Ich frage mich, warum ...«

»Nein. Das meine ich nicht«, unterbrach er sie. »Du wirkst wie jemand, dem man den Boden unter den Füßen weggezogen hat. Verbeißt dich in Dinge, die ins Nichts führen. Warum?«

Lange Zeit schwieg sie, blickte nur in ihren Wein. Sie war seelisch groggy, vermutlich war es keine große Kunst, das festzustellen. »Ich habe Angst, meinen Job zu verlieren. Man hat mich suspendiert. Mein Vorgesetzter nimmt meine Anrufe nicht entgegen. Ich weiß nicht, wie es weitergeht.« Sie hob den Blick und begegnete seinem. Er sah sie ruhig an, ernst und voller Anteilnahme.

»Warum die Suspendierung?«, wollte er wissen.

Sie seufzte tief. Der Gedanke an das, was sie vergurkt hatte, schmerzte. »Ich bin jemandem zu nahe gekommen. Einem Großkriminellen. Habe nicht bemerkt, dass er mich gelinkt hat. Er ist uns entwischt und ich war schuld.«

»Waren Gefühle im Spiel?«

Kari starrte ihn an. »Du meinst, ob ich verliebt war? Nein!« Das zumindest konnte sie mit Sicherheit sagen. »Es war mehr eine berufliche Herausforderung.«

Er nickte, als verstände er, was sie bewegte. Aber das konnte er nicht. Das konnte niemand. Sie hatte etwas

Wesentliches falsch gemacht: Sie hatte sich selbst zu sehr vertraut. Als sie nach Monaten, in denen sie behutsam und in minimalen Schritten vorgegangen war, endlich in seinem inneren Zirkel angelangt war, von ihm persönlich eingeladen, hatte sie sich bereits fast am Ziel gesehen. Sie hatte sich überschätzt. Seine Faszination für sie für eine Garantie gehalten, wo es keine Garantien gab. Ihre Eitelkeit war es, die sie zu Fall gebracht hatte. Es spielte keine Rolle, dass es sich dabei nicht um eine persönliche, sondern eine berufliche gehandelt hatte. An dem Tag, an dem alles kippte, hatte sie mit Vlado in einer Villa in Münchens Stadtteil Bogenhausen zu Abend gegessen. Auf dem Nebengrundstück feierte ein Fußballer seinen 45-Millionen-Euro-Vertrag mit einer Riesenparty, ohne dass man im Gebäude nebenan davon auch nur einen Ton hörte. Auch Vlado war aufgekratzt an diesem Abend. Wie jemand, der kurz davorstand, ein besonders lang ersehntes Geschenk auszupacken. Er nannte sie sein Goldstück, dabei hatten sie sich noch nicht einmal geküsst. Sie wusste, dass sich das in Kürze ändern würde, war aber bereit, es zu tun. Die Wahrheit war nämlich, dass etwas an diesem gefährlichen Mann sie reizte. Es war wie das Spiel mit einem wilden Tier. Solange die Raubkatze einem schnurrend zu Füßen lag, dachte man nicht daran, dass sie im nächsten Moment zuschnappen könnte. Es gab Champagner, ein Fünf-Gänge-Menü, Wein. Serviert von einem Diener. Klassische Musik, irgendetwas Schwermütiges, untermalte ihre leichte Unterhaltung. Es ging nicht um große Dinge, ging es nie, wenn sie miteinander redeten. Vlado dachte über den Kauf einer Jacht nach – »wir könnten durchs Mittelmeer schippern« – und ließ sich über seinen Bruder aus. Den großen Bruder. Den, hinter dem sie ebenfalls her waren. Der saß in Bratislava, so viel wusste sie bereits. Sie konnte ihr Wissen nicht mehr weitergeben, denn als ihr Gegenüber begann, vor ihren Augen zu verschwimmen und sie das Glas in ihrer Hand anstarrte, war es zu spät. Sie erwachte am nächsten Tag auf dem blanken Boden. Der Raum war leer. Das ganze restliche Haus war leer, war es wohl schon gewesen, als sie dort angekommen war. Der Mietvertrag lief wenige Tage später aus. Man hatte eine Scharade vor einer halb leeren Bühne aufgeführt. Mit ihr als Opfer. Diese Vorstellung war schlimm, denn sie bedeutete, dass Vlado ihr nie wirklich vertraut hatte. Schlimmer war das Grab, das sie im Garten fanden. Sie hatte Champagner getrunken, während man einen von Vlados Widersachern im Keller gefoltert, danach in Einzelteilen begraben hatte. Man konnte ihn nur anhand seiner DNA identifizieren. Diese Bilder waren es, die ihr nicht mehr aus dem Kopf gingen. Und die Blicke der Kollegen. Sie hatte die Arbeit von Monaten, sogar Jahren zunichte gemacht. Obwohl eines bis heute nicht klar war: Wie hatten Vlado und seine Leute es geschafft, praktisch über Nacht spurlos zu verschwinden? Und warum hatten sie sie am Leben gelassen?

Aber das waren Dinge, über die sie mit niemandem sprechen konnte, und so blieben sie auch in dieser Nacht ungesagt.

Nach Bents Besuch fühlte sie sich todmüde und erschöpft. Dennoch kam sie kaum zur Ruhe. Der Wein hatte eine Art Schutzschild um ihre Seele gelegt, sie war

Bent gegenüber so offen gewesen wie schon lange bei niemandem mehr. Das Erstaunliche daran war, dass sie es nicht bereute. Nachdem er gegangen war, hatte sie noch eine Weile in der Küche gesessen. Hatte über ihr Leben nachgedacht. Nicht zum ersten Mal festgestellt, dass sie seit Jahren kaum ein Privatleben hatte. Ihre Familie bestand inzwischen nur noch aus Trine und Carl. Ihre Mutter hatte sich schon vor Karis Geburt mit ihrer Verwandtschaft überworfen und betrachtete sie als nicht existent. Carl, zu dem Kari als Kind ein enges Verhältnis gehabt hatte, lebte sein eigenes Leben. Sie kannte nicht einmal seine Freundin. Und was die Beziehungen zu ihren Schulkolleginnen betraf, hatte Mareike ihr sehr deutlich gemacht, wie schmerzhaft es für sie gewesen war, dass Kari sich nach ihrem Wegzug nicht mehr gemeldet hatte. Im Hinblick auf die Liebe war alles noch deprimierender. Keine nennenswerte Beziehung in den letzten Jahren. Wenn sie ehrlich war, davor ebenfalls nicht. Sobald sie beruflich unterwegs war, musste sie Privates abschirmen. War sie in Berlin, lebte sie à la carte und das gefiel ihr. Hier, in der alten Heimat, konfrontiert mit Sesles Familiennest, Wiebkes heftigem Kinderwunsch und Mareikes Leben als Karrierefrau dachte sie intensiver nach. Was wollte sie? Wohin führte ihr Weg? Ein weiterer Gedanke ging ihr im Kopf herum. Bent hatte sie gefragt, woher er denn hätte wissen sollen, dass Wiebkes Laptop bei ihr stand. Natürlich hätte es sich um eine Vermutung des Diebs handeln können. Doch was, wenn nicht? Und je länger sie überlegte, desto klarer wurde ihr, dass sie nur mit einem einzigen Menschen darüber gesprochen hatte. Sie hatte es Sesle erzählt, als die sie besucht hatte. Aber warum hätte Sesle Wiebkes Laptop an sich nehmen sollen? Das Wort Diebstahl konnte Kari in Bezug auf ihre Freundin nicht einmal in Gedanken mit ihr zusammenbringen. Doch wie das so war mit hässlichen Grübeleien, sie ließen sich nicht so schnell vertreiben. So landete Kari wieder bei Magnus. Was, wenn Sesle den Verdacht hegte, dass er eine Affäre mit Wiebke gehabt hatte? Von ihr Geld bekommen und angenommen hatte – an seiner Crowdfunding-Aktion vorbei? Wären das nicht Dinge, über die man sich Auskunft in einem Laptop erhoffen könnte? Warum ihn dann aber gleich wieder wegwerfen? Sie gab sich die Antwort selbst. Wäre bei der Pfarrerin ein geklauter Laptop aufgetaucht, hätte sie mit verheerenden Folgen rechnen müssen. Womöglich sogar mit dem Verlust ihres Arbeitsplatzes? Sie hatte keine Ahnung, dennoch war ihr klar, dass es einfach keine Option gewesen wäre, ein Risiko einzugehen. Was hatte der Polizist gesagt? Das Gerät war in eine Mülltonne in Witsum geworfen worden. Sie würde am nächsten Tag herausfinden, wo genau, und sich ein eigenes Bild machen. Doch auch nach dieser Entscheidung kam sie nicht zur Ruhe.

Irgendwann stand sie auf, tappte durchs dunkle Haus und fand sich vor ihrem Laptop wieder. Die *LebensTraumFrauen* hatten eine Webseite, die vor allen Dingen die Sinne ansprach. Auf einem weißen Grund mit lila Blüten und goldener Schrift wurde etwas angepriesen, das sich als eine Mischung aus Esoterik und Business herausstellte. Wer weiterkommen wollte im Leben und sich beruflich selbst verwirklichen, der musste andere Erfolgsstrategien entwickeln als bisher, hieß es. »Champagner statt Selters«, wurde angekündigt. Und dass alles, was man sich nur intensiv genug wünschte, im Universum auf einen warten würde. Man müsse es lediglich dort abholen. Kari schüttelte den Kopf. Hatte Wiebke an so etwas geglaubt? Sie scrollte sich weiter durch den Text. Es gab Seminare, die alle, die daran zu glauben bereit waren, dazu befähigen sollten, die Wünsche auf die richtige Art und Weise ins Universum zu schicken, damit sie in Erfüllung gingen. Einen Schnupperkurs bot die Frontfrau Babette von Strelitz demnächst in Niebüll an. »Klick hier für ein Leben in der luxuriösen Fülle, die das Universum für dich bereitgestellt hat. Hole ab, was dir zusteht. Und erlebe, wie es sich anfühlt, auf der Sonnenseite des Lebens zu stehen.«

So ein Blödsinn, dachte Kari und drückte auf den Button.

Kapitel 26

Samstag, 26. Februar

Obwohl der Frühling noch lange nicht in Sicht war, schickte er an diesem Samstag bereits einen Boten auf die Insel. Der Himmel zeigte sich hell und den Wind empfand Kari als leichtes Streicheln auf der Haut. Sie hatte eingekauft und endlich einmal wieder den Kühlschrank gefüllt. Jette stellte ihr gelegentlich ein Schälchen Rapunzelsalat oder eine Handvoll Kartoffeln vor die Tür. In Anbetracht der Tatsache, dass sie normalerweise in Heins Kate ein- und ausging, empfand Kari das als rücksichtsvollen Respekt gegenüber ihrer Privatsphäre. Sie nahm sich vor, sich bei Gelegenheit wieder mit Jette zu treffen und ihr etwas Gutes zu tun. Wobei sie nicht so richtig wusste, was das sein sollte. Ihre Nachbarin war von Grund auf zufrieden und glücklich mit dem, was sie hatte: ihrem Haus, ihrem Garten und der Ruhe, die sie dort genoss. Kari kannte keinen anderen Menschen, der so in sich ruhte. Ganz im Gegensatz zu den Frauen, die sich den Themen zuwandten, um die es bei den *LebensTraumFrauen* ging. Nachdem sie den Anmelde-Button gedrückt hatte, war Kari umgehend auf eine Seite geführt worden, auf der so genannte *Testimonials* in den höchsten Tönen davon schwärmten, wie die Seminare ihr Leben verändert hätten. Eine fand, dass sie vorher gar keine Ahnung gehabt hatte, was alles in ihr schlummerte, eine weitere berichtete, heute deutlich weniger Zeit in ihre Karriere investieren zu müssen, wobei sich ihr Einkommen dabei wie durch Zauberei verdreifacht hätte. Aus diesen und den anderen Texten konnte man herauslesen, dass die Schreiberinnen sich früher nicht ganz angekommen im eigenen Leben gefühlt hatten. Kari hatte darauf verzichtet, ihre persönlichen Daten und ihre E-Mail-Adresse anzugeben, und hatte sich schnurstracks aus der Seite ausgeloggt. Es war gar nicht klar, ob Wiebke sich für derlei überhaupt interessiert hatte. Vielleicht war ihre Anwesenheit am Tag des Seminars auf Sylt einfach Zufall gewesen? So ganz glaubte Kari nicht daran, andererseits gab es keine Beweise dafür, dass Wiebke an diesem Einführungsseminar teilgenommen hatte.

Nachdem sie ihre Einkäufe erledigt hatte, schwang sich Kari erneut aufs Rad. Sie hatte mit der Begründung, sie wolle sich bei dem Finder dafür bedanken, dass er das Gerät abgegeben hatte, in Erfahrung gebracht, wo genau in Witsum der Laptop gefunden worden war. Jetzt war sie unterwegs in die Nachbargemeinde. Hinter Hedehusum fuhr sie einen Weg entlang, der am Deich durch Salzwiesen am Vogelschutzgebiet vorbei führte. Sie kreuzte bei Witsum auf einer Brücke die Godel, den einzigen und sehr kleinen Fluss der Insel, und landete bei der Ortseinfahrt fast genau an dem Haus, das man ihr genannt hatte. Ein dunkler SUV der höheren Preisklasse stand in der Einfahrt, es war also jemand anwesend. Kari lehnte ihr Rad an den Friesenwall, der das Grundstück umgab. Noch bevor sie die Haustür erreicht hatte, wurde sie von innen geöffnet. Ein Mann, er mochte Ende dreißig, Anfang vierzig sein, blickte sie fragend an.

»Sie haben meinen Laptop gefunden und bei der Polizei abgegeben. Dafür wollte ich mich bedanken.« Er wirkte etwas irritiert, dann nickte er langsam.

»Na klar. War doch selbstverständlich.«

Kari musste unwillkürlich lachen »Kari Lürsen. Ich komme aus Berlin. Da wäre das sicherlich nicht so selbstverständlich.«

In den Augen des Mannes blitzte es amüsiert auf. »Na ja, ich hab's auch nicht so mit Katzen«, entgegnete er mit verschwörerischer Stimme.

»Ich weiß immer noch nicht, wer ihn geklaut hat«, fuhr Kari fort.

»Na, wissen Sie, das werden Sie vermutlich auch nicht mehr herausfinden. Ich habe alles, was ich wusste, der Polizei gesagt. War nicht viel.«

»Man sagte mir, dass sie jemanden an den Mülltonnen gehört haben?«

Er nickte. »Na ja, so spät am Abend war das merkwürdig.«

Er kratzte sich am Kopf. »Ich habe den Wagen gehört. Er musste ziemlich abbremsen, dann hörte ich den Deckel der Mülltonne, dann eine Autotür zuschlagen und dann die quietschenden Reifen. Schon ziemlich ungewöhnlich.«

»Haben Sie eine Ahnung, was für ein Fabrikat es war?« Karis Blick flog zu dem SUV.

»Na, nicht wirklich. Mein Ehemann wüsste da mehr. Aber der ist gerade nicht da.«

»Er hat den Wagen auch gehört?«

Der Mann in der Tür nickte.

»Aber gesehen haben Sie nichts?«

»Na, es war dunkel.«

»Na dann«, hätte sie beinahe gesagt, schluckte es aber runter.

»Das heißt ...« jetzt schien ihm doch noch etwas einzufallen. »Ich stand in der Küche.« Er deutete mit der Hand auf das Fenster zur Linken hinter ihm. »Und mir ist aufgefallen, dass eines der Rücklichter irgendwie ... es sah komisch aus.«

»Komisch, inwiefern?« Kari war wieder ganz bei der Sache.

»Na ja, ich weiß nicht, es hing runter. Wie bei manchen Menschen ein Lid.«

»Sie meinen, nach einem Schlaganfall oder Ähnlichem?«

Er nickte nachdenklich.

»Hilft Ihnen das was?«

»Ja. Sehr. Ganz herzlichen Dank. Ich schreibe Ihnen meine Nummer auf. Ihr Mann kann mich gerne anrufen, wenn ihm eine Idee zum Fabrikat kommt.«

»Na gut. Aber sagen Sie mal – der Laptop ist wieder da. Warum ist es denn so wichtig, wer ihn geklaut hat?«

»Weil es möglich ist, dass die Person aus meinem Umfeld kommt. Und ich möchte verhindern, dass ich sie in Zukunft zu nahe an mich heranlasse.«

»Na, das kann ich gut verstehen. Viel Erfolg.« Er hob grüßend die Hand und verschwand im Innern des Hauses.

Tanja Sievers schien das Wetter zu genießen. Sie saß auf einer Bank im hinteren Teil des St. Laurentii Friedhofs und hielt ihr Gesicht dorthin in den Himmel, wo sich ein heller Fleck zeigte und eine Ahnung von Sonne auf die Erde schickte. Kari, die eigentlich Sesle hatte besuchen wollen – noch war sie sich nicht im Klaren darüber, wie sie das Thema des Diebstahls anschneiden sollte, ohne ihre Freundin zu beleidigen – , war zum Friedhof hinüber gegangen, als sie Sesle nicht im Pfarrhaus angetroffen hatte. Das Gras dämpfte ihre Schritte, als sie auf ihre neue Bekannte zuging. Die schien nichts davon mitzubekommen. Es gab Kari Zeit, die Frau auf der Bank zu betrachten. Sie selbst trug schwere Stiefel, eine Winterjeans, einen dicken Pullover, einen Schal und eine Strickmütze. Dennoch zog sie ihre fellgefütterte Lederjacke enger um sich beim Anblick der Frau vor ihr, die mit knöchelhohen eleganten Stiefeletten, einem dunkel gemusterten, wadenlangen Rock und einem leichten Wollmantel viel zu dünn bekleidet schien. Anzeichen dafür, dass ihr kalt sein könnte, gab es keine. Als Kari sie so sah, wurde ihr bewusst, was sie an der anderen anzog. Das schmale Gesicht mit den ausgeprägten Wangenknochen, der hellen, fast durchscheinenden Haut und den feinen Falten auf Stirn, um die Augen und Lippen erinnerte sie an ihre Mutter. Nur, dass Tanja Sievers keine nordisch-kühle, sondern eine warmherzige Ausstrahlung besaß.

»Hallo«, grüßte Kari, als sie die Bank fast erreicht hatte.

»Hallo«, antwortete Tanja Sievers. Die Augen öffnete sie erst, als Kari sich neben sie setzte.

»Schön heute. Ist Ihnen nicht zu kalt?«

Tanja Sievers schüttelte den Kopf. »Zurzeit ist mir eigentlich immer heiß.« Als sie Karis fragenden Blick bemerkte, lachte sie fröhlich auf. »Wechseljahre.«

»Entschuldigen Sie«, grinste Kari.

»Wollen wir nicht *du* sagen? Wie ich heiße, weißt du ja.« Sie stießen kurz mit den Fäusten aneinander, dann richtete Tanja ihr Gesicht wieder in die Höhe. »Ich komme gerne hierher«, fuhr sie nach einer Weile fort. »Manchmal ist es, als könne ich Zwiesprache halten. Verstehst du das?«

»Ja«, antwortete Kari. »Ich fühle mich hier meinem Vater nahe. Er war der emotionale Mittelpunkt meiner Herkunftsfamilie. Er fehlt mir. Besonders, seit ich wieder hier bin.«

Es stimmte. In Berlin, in ihrem anderen Leben, waren diese Gefühle verschüttet gewesen. Jetzt kamen sie in manchen Situationen umso stärker zum Vorschein.

»Und Sie ... und du. Wirst du hier, auf dem Friedhof, nicht wütend darüber, dass der Tod dir den Mann, den du geliebt hast, so früh wieder genommen hat?«

Tanjas Augen öffneten sich, sie blinzelte und sah Kari mit einem merkwürdigen Ausdruck an. »Doch. Ja. Wütend war ich natürlich. Es schien so ungerecht. Aber dann ...« Sie hielt inne, setzte sich auf. » ... habe ich einige dieser Inschriften gelesen. Sprechende Grabsteine, davon hatte ich vorher noch nie gehört. Ich dachte erst an ein bisschen Inselfolklore, nicht mehr. Aber manches gab mir zu denken. Gerade am richtigen Ort und zum richtigen Zeitpunkt.« Sie deutete zu einem der Grabsteine hinüber. Kari erhob sich und ging darauf zu. Sie las, was dort stand.

*So leb ich mit den Jahreszeiten
seh Flieder und die Rosen blühn
ich seh die Jahre mir entgleiten
und manchen Sommer still verglühn*

*Die Kinder sind längst aus dem Haus
verwildert ist der Garten
mein Liebster ging mir lang voraus
worauf soll ich noch warten*

*So leb ich mit den Jahreszeiten
seh all die Blütenpracht vergehn
und seh die Jahre mir entgleiten
wie Blätter die im Wind verwehn*

»Was sagt dir das?«, wollte Kari wissen, als sie sich wieder setzte.

»Mir sagt es, dass ich das Hier und Jetzt genießen soll. In Anbetracht der Tatsache, dass die Dinge vergehen, wir Menschen keinen wirklichen Einfluss auf die Zukunft oder darauf haben, wie kurz oder lang unser Leben sein wird, bleibt uns nur der Augenblick.«

Kari gab ihr recht, dachte aber insgeheim, dass sie zurzeit die Ungewissheit über ihre Zukunft zu sehr in Anspruch nahm, als dass sie den Moment wirklich genießen konnte.

»Wenn man sein bisheriges Leben ändern muss oder will, braucht es doch den Blick in das Morgen«, sinnierte sie.

Tanja nickte. »Ja, manchmal tut es gut, ganz bewusst das alte Leben hinter sich zu lassen, die Beschwernisse abzulegen. Besonders, wenn man feststellt, dass man nicht das Leben führt, das man führen möchte.«

Ich möchte dieses Leben hinter mir lassen.

Auf einmal stand dieser Satz vor Karis Augen. Wiebke hatte ihn in ihrem Abschiedsbrief verwendet. Wiebkes Mutter hatte Kari den Brief vor einiger Zeit gezeigt. Sie rieb sich die Stirn, um sich den gesamten Text ins Gedächtnis zu rufen.

Kein Datum, keine Anrede. Der Text setzte unvermittelt ein.

Ich möchte dieses Leben hinter mir lassen. Alles, was ich bisher getan habe, hat nicht zu dem geführt, was ich mir wünsche. Selbst mein größter Wunsch ist mir versagt geblieben. Immer wieder laufe ich gegen Wände, die ich nicht einreißen konnte. Nun will ich ins Licht gehen. Hinüber in eine andere Dimension. Aufgenommen werden an dem Platz, den das unendliche Universum für mich vorgesehen hat. Ich streife meine alte Haut ab, weil sie mir dort, wohin ich gehen werde, nichts mehr nützt. Ich wünsche mir dort den Frieden, den ich hier nicht finden konnte.
Adieu mein Leben!

Unterschrieben war der Brief mit vollem Namen. Wobei es nie einen Zweifel daran gegeben hatte, dass Wiebke ihn persönlich geschrieben hatte. Etwas pochte laut und deutlich an Karis Aufmerksamkeit. Die fehlende Anrede. Der Satz »Selbst mein größter Wunsch ist mir versagt geblieben.«

»Das passt nicht«, hörte sie sich sagen.

»Bitte?«, fragte Tanja.

»Ich dachte gerade an etwas. An den Abschiedsbrief, den meine Schulfreundin verfasst hat. Darin steht ein Satz …, der im Nachhinein keinen Sinn mehr macht.« Sie sprang auf, blieb dann aber unschlüssig stehen. »Dabei hatte sich doch ihr größter Wunsch bereits erfüllt.« Sie nagte an ihrer Unterlippe. Tanja Sievers blickte sie fragend an. »Ihr größter Wunsch war es, Mutter zu werden. Und sie war schwanger. Warum also der Satz im Abschiedsbrief?«

Tanja Sievers blickte sie ruhig an. »Vielleicht hat sie das Kind verloren.«

Oh Gott. Natürlich. Das wäre in der Tat eine Erklärung für Wiebkes Freitod. Nach all den Strapazen, körperlich, seelisch und finanziell. Dann das Kind zu verlieren – nicht auszudenken.

»Man müsste herausfinden, bei wem sie in Behandlung war«, setzte Tanja ihre Gedanken fort.

»Hat sie dir nichts gesagt, als sie dich aufgesucht hat?« Tanja schüttelte den Kopf.

»Es gibt noch eine Möglichkeit. Der Obduktionsbericht«, murmelte Kari. Sie hätte in diesem Moment nicht sagen können, welcher Weg der einfachere war.

Kapitel 27

Carl war zunächst wenig angetan von Karis Bitte. Erst, als sie ihm deutlich machte, worum es ging, war er bereit, ihr überhaupt zuzuhören.

»Wenn sie zum Zeitpunkt ihres Todes noch schwanger war, macht ihr Suizid keinen Sinn! Verstehst du? Dieser Satz in ihrem Abschiedsbrief, dass ihr größter Wunsch ihr verwehrt geblieben ist, der stimmt dann nämlich nicht.« Auch Carl verstand, was das bedeuten würde. In diesem Fall müsste es erhebliche Zweifel an Wiebkes Freitod geben.

»Du bist Anwalt. Ich sorge dafür, dass Wiebkes Eltern dir eine entsprechende Vollmacht ausstellen. Bitte, leg dich ins Zeug.«

Kari setzte darauf, dass ihr Bruder es schaffen würde, Einblick in den Obduktionsbericht zu erhalten. Noch während sie, vor dem Pfarrhaus stehend, mit ihm telefonierte, hörte sie Sesles Wagen herankommen. Sie beendete das Gespräch mit Carl und steckte ihr Handy weg.

»Na du?«, rief Sesle fröhlich, als sie aus dem Wagen stieg. Gleich darauf öffnete sich der Kofferraumdeckel und Kari half ihrer Freundin, ein paar Taschen voller

Einkäufe herauszunehmen. Unauffällig begutachtete sie die Rücklichter. Alles tipptopp, wenn man von ein paar Schlammspritzern mal absah. Überhaupt wirkte das ganze Auto, als sei Frau Pfarrer damit reichlich viel durchs Gelände gefahren. Kari begleitete Sesle in den privaten Teil des Hauses, wo sie die Einkäufe abstellten. Magnus und Lars waren nicht anwesend. »Besuch bei den Großeltern«, stöhnte Sesle und presste sich die Fäuste in den Rücken. Ihre Augen blitzten verschmitzt. »Ist zurzeit nicht so mein Ding.« Kari fiel auf, dass ihre Freundin regelrecht von innen zu strahlen schien.

»Tee?«, fragte die und Kari nickte.

»Sesle, ich muss dich was fragen«, kam sie gleich zur Sache, während ihre Freundin Wasser aufsetzte, ein Sieb mit Teeblättern füllte und Tassen aus dem Schrank nahm, die Kari auf den Tisch stellte. »Ich hatte dir doch erzählt, dass Wiebkes Laptop bei mir steht. Kannst du dich erinnern?«

Sesle zog die Lippen nach unten, als wolle sie sagen »Keine Ahnung«.

»Als du bei mir warst. Du und Frau Jaspers, ihr habt euch an der Tür getroffen.«

»Ah ja. Klar. Der Laptop, der verschwunden ist.«

»Er ist wieder aufgetaucht.«

»Was?« Sesle drehte sich überrascht zu Kari um.

»Jemand hat ihn in einem Mülleimer entsorgt, aber die Hausbesitzer haben es mitbekommen und das Teil wieder rausgefischt.«

Sesle schüttelte den Kopf, ihr glattes Haar flog nur so. »Was soll das denn bedeuten? Etwas zu stehlen und es gleich wieder loszuwerden.«

»Ich denke, dass diejenige Person auf keinen Fall wollte, dass man das Teil bei ihr findet. Vielleicht hoffte der- oder diejenige, das Passwort knacken zu können.«

»Und was ist deine Frage dazu an mich?« Eine steile Falte stand plötzlich zwischen Sesles Brauen.

»Hast du jemandem davon erzählt? Dass ich Wiebkes Laptop im Haus habe?«

»Ich?« Sesle deutete mit dem Finger auf ihre Brust. »Natürlich nicht. Warum sollte ich?«

»Weil ich mir keinen Reim drauf machen kann. Jemand bricht gezielt bei mir ein, nimmt nur dieses Gerät mit. Entsorgt es kurze Zeit später wieder. Das ist alles so ... krass.«

Sesles Gesicht hatte einen beunruhigenden Ausdruck angenommen.

»Sag mal Kari, das heißt jetzt aber nicht, dass du denkst, ich hätte in irgendeiner Weise mit der Sache zu tun?«

»Nein«, würgte Kari hervor. Verdammt, war das eine blöde Situation. Sie lachte kurz auf, ging auf Sesle zu und umarmte sie fest. »Selbstverständlich nicht.« Aber war es so? Sie wollte es gerne glauben. Doch ein kleiner, schmerzhafter Zweifel blieb.

Bent Sörensen hockte auf dem großen Findling vor Jettes Haus, direkt neben dem dort liegenden Zwerg, einem *Oterbaankin* wie man sie vor vielen Häusern in Utersum fand.

»Moin«, rief er Kari zu, als er sie sah.

»Wartest du auf mich?« Sie stieg ab, schob das Tor zum Garten auf und stellte ihr Rad in den Schuppen.

»Wollte nach dir sehen. Alles okay?«

Jette tauchte am Küchenfenster ihres Hauses auf und Kari winkte ihr beruhigend zu.

»Komm rein«, bat sie Bent. Bei Sesle hatte sie zwei Tassen Tee getrunken, jetzt zog es sie erst einmal ins Badezimmer. Als sie in die Küche zurückkam, stand ihr Besucher noch mitten im Raum. Die Hände in den Hosentaschen vergraben musterte er sie mit einem schwer zu deutenden Blick.

»Falls du auf eine erneute Einladung zum Essen hoffst, das wird heute nichts«, witzelte sie.

Er lächelte schwach. »Ich komme wegen des Laptops.«

Sie sah ihn fragend an.

»Du kommst nicht an die Inhalte.«

»Und du sagtest, du kannst mir dabei nicht helfen.«

»Stimmt. Ich nicht. Aber ich kenne jemanden, der das kann. Also – falls du nicht doch deine beruflichen Connections anzapfen möchtest.«

Kari überlegte. Ihr Kollege würde ihr ganz sicher helfen, aber dazu müsste sie das Gerät wohl nach Berlin bringen.

»Wer ist es?«

Bent grinste schief. »Wenn du magst, mach ich dich mit ihm bekannt. Zeit?« Er war zu Fuß gekommen, ein Zeichen dafür, dass sie es nicht weit hatten.

Was immer Kari erwartet hatte, Ove übertraf es. Er war groß und breitschultrig wie ein erwachsener Mann. Sein Gesicht unterdessen wirkte wie das eines Zwölfjährigen. Rund, mit weicher Haut und keinem sichtbaren Bartwuchs. Haare, Wimpern und Brauen fast so farblos wie bei einem Albino. Die wachen, grünbraunen Augen waren die einzigen Farbkleckse. Erst als Kari den Hund sah, wurde ihr bewusst, wen sie vor sich hatte.

»Ich sehe dich immer am Strand«, sagte sie. »Mit deinem Hund.«

»Olga. Sie ist weiblich.«

Ove gab ihr nicht die Hand, er sah ihr auch nicht direkt ins Gesicht.

Sie standen alle drei in einem geräumigen Zimmer eines Hauses am Ortsrand von Utersum. Außer einem Bett und einem Kleiderschrank bestand die gesamte Einrichtung aus einem über Eck stehenden Schreibtisch, auf dem ein halbes Dutzend elektronische Geräte lagen: Laptops, Tablets, Handys. Kein Bild an der Wand. Kein Zierrat. Nichts, das den Raum gemütlich oder wohnlich gemacht oder einen Hinweis auf die Vorlieben des Bewohners gegeben hätte. Das Zimmer gehörte Ove, der, wie Bent ihr versicherte, volljährig war. Im Haus wohnte noch seine ältere Schwester, die Kari nicht zu Gesicht bekam.

Bent räusperte sich. »Also, Ove. Deine Schwester hat mir erzählt, dass du dich gut mit digitalen Geräten auskennst.«

»Hm«, machte Ove. Kari sah, dass sich seine Rechte ununterbrochen öffnete und schloss.

»Meine Freundin«, er sagte wirklich Freundin, »hat ein Problem. Sie hat das Passwort zu ihrem Laptop vergessen.«

»Hm«, machte Ove wieder.

»Hilfst du ihr?«

Kari starrte den jungen Mann an. Der starrte auf den Boden. Olga winselte leise und stupste Karis Knie mit der Schnauze an. Die bückte sich und kraulte die Hündin zwischen den Ohren am Kopf. Olga fiepte entzückt.

»Ja«, sagte Ove und dann drehte er sich einfach um und setzte sich an seinen Schreibtisch. Kari hatte nie einen größeren gesehen und vermutete, dass es sich um eine Maßanfertigung handelte. Auf, neben und unter dem Tisch stand eine ganze Reihe von Servern, PCs und Druckern.

»Ove hier repariert alles«, erklärte Bent und nahm Kari den Laptop mit den Katzenstickern aus der Hand. Als er ihn vor Ove platzierte, zuckte der kurz zurück.

»Olga mag keine Katzen«, legte er streng dar.

»Es sind ja nur Sticker«, beruhigte Bent ihn. »Was denkst du, wie lange du brauchen wirst?«

Ove klappte den Laptop auf. Seine langen, weißen Finger tanzten über die Tasten und schon war das Gerät entsperrt. Kari riss unwillkürlich die Augen auf.

»Das ist ja wie Zauberei!«, rief sie aus.

»Das ist Wiebkes Laptop, nicht deiner. Sie hat ihn mir kürzlich zur Reparatur gebracht. An das Passwort habe ich mich erinnert. Darfst du ihn nehmen?«

Bent unterdrückte einen Lacher. Kari starrte den jungen Mann vor sich entgeistert an. »Ja«, sagte sie schließlich. »Wiebke war meine Freundin.«

»Wiebke ist tot«, sagte Ove, schrieb das Passwort auf einen Zettel und schob Kari diesen samt Laptop zu.

»Sollte ich ihn nicht bezahlen?«, raunte Kari Bent zu.

»Schon.« Er zog etwas aus der Hosentasche und gab es ihr. Olga sprang erfreut auf und wedelte mit dem Schwanz. Ove warf einen schrägen Blick auf das Leckerli. »Das darf Olga essen«, gab er dann bekannt. Danach versank er wieder in seiner eigenen Welt.

Bent nickte Kari zu und zog sie mit sich aus dem Haus.

»Er mag es nicht, wenn man ihm zu lange auf die Nerven geht.«

»Er steht jeden Tag am Strand und schaut völlig unbewegt zum Horizont. Ich hielt ihn für einen Erwachsenen.«

»Das ist er. Auch wenn er jung aussieht.«

»Was macht er da?«

»Am Strand? Warten.«

»Worauf?«

Bent zuckte mit den Schultern. »Das weiß niemand. Er lebt in seiner eigenen Welt.«

»Er redet wohl nicht viel.«

»Kann man nicht behaupten, nein.«

»Und die Schwester? Gehört sie zu deinen Gästen?«

»Nein. Sie trinkt grundsätzlich keinen Alkohol und besucht auch keine Kneipen.« In seinen Augen tanzte bereits wieder der Schalk. Kari hätte gerne gefragt, woher Bent die Frau kannte, beschränkte sich aber darauf, ihm für seine Hilfe zu danken, bevor sie in unterschiedlichen Richtungen davongingen.

Zu Hause angekommen, durchforstete Kari die Inhalte auf Wiebkes Laptop. In den Bilderdateien fanden sich Fotos, die von Wiebkes Liebe zu ihrer Heimat zeugten. Die berühmten Sonnenuntergänge an der Dunsumer Düne, Fotos von Schafen, Gänsen, Pferden. Strandszenen. Pflanzen wie Meersenf, Kartoffelrose, Strandmelde. Gärten, Blumengestecke. Bilder von Geburtstagen, Weihnachtsfeiern, einem Ausflug mit ihren Kolleginnen. Amrum, Sylt, ein paar Schnappschüsse vom Festland. Es war auffällig, dass fast alle Bilder aus der Zeit von vor vier Monaten stammten. Danach schien sie sich kaum noch um ihr Hobby gekümmert zu haben.

In den Downloads, die Wiebke offensichtlich selten oder nie geleert oder in andere Ordner überführt hatte, steckten die Rechnungen aus der Kinderwunschklinik in Dänemark. Tatsächlich hatte bereits der zweite Versuch geklappt, Wiebke war durch eine Samenspende mit ihrem Wunschkind schwanger geworden. Dazu hatte sie jedes Mal eine Akupunkturbehandlung gebucht, die die Trefferquote erhöhen sollte. Beim Samen hatte sie sich für die völlig anonyme Spende entschieden, die Kategorie, die dem Kind keine Möglichkeit gab, seinen Erzeuger zu einem späteren Zeitpunkt kennenzulernen. Die Rechnungen trugen den Vermerk, dass sie vor Ort bar bezahlt worden waren.

Kari zog einen Notizzettel zu sich heran und vermerkte die Rechnungsbeträge.

Wofür Wiebke ihr Konto überzogen hatte, war somit klar. Das nächste Dokument, das sie öffnete, schockierte Kari. Es kündigte die betriebsbedingte Kündigung »wegen Geschäftsaufgabe« zu Mitte des Jahres an, die fristgerecht per Einschreiben folgen würde. In der Nachricht wurde Bedauern ausgedrückt, man habe aber aufgrund der aktuellen Geschäftslage keine andere Möglichkeit, als den Standort in wenigen Monaten aufzulösen. Man wolle, so der Tenor, allen die Möglichkeit eröffnen, sich rasch wieder eine Arbeitsstelle zu suchen. Wiebke wäre in Kürze arbeitslos gewesen. Sie hatte niemandem davon erzählt, weder Sesle noch ihren Eltern. Ansonsten gaben die Downloads nicht viel her.

In den Dokumenten fand sich ein Ordner, der den Namen »Ziel« trug. Jetzt wurde es richtig interessant. Denn Wiebke hatte dort fein säuberlich dargelegt, wie sie sich ihr berufliches Fortkommen vorstellte, und dabei ihre aktuelle Situation mit einbezogen. Das Arbeitslosengeld, der Mutterschutz, der Erziehungsurlaub. Sie wusste, dass sie während dieser Zeit nicht vermittelt werden konnte, und es schien, als sei das für sie genau der richtige Weg hin zu einem neuen Betätigungsfeld gewesen. Zeitgleich war die Teilhaberschaft geplant, anschließend die Teilzeit-Tätigkeit bei *Blumen-Astrid*. Wiebke hatte die Einstiegskosten aufgelistet, dazu vermutete Einnahmen und Kosten gegenübergestellt. Neben Miete und Versicherungen fand sich der Vermerk »Kinderbetreuung erfolgt vor Ort selbst.« Sie hatte vorgehabt, das Kind mit in den Blumenladen zu nehmen. Jetzt machten die Berechnungen, die Kari in Wiebkes Wohnung gefunden hatte, Sinn. Es ging darum, den Übergang abzusichern, und Kari musste gestehen, dass Wiebke offenbar mehr geschäftliches Gespür gehabt hatte, als sie ihr zugetraut hätte.

Ein weiteres Dokument tauchte ebenfalls in diesem Ordner auf. Kari pfiff leise durch die Zähne, als sie es sah. Es war der Vertrag mit den *LebensTraumFrauen*. Wiebke hatte ein Coaching gebucht. Sechs Monate für fünftausend Euro, zuzüglich Mehrwertsteuer. Kari schrieb den Betrag zu den anderen auf den Zettel und suchte nach dem Buchungsvermerk. Auch hier stand »Barzahlung erfolgt.« Das Datum dieser Transaktion lag nur wenige Tage nach Wiebkes Aufenthalt im Hotel

Radners auf Sylt. Und genau einen Tag, nachdem sie den ersten Kredit erhalten hatte. Kari ließ sich in ihren Stuhl zurücksinken. Nun hatte sie zumindest eine Erklärung, wo ein Teil der Summe, die Wiebke als Kredit aufgenommen hatte, geblieben war. Aber der große Rest – wo war der? Sie sah sämtliche weitere Dokumente durch. Schaute sich alle Mails an, die im fraglichen Zeitraum angekommen und verschickt worden waren. Es waren überraschend wenige und es gab keine weiteren Belege. Und doch war sich Kari jetzt sicher, dem Geheimnis näher gekommen zu sein.

Die *LebensTraumFrauen* reagierten umgehend auf Karis zweite Kontaktaufnahme. Dieses Mal hatte sie sich vorab eine anonyme Mailadresse angelegt und erneut den Button mit der marktschreierischen Aufforderung »Jetzt anmelden!« gedrückt. Sie würde sich das Ganze einmal ansehen. Unverbindlich und kostenfrei. Sie war sich bewusst, dass dieser Schnupperkurs einer Kaffeefahrt glich. Sie hatte allerdings ihr Ziel schon vor Augen. Das hieß, dass sie nicht vorhatte, einen Anschlusskurs zu buchen, sondern lediglich mehr über das wissen wollte, was Wiebke an dieser Sache angezogen hatte.

Kapitel 28

Dienstag, 1. März

Das Treffen der *LebensTraumFrauen* fand schon wenige Tage später an einem Dienstag in einem edlen Hotel in Niebüll statt. Es stand unter dem Motto: »Bestelle dir beim Universum das Leben, von dem du träumst.«

Der Tagungsraum war hell und sparsam möbliert. Man hatte die Deckenbeleuchtung ausgeschaltet und überall kleine Lampen platziert, die den Raum in sanftes, goldenes Licht tauchten. Eine Duftkerze brannte. Die Tische waren zur Seite geschoben, die Stühle zu einem Kreis aufgestellt, in dessen Mitte eine Bodenvase mit frischen Schnittblumen stand. Kari zählte zwölf Besucherstühle, also waren außer ihr noch elf weitere Frauen angemeldet. Sie nahm Platz und musterte diejenigen, die bereits eingetroffen waren. Die meisten waren wohl zwischen dreißig und fünfzig. Eine der Frauen sah aus wie ein Model – sehr groß, sehr dünn, ebenmäßiges Gesicht und schimmerndes dunkles Haar. Die Frau neben ihr war das genaue Gegenteil. Klein, gedrungen und mit hochroten Wangen erinnerte sie Kari an die brandenburgische Bauersfrau auf dem Wochenmarkt, bei der sie häufig Obst und Gemüse kaufte. Vier der anderen wirkten wie Frauen, die sich ein besseres Leben wünschten. Sie trugen teure Schuhe oder Taschen, die nicht so richtig zu dem Rest ihrer Aufmachung passten. Die sah eher nach Mode-Discounter aus. Eine Frau umgab etwas, das an eine Geschäftsfrau denken ließ. Sie war gepflegt und hochpreisig gekleidet, aber nicht modisch hergerichtet. Ein strenger Zug um den Mund passte dazu. Sie war es auch, die Punkt neun auf die Uhr sah. »Sollte es jetzt nicht beginnen?«, fragte sie.

Babette von Strelitz legte lächelnd den Kopf schief. »Wir warten noch auf einen Gast. Sie kommt sicher in Kürze.« Die Geschäftsfrau atmete hörbar aus und blickte zum Fenster. Gleich darauf wurde die Tür aufgerissen. Die Frau, die hereinstürmte, war außer Atem, trug aber ein strahlendes Lächeln auf dem Gesicht. »Hallo ihr Lieben«, rief sie fröhlich in den Raum, als kenne man sich hier bereits seit Jahren. Sie ließ sich auf den einzig noch freien Stuhl fallen, blies sich eine der goldblonden Locken aus der Stirn und wandte sich der Gastgeberin zu.

»Jetzt sind wir komplett«, ließ die verlauten und schenkte allen ein herzliches Lächeln.

Kari musterte die Neuangekommene. Sie schätzte sie auf Ende zwanzig. Sie war mittelgroß und fiel besonders wegen ihres Kleidungsstils aus dem Rahmen. Ein selbst gestrickter Pullover in mehreren lebhaften Farben, die allesamt an den Herbst erinnerten, eine dunkelblaue Strumpfhose, ein grauer Rock, der kurz über dem Knie endete, Naturschuhe, wie sie in alternativen Kreisen gerne getragen wurden.

»Hallo, ich bin Goldie«, sagte sie noch, bevor sich die allgemeine Aufmerksamkeit auf Frau von Strelitz richtete.

In den nächsten zwei Stunden erfuhr Kari, dass es eine Verbindung gab zwischen dem, was man insgeheim dachte, und dem, was einem das Leben bescherte. Sie erfuhr, dass Menschen, die unglücklich oder wenig erfolgreich waren, sich all das selbst zuzuschreiben hatten. *Selbstsabotage* nannte Babette das, und jedes Mal, wenn sie dieses Wort aussprach, wurde ihr Gesichtsausdruck streng. Doch die könne man auflösen, optimistisches Lächeln, indem man das Richtige dachte. Ganz so einfach war es dann aber doch nicht, denn sonst hätte vermutlich kein Mensch ein teures Seminar gebucht, dessen Wichtigkeit den anwesenden Frauen mal mehr, mal weniger subtil in ungefähr jedem dritten Satz mitgeteilt wurde.

Die *TraumLebenReise* war nicht von jetzt auf gleich und schon gleich gar nicht umsonst zu bekommen. Wobei sämtliche Persönlichkeiten, die als leuchtende Beispiele herhalten mussten, es ganz offensichtlich allein geschafft hatten. Selbstbewusstsein, der unerschütterliche Glaube an sich selbst, sei wenigen von Natur aus mitgegeben, hieß es von Babettes Seite dazu. Kari musste gestehen, dass sie den Vortrag nicht uninteressant fand. Sie schreckte richtiggehend auf, als eine der Frauen plötzlich aufsprang und verkündete, dass sich das alles anhöre wie bei einer Sekte. Sie riss daraufhin ihre Tasche an sich und stürmte hinaus. Beim Griff zu ihrer Jacke warf sie beinahe den Garderobenständer um, so aufgebracht war sie. Ihr Abgang erfolgte derart schnell, dass keine der anderen Frauen etwas sagen konnte. Babette lächelte sanft. Manchmal, verkündete sie, mache sich genau die Selbstsabotage, die einen an einem Traumleben hinderte, recht früh bemerkbar. Und sie erläuterte seelenruhig, dass dies auch allen anderen noch bevorstände. Alte Glaubenssätze, so ihr Credo, seien eben hartnäckig. Aber dafür gab es ja sie und ihr Seminar. Dann startete sie mit der ersten Übung und bat alle, die Augen zu schließen.

»Bitte stellt euch jetzt einmal euren größten Wunsch vor.«

Leises Gemurmel setzte ein, verstummte aber auf ein energisches »Pst. Höchste Konzentration bitte« hin, gleich wieder.

»Stellt euch vor, wie es ist, die Frau zu sein, die ihr immer sein wolltet«, fuhr Babette fort.

Kari, die eigentlich noch nie jemand anderes als sie selbst hatte sein wollen und mit ihrem Leben insgesamt sehr zufrieden war, konnte mit der Ansage zunächst nichts anfangen. Dann rückte ihr jedoch ihre berufliche Situation in Erinnerung. Also dachte sie daran, wie es wäre, nicht nur in Ehren wieder in den Dienst zurückberufen zu werden, sondern ihren Misserfolg auch wiedergutmachen zu können. Ja, das war ihr Wunsch. Das musste reichen.

»Nun stellt alle Sinne darauf ein. Wie fühlt es sich an, diesen Wunsch erreicht zu haben? Wie steht ihr oder sitzt ihr? Wie schaut ihr in die Welt? Welche Gefühle habt ihr? Wie redet ihr mit anderen darüber.« So ging das eine Weile weiter und Kari, die sich irgendwann beim besten Willen nicht mehr tiefer in dieses Gefühl hineinfallen lassen konnte, fing an, nervös auf dem Stuhl herumzurutschen.

»Bleibt in dieser Situation. Kostet sie aus.«

In den folgenden Minuten ertönte leise Meditationsmusik. Um sie herum war alles ruhig. Kari hätte gerne geblinzelt, um zu sehen, ob die anderen Frauen die Augen geschlossen hatten. Idiotischerweise hatte sie aber die Befürchtung, dass Babette sie beobachtete. Sie war erleichtert, als die Musik ausgeblendet wurde.

»So. Nun atmet bitte einmal tief ein uns aus. Saved das Gefühl, das ihr in den letzten Minuten verspürt habt, und öffnet langsam die Augen.«

Alle kamen wieder im Hier und Jetzt an. Die meisten trugen ein seliges Lächeln auf den Lippen. Auch Babette lächelte in die Runde.

»Geht es euch gut?«, fragte sie.

Alle nickten, auch Kari.

»Sagt es laut. Sagt: Es geht mir gut!«

Ein Chor begeisterter Stimmen antwortete ihr. Babette lächelte zufrieden.

»Wisst ihr, was das Geheimnis ist? Unser Unterbewusstsein kann nicht unterscheiden zwischen Fantasie und Wirklichkeit. Sobald ihr etwas denkt, ist es real, verursacht dieselben Reaktionen.« Sie klatschte in die Hände. »Und das ist nur der Anfang. Stellt euch nur einmal vor, was möglich ist, wenn wir zusammen daran arbeiten. Jede Einzelne von euch wird sich nach nur wenigen Monaten nicht mehr wiedererkennen.« Wieder das Klatschen mit den Händen.

»Und jetzt bitte ich euch um etwas. Verlasst den Raum. Bleibt alleine, das ist ganz, ganz wichtig. Bleibt in dieser wunderbaren Schwingung, die der Gedanke

an euren großen Wunsch in euch ausgelöst hat. Und –
ebenfalls ganz, ganz wichtig: Tut euch etwas Gutes.
Gönnt euch etwas, das ihr nicht jeden Tag macht. Etwas
Edles, Exklusives, Besonderes. Es soll dazu beitragen,
diesen besonderen Moment in euch zu verankern.« Sie
stand auf und verbeugte sich vor ihrem überwiegend
faszinierten Publikum.

Eine nach der anderen erhob sich und ging nach
draußen. Kari stellte sich vor, was Wiebke vor einigen
Monaten gemacht hatte. Sie hatte sich im *Radners* allein an einen Tisch gesetzt, ein Glas Champagner in der
Hand. Und später, vielleicht nach dem Seminar, hatte
sie noch eine Kleinigkeit gegessen, Wein getrunken.
Voller Vorfreude auf das, was sie sich in dieser Sitzung
gewünscht hatte. Im Glauben daran, dass all das sich
verwirklichen würde. Nachdenklich ging Kari vor die
Tür, und weil dort schon zwei Frauen aus der Gruppe
standen, verlegen darum bemüht, sich nicht miteinander zu unterhalten, spazierte sie um das Haus herum in
Richtung Garten. Der war um diese Jahreszeit wenig
einladend, alles sah verfroren aus. Sie wollte bereits
wieder umkehren, als sie Zeugin einer merkwürdigen
Szene im Tagungsraum wurde. Im Inneren, gut zu sehen im goldenen Lichtschein der Lampen, befand sich
Babette von Strelitz in einem Gespräch mit einer jungen Frau, die nicht zur Gruppe gehörte. Gespräch, das
bemerkte Kari sofort, war allerdings nicht der richtige
Ausdruck. Die beiden schienen zu streiten. Die jüngere,
schwarzes glattes Haar, Piercings an Brauen und Nase,
schmale Lederhose, sah aus, als wolle sie auf die *Le-
bensTraumFrau* losgehen. Ihr Finger stach immer wieder in die Luft vor Babettes Brust, aber die wich nicht

zurück. Vielmehr redete sie, sichtlich wesentlich cooler als ihre Besucherin, beruhigend auf diese ein. Was nicht viel nützte. Die beiden gerieten jetzt in ein Handgemenge und Kari war versucht, nach drinnen zu laufen, um sie voneinander zu trennen. Doch Goldie kam ihr zuvor. Sie musste den Streit gehört haben, denn sie kam in den Raum gelaufen und riss die junge Frau an den Schultern zurück. Gegen zwei konnte sich die Frau mit den Piercings nicht durchsetzen. Sie spuckte Babette vor die Füße, drehte sich um und verschwand. Kari stand da wie festgefroren und beobachtete, wie Babette die Hand auf Goldies Schulter legte und die beiden sich mit besorgter Miene unterhielten. Auf einmal wirkten sie nicht mehr wie zwei Frauen, die sich eben erst kennengelernt hatten, sondern wie Vertraute. Kari schüttelte ihre Erstarrung ab und lief zum Hoteleingang. Dort stürmte gerade die gepiercte Frau hinaus, heftig vor sich hin schimpfend, mit ihren Doc Martens nach einem Mülleimer tretend und im Bemühen, sich eine schwarze Daunenjacke anzuziehen. Es gelang ihr nur unter Schwierigkeiten, in die Ärmel zu kommen. Ihr Schal löste sich dabei vom Hals und landete auf dem Boden. Sie bemerkte es nicht. Kari hob ihn auf und rief der anderen hinterher.

»Was!«, schrie die und drehte sich um. Als sie sah, dass eine Unbekannte ihr den Schal entgegenhielt, murmelte sie: »Sorry.«

»Schon okay«, meinte Kari. »War wohl eine heftige Auseinandersetzung mit Babette.«

»Gehörst du auch zu dem Verein?« Das Gesicht der anderen verzog sich verächtlich.

»Keine Ahnung. Ich bin hier zum Schnupperkurs. Gehöre ich da schon dazu?«

Sie musste die andere runterbringen und gleichzeitig verhindern, dass sie davonlief.

Die schnaubte.

»Ich heiße Kari. Und du?«

»Bascha.« Sie zog die Nase hoch und starrte über Karis Schulter zum Hotel. »Wenn du mich fragst, lass die Finger davon. Das ist alles großer Humbug.«

»Mag sein.« Kari schaute sich um. Die anderen Frauen vor der Tür waren mit ihren eigenen Gedanken beschäftigt. Niemand nahm Notiz von ihr und Bascha.

»Ich weiß nicht viel darüber. Wenn du mir deine Nummer gibst, könnten wir mal telefonieren.«

Bascha zwinkerte nervös und trat von einem Fuß auf den anderen. »Die zeigt mich an, wenn ich ihr das Geschäft versaue«, bemerkte sie dumpf.

»Keine Angst. Sie wird von mir nichts über unser Gespräch erfahren. Ich hätte nur gerne eine zweite Meinung.«

Bascha zögerte einen Moment lang, dann nahm sie das von Kari angebotene Handy und tippte ihre Nummer ein. Danach ging sie, so schnell, als bereue sie jetzt schon, was sie getan hatte. Kari blickte ihr nachdenklich hinterher.

Kapitel 29

Babette erwähnte den Vorfall mit keinem Wort. Und auch Goldie nicht, was angesichts der Tatsache, dass sie sich weiterhin verhielt, als sei sie eine Teilnehmerin wie alle anderen, durchaus merkwürdig war. Gegen Ende der Veranstaltung ahnte Kari auch, warum. Trotz der Reden über Manifestationen, Schwingungen und Wünsche, die man unter fachkundiger Anleitung lediglich aussenden müsse, um das wahre, schöne Leben, für das man bestimmt sei, zu erreichen, waren nicht alle Anwesenden so überzeugt, dass sie auch gleich einen Vertrag unterschreiben wollten. Und da kam Goldie ins Spiel. Eine enge Freundin, so erzählte sie, sei durch dieses wundervolle Seminar in einen völlig anderen Schwingungszustand – sie sagte dieses Wort tatsächlich! – geraten. Alles fliege ihr nur so zu. Sie sei beruflich erfolgreicher denn je. Alles gelinge ihr nahezu mühelos. Sie, Goldie, habe das nun über Monate hinweg beobachten dürfen. Neidisch sei sie geworden, gab sie zu und schaute betreten zu Boden. Dann aber, ihr Gesicht erhellte sich bei den folgenden Worten, habe sie begriffen, dass es ganz einfach sei. Darum wolle sie das Seminar nun selbst buchen. »Und danach die

Masterklasse.« Ja, die gab es, denn erfolgreiche Manifestationen waren vermutlich ein Langstreckenlauf und kein Sprint. Nach diesem emotionalen Einwurf unterschrieben zwei weitere Frauen. Das Model, die Geschäftsfrau und Kari jedoch verließen den Raum mit einem netten Dankeschön und ohne eine Unterschrift geleistet zu haben. Während das Model eilig aus dem Hotel hinaus strebte, blieb Kari neben Anita, so hieß die andere, stehen.

»Warum haben Sie nicht unterschrieben?«, wollte sie wissen. Das im Seminarraum übliche Du kam ihr bei der Frau nicht über die Lippen. Die andere lachte unfroh auf. »Ganz ehrlich? Ich weiß es nicht. Mich hat eine Bekannte hierauf aufmerksam gemacht, aber ich bin nicht überzeugt.« Sie blickte sich nachdenklich um. »Haben Sie Lust, mit mir einen Kaffee zu trinken?« Kari nickte.

Wenig später saßen sie an einem Tisch im hoteleigenen Café. Anita hatte einen Cognac zu ihrem Heißgetränk dazu bestellt und starrte in ihr Glas. »Ich leite einen metallverarbeitenden Betrieb. Hat mir mein Vater vererbt. Er hätte lieber einen Sohn gehabt, aber ich war das einzige Kind.« Sie lächelte schwach und nippte an ihrem Cognac. »Ich bin erfolgreich.« Sie straffte die Schultern und sah Kari jetzt direkt an. »Wirke ich auf dich herb oder männlich? Sei ehrlich.« Dass sie jetzt wieder zum Du überging, nahm Kari als gutes Zeichen.

»Ich habe mir sofort gedacht, dass du Geschäftsfrau bist. Aber für herb oder männlich halte ich dich nicht.« Sie lächelte aufmunternd. »Ist es das, was dich hergetrieben hat?«

Anita nickte und kippte den Rest ihres Cognacs mit einem eleganten Schwung. »Die Frage, wie weiblich ich sein darf oder kann, beschäftigt mich schon eine Weile. Ich bin jetzt neunundvierzig. Ich liebe den Betrieb und meine Arbeit, aber im Privatleben sieht es nicht gut aus.« Sie schwieg, es war nicht nötig, mehr zu sagen.

»Überzeugt davon, dass dir die *LebensTraumFrauen* etwas bringen, bist du also nicht«, stellte Kari fest. »Mir geht es genauso. Vieles wirkt absolut verständlich. Gleichzeitig frage ich mich unwillkürlich, was das heißen soll, dass jeder Mensch sein Schicksal selbst bestimmt. Was ist mit Menschen in Kriegsgebieten, in Krisenregionen? Kann man sich den Frieden dort manifestieren?« Sie schüttelte langsam den Kopf.

»Keine Ahnung.« Anita schien am Zustand der Welt weniger interessiert als an ihrem eigenen. »Mir wurde jedenfalls klar, dass da etwas nicht stimmt, als diese Goldie mit der Geschichte von ihrer Freundin angefangen hat.«

»Wie das?«

»Beim Schnupperkurs, den meine Bekannte gemacht hat, da gab es ebenfalls eine Frau, die hat fast dasselbe erzählt. Von einer Freundin, die durch den Kurs ein ganz anderes, viel besseres Leben hat als zuvor.«

»Ich hatte auch das Gefühl, dass die beiden, Babette und Goldie, sich schon vorher gekannt haben«, entgegnete Kari nachdenklich. »Aber wozu das Ganze?«

»Goldie ist so eine Art Testimonial. Wie in der Werbung. Vielleicht bekommt sie einen Monat *Manifestieren für Anfängerinnen* umsonst.« Anita lachte bitter auf.

»Und du, was hat dich hergetrieben?«, wollte sie von Kari wissen.

»Eine Freundin von mir. Sie war in Babettes Seminar.«

»Und? Ist sie reich, glücklich und vom Erfolg verwöhnt?«

»Nein«, entgegnete Kari leise. »Das kann man wirklich nicht sagen.«

In der *Blauen Möwe* war an diesem Abend wenig los. Boden und Tische glänzten frisch gewienert. Bent stand hinter dem Tresen und zapfte ein Bier für einen einsamen Gast.

»Moin Kari«, grüßte er.

»Moin«, entgegnete sie und hievte sich auf einen Barhocker.

»Siehst müde aus. Kaffee?«

»Lieber einen Wein.«

Er brachte das Bier an den Tisch und stellte gleich darauf ein Glas Weißwein vor ihr ab. »Hat es was gebracht? Dein Blick in Wiebkes Laptop?«

Kari nickte. »In mehrfacher Hinsicht. Sag mal, kannst du dir vorstellen, dass man sich das Leben, das man sich wünscht, beim Universum quasi bestellen kann?«

Er zog die Brauen hoch. »Klar. Das weiß doch jeder.«

»Echt?« Sie nippte an ihrem Wein.

»Gesetz der Anziehung«, redete er weiter, während er einen Lappen in die Hand nahm und seine Spüle damit polierte. »Besagt, dass du genau das anziehst, was du ausstrahlst.«

Kari zog ein zusammengefaltetes Blatt aus der hinteren Tasche ihrer Jeans und öffnete es. Dort waren die einzelnen Schritte aufgeführt, die im Starterseminar behandelt wurden. Sie hatte im Netz noch ein bisschen recherchiert. Tatsächlich boomte das Geschäft mit der Persönlichkeitsentwicklung durch Manifestation seit Jahren. Weil es immer mehr Leute gab, die glaubten, mehr aus ihrem Leben machen zu müssen. Das Luxusproblem einer übersättigten Gesellschaft hatte es ein Kritiker genannt. Bent trat neugierig näher und spähte ihr über die Schulter.

»Erkenne dein wahres Ziel«, las er halblaut mit. »Befreie dich von falschen Glaubenssätzen«, fuhr er fort. Kari hatte Mühe, sich zu konzentrieren, weil sich ihre Arme berührten und sie sich seiner Nähe bewusst war. Es standen vier weitere Punkte darauf. Es ging dabei darum, den Fokus auf das eigene Ziel zu richten, sich nicht von außen ablenken zu lassen, die eigenen Wünsche allem anderen überzuordnen und so weiter. Einige Aspekte fand sie nicht uninteressant, andere wiederum etwas zu esoterisch überzogen.

»Was ist das?«, wollte Bent wissen.

»Ein Seminarfahrplan zum Traumleben«, entgegnete Kari. Und als sie seinen fragenden Blick sah, fuhr sie fort. »Würdest du Geld dafür ausgeben?«

Er lachte leise auf. »Wozu? Mir geht es gut. Ich wollte schon immer mal eine Kneipe führen und auch sonst ist bei mir alles paletti.«

»Wie geht es Mareike?«, fragte Kari süßsäuerlich, weil sie bei seinen Worten automatisch in diese Richtung dachte.

»Wem?« Er wischte weiter und hob nicht einmal den Blick.

»Der Frau, mit der du neulich so eng umschlungen getanzt hast, dass man den Eindruck haben musste …« Sie stoppte ihren Redeschwall gerade noch rechtzeitig, bevor sie sich lächerlich machte.

»Ah. *Die* Mareike.« Er grinste sein Raubtierlächeln und wurde danach schlagartig ernst. »Sie war auf der Beerdigung offensichtlich schwer angeschlagen. Konnte nicht mit zum Kaffeetrinken. Da habe ich mich ein bisschen um sie gekümmert.« Er zog die Augen zusammen und fixierte Kari auf eine Weise, die ihr nicht behagte. »Sie hat das fehlinterpretiert. Stand plötzlich hier auf der Matte und wollte mir ein Haus andrehen. Als Geldanlage, wie sie sagte. Wäre eine tolle Investition, ich sei der Erste, der davon erfährt.«

»Ach«, entgegnete Kari baff. Darum war Mareike hier gewesen. »Ist das ein interessantes Geschäft für dich?«

Bent schüttelte den Kopf, immer noch todernst. »Um es kurz zu machen – nichts von dem, was sie mir erzählt hat, stimmte. Weder, dass sie das Gebäude exklusiv betreut, noch, dass ich der Erste war, dem man es anbot. Das Ding ist mit so vielen Auflagen belastet, dass man richtig viel Schotter haben muss, um es herzurichten. Ganz abgesehen davon, dass ich gar kein Interesse habe.«

»Wie kam sie denn dann auf dich?« Kari nippte an ihrem Wein. Er war perfekt gekühlt.

»Sie ist verzweifelt. Da denkt man vielleicht nicht mehr über alles so genau nach.«

Kari stellte ihr Glas abrupt ab. »Was meinst du mit verzweifelt?«

Bent warf einen Blick zu dem einsamen Zecher hinüber und beugte sich dann zu Kari. »Sie braucht dringend einen Abschluss. Hat ihre Wohnung gekündigt und schläft im zurzeit leer stehenden Ferienhaus eines ihrer Kunden, was der aber nicht wissen darf. Der Porsche ist geleast und sie im Verzug mit den Raten. Dazu lebt sie über ihre Verhältnisse. Schon eine ganze Weile.« Er trat zurück und sah Kari direkt an. »Das sind doch Gründe genug für Verzweiflung.«

Kari wusste, dass es nichts brachte, ihn nach den Quellen seiner Weisheit zu fragen. Sie tat es dennoch und er zuckte mit den Schultern. »Glaub es oder lass es, aber eines ist gewiss – das, was ich dir eben dazu erzählt habe, stimmt.«

Kapitel 30

Mittwoch, 2. März

Bascha wohnte in Husum. Kari hatte ihr noch am Vorabend, aus Bents Kneipe, eine Nachricht geschickt. Ja, hatte sie geantwortet, man könne sich am nächsten Tag treffen. Kurz, wie sie nachschob. Sie habe viel zu tun. Kari wollte Baschas Wut ausnutzen. Noch war sie sicherlich aufgebracht über den Streit mit Babette und daher bereit, ihr etwas zu erzählen. Trotzdem war sie, als sie kurz nach halb elf aus dem Zug stieg, erleichtert, Bascha am Bahnsteig winken zu sehen.

Sie gingen nicht weit, Bascha lotste Kari in das Bistro am Bahnhof.

»Also, was willst du wissen?«, fragte sie. Sie schien nervös und blickte sich mehrmals um.

»Du hast dich gestern mit Babette gestritten. Ich habe es vom Garten aus gesehen. Mich würde interessieren, worum es ging.«

»Habe ich dir schon gesagt. Der ganze Schmu, der führt zu nichts. Ich wollte mein Geld zurück.« Sie nippte an ihrem Kaffee und verzog da Gesicht, als sie sich verbrühte.

»Okay«, sagte Kari und holte ihr Handy hervor. »Kennst du zufällig diese Frau? War sie mit dir im Seminar?«

Bascha betrachtete Wiebkes Konterfei nur kurz. Sie schüttelte den Kopf. »Nie gesehen. Wer ist das?«

»Eine Freundin. Sie war ebenfalls in Babettes Kurs.« Kari wollte das Handy schon wegstecken, als ihr noch etwas in den Sinn kam. Schnell rief sie das Facebook-Profil von Sonja Bienhaus auf und stellte erleichtert fest, dass es bisher nicht gelöscht worden war. »Und diese Frau?« Wieder nur ein kurzer Blick. Dieses Mal nickte Bascha.

»Das ist Sonja. Wir waren im selben Kurs. Hatten nicht viel miteinander zu tun. Ich glaube, sie hat dann etwas anderes gebucht. Den Turbo, wie ihn ein paar Frauen nennen.

»Den Turbo?«

Bascha nickte und versuchte es erneut mit ihrem Kaffee. Dieses Mal zuckte sie nicht zurück. »Das ist für diejenigen, die nicht warten wollen. Denen es nicht schnell genug gehen kann mit ihren Sportwagen, Pools oder Diamantringen.«

Kari hob fragend die Brauen.

»Das waren so die Dinge, die die anderen sich gewünscht haben. Alles materieller Kram. Wenn du mich fragst, braucht man kein teures Seminar dafür, sich teure Sachen zu kaufen.«

»Was hast du dir denn gewünscht?«

Bascha blies die Backen auf und schaute aus dem Fenster. Sie schwieg so lange, dass Kari befürchtete, sie würde nie eine Antwort erhalten.

»Ich bin Sängerin in einer Band«, sagte Bascha endlich. »Erfolglos, bevor du fragst.« Sie blickte auf ihre
Finger, die eine Vielzahl von silbernen Ringen
schmückte. »Aber ich will mehr als in halb leeren Ju-
gendclubs spielen. Dachte, ich könne mir eine Karriere
manifestieren.« Beim letzten Wort malte sie kleine An-
führungszeichen in die Luft. »Hat nicht geklappt.«

»Und was hat Babette dazu gesagt?«

»Die meinte, dass meine Blockaden so tief in mir sä-
ßen, dass das normale Seminar nicht ausreichen
würde.«

»Du solltest also ein weiteres Seminar buchen?«

»Yepp.« Bascha beulte eine ihrer Wangen mit der
Zunge aus. Ihr Blick war wieder ins Nichts gewandert.
Bevor die Wut sie erneut einholte. »So ein Schwach-
sinn. Sonja hat auch so etwas gemacht, aber es hat ihr
nichts gebracht. Das letzte, was ich von ihr gehört habe
war, dass sie pleite war. Aber wie gesagt, wir waren
nicht eng.«

»Ja«, murmelte Kari.

»Wie geht es ihr denn?«

»Sie ist tot.«

»Was?« Bascha riss die Augen auf.

»Tut mir leid. Ja. Sie hat sich vor ein paar Monaten das
Leben genommen.«

»Aber doch nicht ... das hat doch nichts ...« Bascha verstummte und legte die Hand auf den Mund. Sie war,
das konnte man sehen, völlig entgeistert.

»Und die andere Frau?« Ihr Kopf ruckte nach oben.
»Deine Freundin?«

»Die hat sich ebenfalls das Leben genommen. Ist noch
nicht so lange her.«

Bascha war blass geworden und Kari spürte, wie Wiebkes Suizid an ihr nagte. »Soweit ich sehen kann, hatte Wiebke, so hieß sie, aber keinen weiteren Kurs gebucht. Es gab nur die Rechnung für das Einstiegsseminar.«

Bascha lachte kurz und trocken auf. »Sorry, aber den Zahn muss ich dir ohne Betäubung ziehen. Es gibt keine Verträge über den Turbo. Da läuft alles auf Barzahlungsbasis.« Sie hob die Hände, als Kari nachfragen wollte. »Aber mehr weiß ich nicht.« Sie trank ihren Kaffee aus und sah Kari unschlüssig an. »Leider kann ich dir da nicht weiterhelfen. Du solltest auch vorsichtig sein. Babette mag nach außen einen zuckersüßen Eindruck machen, aber wenn man ihr in die Quere kommt, wird sie knallhart.«

Bei der Rückfahrt nach Föhr hatte Kari reichlich Gelegenheit, über das nachzudenken, was sie gehört hatte. Der Zug hatte sie nach Dagebüll gebracht, jetzt saß sie in der Fähre. Inzwischen zeichnete sich eine klare Spur ab. Sie führte von Wiebkes Wünschen, den nach einem Kind und dem anderen nach beruflicher Selbstständigkeit, zu Babette von Strelitz. Doch je mehr sie darüber nachdachte, desto sicherer war sie, dass noch etwas anderes dahinterstecken musste. Babette mochte eine Bauernfängerin sein, wie Bascha sie nannte. Eine gewiefte Geschäftsfrau. Aber sie wirkte auf Kari nicht wie jemand, die andere Menschen in den finanziellen Ruin trieb. Seufzend legte sie die Arme auf den Tisch vor sich und starrte aufs Meer hinaus. Die Fähre pflügte durch das graubraune Wasser, Möwen schwebten um sie herum. Irgendwo schrie ein

Kleinkind. Es roch nach Kaffee und süßen Stückchen. Sie hatte Hunger, aber keinen Appetit. Noch einmal dachte sie über Wiebkes Leben während der vergangenen zwei Jahre nach. Sie war immer schon schüchtern gewesen, hatte nicht leicht Freundschaften geschlossen. Darüber hinaus musste sie sich in den letzten Monaten ihres Lebens von allem, was sie kannte, abgewendet haben. Um sich auf ihre Wünsche und ihr Traumleben zu konzentrieren? Einsam war es um sie geworden. So einsam, dass sie sich niemandem mehr anvertrauen mochte, als irgendetwas schieflief. Sie keinen Ausweg mehr sah. Kari blickte erneut aufs Wasser hinaus. Versuchte sich vorzustellen, wie sich das anfühlte, wenn die Flut kam. Dann schüttelte sie den Gedanken energisch ab. Sie musste jemanden finden, die ihr mehr über diesen geheimnisvollen Turbo erzählen konnte. Denn auf einmal war sich Kari ziemlich sicher, dass ein großer Teil von Wiebkes Geld dorthin geflossen war. Etwas anderes konnte sie sich beim besten Willen nicht vorstellen.

Carls Anruf am frühen Abend bestätigte, was Kari die ganze Zeit schon geahnt hatte. »Sie war zum Zeitpunkt ihres Todes schwanger«, erklärte ihr ihr Bruder. Er fuhr fort »Frag mich nicht, was ich anstellen musste, um das Ergebnis der gerichtsmedizinischen Untersuchung so schnell zu bekommen.« Sie hatten Wiebkes Eltern gebeten, Carl offiziell zu beauftragen, damit er Einblick in die Unterlagen nehmen konnte. Der verstummte nun am anderen Ende und Kari hörte betroffen, dass ihr Bruder leise weinte. »Es ist einfach schrecklich«, sagte er mit erstickter Stimme. »Sie hat sich so sehr ein Kind gewünscht. Kari, wenn du sie erlebt hättest, damals, bei unserem Treffen, als sie mir das angetragen hat. Sie hat gestrahlt, war wie von innen erleuchtet bei dieser Fantasie.« Seine Stimme versagte.

»Dieser Wunsch grenzte an Besessenheit«, entgegnete Kari leise.

»Kannst du dir das vorstellen? Ich meine, du bist eine Frau. Ist das so, dass irgendwann die Gedanken nur noch um ein Kind kreisen?«

»Bei mir nicht«, antwortete Kari wahrheitsgemäß. »Vielleicht wäre es anders, wenn ich mich in einer Partnerschaft befinden würde.« Richtig hineinfühlen konnte sie sich in Wiebke dennoch nicht. Dass dieser Wunsch bei ihr so übermächtig geworden war, fand Kari eher erschreckend.

»Wenn sie doch schwanger war, warum hat sie sich umgebracht?« Die Ratlosigkeit und Verzweiflung ihres Bruders standen so greifbar im Raum, dass Kari ihn am liebsten in den Arm genommen hätte. Auf einmal war die alte Vertrautheit wieder da.

»Tust du mir einen Gefallen?«, bat Carl.

»Welchen?«

»Geh der Sache nach. Finde heraus, wer Wiebke so unglücklich gemacht hat oder was sie zu dieser Kurzschlusshandlung getrieben hat. Ich will es wissen.«

Kari versprach es, bat ihren Bruder jedoch ebenfalls noch um einen Gefallen.

»Schau dir mal diese *LebensTraumFrauen* an. Alles wirkt ganz seriös, wie eine Art Lebensberatung für Frauen, die mehr aus ihrem Leben machen möchten. Ich habe aber Hinweise darauf, dass dahinter noch etwas anderes stecken könnte. Sicher ist, dass Wiebke einige Monate vor ihrem Tod in Kontakt mit dieser Gruppe geraten ist, und ich werde das Gefühl nicht los, dass danach viel Geld geflossen ist. Wiebke war zum Zeitpunkt ihres Todes hoch verschuldet.«

Noch während sie sprach, hörte sie im Hintergrund seine Computertastatur klappern. »Aha«, murmelte er. »Okay, ich sehe mir das mal an.«

Sie beendeten das Telefonat und Kari blieb danach einfach so sitzen. Nach einer Weile nahm sie ihr Handy erneut in die Hand und tippte eine Nachricht an Bascha ein.

Falls du doch noch mehr über den Turbo erfährst oder erzählen magst, melde dich bitte. Ich weiß deine Offenheit zu schätzen. Danke!

Danach schickte sie eine weitere Meldung ab. Sie ging an Mareike.

Lust auf ein Abendessen bei mir? Heute um 19 Uhr? Es gibt auch Wein.

Garniert mit einem Zwinkersmiley.

Was Bent ihr erzählt hatte, ging ihr nicht mehr aus dem Sinn. Zwei ihrer Jugendfreundinnen in finanzieller Not, dazu noch Sonja Bienhaus, die sich ebenfalls hoch verschuldet hatte. Zumindest zwei Spuren, Wiebkes und Sonjas, führten zu Babette von Strelitz. Nun wollte Kari herausfinden, ob auch Mareike etwas mit der Gruppe zu tun hatte. Die antwortete kaum zehn Minuten später.

Gerne! Freu mich!

Und Kari fragte sich sogleich leicht panisch, was sie denn kochen sollte.

Als Mareike an diesem Abend bei Kari eintraf, etwas verspätet und außer Atem, trug sie eine Designerjeans, eine teure Jacke und brandneue Stiefeletten.

»Hi, Süße«, begrüßte sie Kari mit Wangenküssen. »Danke für die Einladung.«

Kari hatte sich für ein einfaches Gericht entschieden und Spaghetti mit einer Gemüsesauce gekocht. Dazu gab es einen Salat und zum Dessert gekaufte Vanillecreme mit Rhabarbermus.

»Bin ich vielleicht fertig!« Mareike warf ihre Tasche schwungvoll auf einen der Stühle und ließ sich auf einen anderen plumpsen.

»Viel zu tun?« Kari warf die Nudeln ins kochende Wasser und rührte kurz um.

»Du glaubst gar nicht, wie begehrt die Friesenhäuser hier auf der Insel sind«, erklärte Mareike. Kari trat zum Tisch und hob fragend die Weinflaschen.

»Rot oder weiß?«

»Der Sauvignon Blanc sieht genau nach dem aus, was ich heute brauche«, erwiderte ihr Gast und Kari goss ihnen beiden von dem Weißwein ein. »Den habe ich bei Bent gekauft«, erklärte sie nebenbei. Es stimmte, sie war nach Mareikes Zusage sofort zu ihm geradelt und er hatte ihr drei Flaschen zum Selbstkostenpreis gegeben. »Im Supermarkt hatten sie nichts Gescheites.«

»Ach ja«, Mareike winkte müde ab.

»Wo wohnst du eigentlich jetzt?« Die letzte bekannte Adresse war in Nieblum gewesen. Aber wenn es stimmte, was Bent erzählt hatte, war das Schnee von gestern.

Mareike riss die Augen auf. »Na, wie immer«, verkündete sie. Dass sie dabei sofort ihrem Blick auswich, beantwortete Karis Frage besser.

»Wegen der Ferienhäuser. Wiebke hat sich ja um eines gekümmert, das einer befreundeten Familie gehört. Du kennst dich doch da aus?«

»Ja?« Mareike richtete sich kerzengerade im Stuhl auf. »Wollen sie verkaufen? Brauchen sie eine Maklerin?«

»Das weiß ich nicht so genau.« Die Geschichte war an den Haaren herbeigezogen. Aber Kari musste einen unauffälligen Einstieg in das Gespräch finden. Sie fühlte sich nicht wohl dabei, eine Jugendfreundin so auszuquetschen. Doch wenn sie mehr erfahren wollte, brauchte sie einen entsprechenden Ansatz. »Mich hat es einfach interessiert, was so ein Haus zurzeit wert ist.«

Mareike seufzte. »Genau kann ich es dir nicht sagen. Aber das liegt gut und gerne im hohen sechsstelligen Bereich.«

»Was?« Kari fuhr ehrlich überrascht herum. »Hier auf der Insel?«

»Tja. Die Immobilienpreise kennen nur eine Richtung.« Mareike zeigte mit der flachen Hand eine Aufwärtskurve an. »Wiebkes Eltern beispielsweise, die haben damals schon, und das ist über zwanzig Jahre her, ihr Haus verkauft und das ganze Geld in ihre Eigentumswohnung in Wyk gesteckt.«

»Woher weißt du das?«

»Hat mir Wiebke erzählt.«

Kari wandte sich dem Herd zu und schaute in den köchelnden Strudel aus Salzwasser und Pasta.

»Ihr wart so eng, dass sie dir finanzielle Details über ihre Familie verraten hat?«

»Ich bin Maklerin. Schon vergessen?« Mareike trank von ihrem Wein, bevor sie fortfuhr. »Wiebke wollte eine Einschätzung von mir haben.« Es dauerte eine Weile, bis die Worte sich in Karis Bewusstsein gesetzt hatten.

»Wollte sie die Wohnung denn beleihen?«

»Das konnte sie nicht. Sie ist auf ihre Eltern eingetragen. Und die können heilfroh sein, dass sie das damals so geregelt haben.« Mareike war in ihrem Element. »Wiebkes Vater hat irgendwann seinen Job verloren. Die letzten Jahre seines Berufslebens lief es daher nicht so gut. Die beiden sind froh, dass sie ein Dach über dem Kopf haben, das abbezahlt ist. Große Sprünge können sie darüber hinaus nicht machen.«

»Und Wiebke? Wie ging es ihr? Finanziell, meine ich?« Kari drehte sich zu ihrer Besucherin um. Die schob ihr Glas auf dem Tisch hin und her.

»Keine Ahnung«, sagte sie. Kari sah sie an und war sich sicher, dass sie log. Die Frage war nur, warum.

Sie hatten gegessen, Wein getrunken und über alles Mögliche geredet. Darüber, dass es mit der *Blauen Möwe* endlich wieder eine ordentliche Kneipe im Ort gab. Über die Touristen, die Fluch und Segen zugleich waren. Über ein paar Schulkameradinnen, an die Kari schon lange nicht mehr gedacht hatte. Mareike wirkte beschwingt und keineswegs verzweifelt. Gelegentlich spürte Kari aber eine Anspannung bei ihrer Freundin, die sie sich nicht erklären konnte. Schließlich, Kari setzte einen Espresso auf, kamen sie auf das Thema Geld zurück. Die Vorlage dafür bot ausgerechnet Mareike selbst. »Was macht eigentlich dein Job? Wann musst du nach Berlin heimwärts?«

Kari fuhr sich mit den Fingern durchs Haar. »Das ist leider nicht so eindeutig zu beantworten«, sagte sie und beschloss, ehrlich zu sein. »Mir ist ein Malheur passiert und jetzt weiß ich nicht, ob ich womöglich versetzt werde. Was mir nicht gefallen würde. Oder ob ich meine Stelle nicht sogar verliere.«

»Oops«, machte Mareike und sah Kari betroffen an.

»Ja. Mein Chef ist zurzeit nicht erreichbar, sonst wäre ich am Montag in den Zug gestiegen. Aber so macht es keinen Sinn. Ich muss abwarten, bis er sich meldet.«

Wenn er sich denn überhaupt melden würde. Kari mochte gar nicht mehr darüber nachdenken, was Jos langes Schweigen für sie bedeutete.

»Hast du andere Optionen?«

Kari schüttelte den Kopf. »Ich weiß gar nicht so richtig, was ich will. Meine Lebensplanung ist ein bisschen durcheinandergeraten. Kennst du das?«

In Mareikes Blick trat etwas, das Kari nicht deuten konnte. Sie sahen sich über den Tisch hinweg an.

»Tja. Ich kann dir sagen, was mir in einer solchen Situation geholfen hat.« In Mareikes Augen war ein seltsamer Glanz getreten. Sie lächelte jetzt verschwörerisch und legte ihre Hand auf Karis. Die Espressokanne zischte auf dem Herd und Kari sprang auf, um ihre Tassen zu füllen.

»Ich verschwinde mal kurz, dann reden wir weiter«, verkündete Mareike und stolzierte in Richtung Gäste-WC. Kari stellte die Tassen auf den Tisch und suchte nach der Zuckerdose, bis ihr einfiel, dass sie sie zuletzt im Wohnzimmer gesehen hatte. Sie ging hinüber und griff nach dem Zucker. Im Hintergrund rauschte die Wasserspülung und die Tür klappte.

»Noch einen Absacker?«, rief Kari ihrem Gast zu. Die trat gerade hinter ihr ins Wohnzimmer. »Grappa oder Aquavit?« Kari drehte sich zu Mareike um und erschrak. Ihre Freundin war kreidebleich. Sie stand mitten im Raum, fast direkt neben Kari und schien leicht zu schwanken.

»Alles okay?« Kari stellte die Zuckerdose ab und griff nach Mareikes Arm. Die schluckte heftig. »Ich glaube, der Wein war zu stark«, würgte sie schließlich hervor. »Mir macht gerade der Kreislauf schlapp. Sorry.«

Dann drehte sie sich abrupt um und stolperte mehr, als sie ging, in die Küche zurück. Dort griff sie nach ihrer Tasche. Kari folgte ihr bis in den Flur.

»Mareike, was ist denn?«, wollte sie wissen. Die winkte nur ab.

»Sorry, Kari, aber ich glaube, ich muss gehen.« Mit diesen Worten war sie zur Tür hinaus.

Kari stand ratlos im Flur. Sie hörte, wie der Motor von Mareikes Wagen angelassen wurde und sie davonfuhr. Sie konnte sich keinen Reim auf das Ganze machen. Wenn Mareike, so wie Wiebke und Sonja auch, ein Teil der *LebensTraumFrauen* war oder gewesen war, so wäre an diesem Abend der richtige Zeitpunkt gewesen, darüber zu sprechen. Ganz deutlich hatte Kari den Eindruck gehabt, dass sie kurz davor gestanden hatten.

Was hatte Mareike veranlasst, das Haus Hals über Kopf zu verlassen? Kari ging ratlos zurück. Starrte auf die Teller und Gläser auf dem Küchentisch. Den Espresso, der abkühlte. Kopfschüttelnd lief sie ins Nebenzimmer, um den Zucker zu holen. Sie wurde aus ihrer Schulfreundin nicht schlau. Und noch während sie darüber nachdachte, was deren Verhalten wohl zu bedeuten hatte, traf auf ihrem Handy eine Nachricht ein, die ihre Aufmerksamkeit voll und ganz beanspruchte.

Kapitel 31

Donnerstag, 3. März

Dieses Mal kam Bascha nach Föhr. Kari holte sie am Fähranleger in Wyk ab und sie setzten sich in ein Café an der Promenade.

»Es hat mir keine Ruhe gelassen«, sagte Bascha. »Das, was du erzählt hast. Die beiden Frauen, die sich umgebracht haben. Voll krass. Ich habe gedacht, das hätte mir auch passieren können. Klar, ich habe Geld verloren, aber nicht so viel, dass es keinen Ausweg mehr geben würde. Trotzdem – ich hasse Babette inzwischen noch mehr als vorher.«

Sie schob sich eine Haarsträhne aus dem Gesicht und blies in ihren heißen Tee. »Darum habe ich ein bisschen geschnüffelt. Auf Social Media sind einige Frauen aktiv, die ich damals im Kurs kennengelernt habe. Nicht, dass wir befreundet sind. Die Coaching-Termine, so nennt Babette es, fanden immer online statt und die meisten von uns haben sich lediglich mit Vornamen angemeldet.« Dennoch waren ein oder zwei Frauen dabei gewesen, an die Bascha sich erinnern konnte. »Manche haben damals ihre halbe Lebensgeschichte erzählt.« Eine von ihnen hatte Bascha am Vortag kontaktiert. »Sie schreibt so euphorische Dinge. Dass sie erst 27 werden musste, um die wahre Bedeutung des Lebens zu verstehen. Dass sie immer mit Geldproblemen zu kämpfen hatte und nun das Licht am Ende des Tunnels sieht.«

Bascha hatte sie angeschrieben und gefragt, ob sie noch bei Babette sei. Sie habe etwas Besseres gefunden, hatte die Frau geantwortet. Daraufhin wiederum habe Bascha Interesse vorgespielt. »Dass es mir nicht schnell genug ginge, habe ich ihr geschrieben. Und dass ich diejenigen beneide, die es bereits geschafft haben, sich ihren Lebenstraum zu erfüllen.« Die andere hatte Bascha in die geschlossene Gruppe eines Social-Media-Kanals eingeladen. »Und jetzt schau mal«, sagte die und schob Kari ihr iPad hin. Sie hatte sich eingeloggt. Bascha war von den anderen rund fünfzig Frauen überaus herzlich begrüßt worden. Alle schwärmten davon, sich ihr Wunschleben bald leisten zu können. Eine wollte einen Kosmetiksalon eröffnen, eine andere eine Stiftung für Waisenkinder aus Afrika gründen, wieder eine andere einmal um die Welt reisen. Und alle erhielten dieselben Motivationssprüche. »Wer empfangen will, muss aussenden«, oder, wesentlich deutlicher »Wer mit Liebe gibt, dem wird mit noch mehr Liebe vergolten.« Kari scrollte sich durch die Posts der vergangenen Wochen. Alle klangen euphorisch.

»Das ist ja das reinste love bombing«, sagte sie irgendwann.

»Seit ich in die Gruppe eingetreten bin – man kommt übrigens nur auf Einladung rein –, werde ich mit Komplimenten nur so überhäuft«, murmelte Bascha.

Gleichzeitig beglückwünschten die anderen sie und die Frau, die sie eingeladen hatte, zu dieser Entscheidung. Zusätzlich zu der gegenseitigen Beweihräucherung wurden jeden Tag Kalendersprüche als Lebensweisheiten gepostet.

»Irgendwann muss man sich entscheiden, ob man Trinkgeld verteilt oder es entgegennimmt«, lautete einer. Ein anderer »Frauen mit Geld sind gefährlich – für alle, die keines haben.«

»Puh«, Kari schüttelte den Kopf, dann atmete sie tief aus und sah Bascha an. »Du weißt, was das hier bedeutet?«

Die zuckte mit den Achseln und knabberte nervös an ihrem Daumennagel. »Irgendwie scheinen die ja den Stein der Weisen gefunden zu haben. So viele Frauen, die angeblich wissen, wie das geht mit der Kohle.« Sie schien wider Willen beeindruckt, was wiederum Kari alarmierte.

»Wenn ich mich nicht irre, ist das hier die Vorstufe zu einem Pyramiden- oder Schneeballsystem. Bei dem werden alle neuen Mitglieder abgezockt mit dem Versprechen, selbst einmal Geld zu erhalten.«

»Bist du sicher?«. Bascha wirkte immer noch hin- und hergerissen.

»Ziemlich«, erwiderte Kari und kramte in ihrem Gedächtnis nach dem, was sie über diese Systeme wusste. Es war nicht viel. Inzwischen waren sie in bestimmten Fällen strafbar, aber es gab Grauzonen. Keine der Frauen in der Gruppe redete offen darüber. Warum das so war, erfuhr Kari, als sie eine der privaten Nachrichten las, die Bascha von ihrer »Patin« erhalten hatte.

»Wie es läuft«, schrieb die, »erfährt man im *Inneren Zirkel.*« Dort würde man ein *Herzensbuch für Herzensfrauen* zu den *Geheimnissen eines alternativen Finanzsystems* erhalten. Der Weg dorthin führte über eine weitere, noch privatere Gruppe. Der Zugang dazu war wesentlich reglementierter.

»Wir sind uns alle in Liebe und Freundschaft verbunden«, erläuterte die Patin weiter. »Der *Innere Zirkel* ist nur dann für dich das Richtige, wenn du aus vollem Herzen geben und mit vollem Herzen empfangen kannst.«

»Frag sie, was du dafür anlegen musst«, forderte Kari Bascha auf. Die Antwort kam blitzschnell. Fünftausend, besser noch zehntausend Euro. »Bedenke, du bekommst ein Vielfaches wieder zurück! Und das muss nicht nur einmal, das kann mehrfach so oft geschehen, wie du willst.«

Jetzt war sich Kari ganz sicher. »Das ist ein illegales System.« Mit den Worten klappte sie Baschas iPad zu. »Wir müssen jemanden finden, die das alles durchschaut hat und ausgestiegen ist. Die uns mehr darüber erzählen kann«, murmelte sie.

»Ich könnte doch ...«

»Auf keinen Fall«, unterbrach Kari sie. »Du musst so schnell es geht wieder aus dieser Gruppe raus.«

»Nein«, entgegnete Bascha energisch. »Babette hat mich beleidigt. Mir gesagt, dass es nur an mir liege, wenn ihr Wünsche-Hokuspokus und der Manifestations-Zirkus nichts bringen. Ich bin sicher, sie steckt dahinter. Wenn ich dabei helfen kann, sie dranzukriegen, dann tue ich das.« Sie nahm ihr iPad an sich, klappte es wieder auf und sah Kari herausfordernd an. »Mit deiner Hilfe oder ohne sie.«

»Natürlich helfe ich dir. Ich wüsste nur gerade nicht, wobei.«

»Das kann ich dir beantworten.« Bascha zeigte auf den Post, in dem eine Frau in den höchsten Tönen von all den Frauen schwärmte, die ihr mit ihrer Herzensenergie den Weg zur Wunscherfüllung geebnet hatten.

»Jede Frau, die einer anderen die Teilhabe an unserer Gruppe ermöglicht und ihr somit den Weg bereitet für ein Leben in Reichtum, bekommt dies in Form von finanzieller Energie zurück.« Und diese Frau hatte Freundinnen in die Gruppe gebracht, deren Kommentare ähnlich beglückt klangen wie die ihrer Patin. »Endlich!«, schrieb eine, »habe ich das Geheimnis erfolgreicher Frauen entdeckt!«

Kari schüttelte den Kopf. Konnte man so leichtgläubig sein?

»Du willst mich also auch da reinschleusen«, sagte sie zu Bascha.

Die nickte nachdrücklich. »Wenn es sein muss, ja. Wir können dir einen anderen Namen verpassen. Reicht ja, dass ich mit meinem richtigen unterwegs bin, ging halt nicht anders. Denn genau so funktioniert das – über persönliche Bekanntschaft. Ohne eine Patin kommst du nicht rein. Deine könnte jetzt ich sein.«

Patin, wie passend. Kari nickte langsam. »Okay«, sagte sie. »Ich lege mir ein Fake-Profil zu.«

»Es sollte nicht allzu neu aussehen«, gab Bascha zu bedenken.

»Keine Sorge, da fällt mir etwas ein.« Sie würde eines der Profile nehmen, die sie bereits vor längerer Zeit aus beruflichen Gründen angelegt hatte. Die reichten mindestens zwei Jahre zurück und waren dadurch unauffällig. Aber das brauchte Bascha nicht genau wissen.

Sie verabschiedeten sich eine halbe Stunde später wie beste Freundinnen voneinander und Kari schaute der Jüngeren hinterher, wie sie zur Fähre hinaufging. Sie hatte eine heiße Spur und war dankbar. Gleichzeitig sorgte sie sich um Bascha und hoffte, die andere würde keinen Fehler machen. Oder sich nicht womöglich doch noch von den Fake-Kommentaren beeindrucken lassen.

Kapitel 32

»Ein Schenkkreis? Was genau ist das denn?« Sesle saß hinter dem Schreibtisch ihres Büros und starrte Kari entgeistert an.

»Das musst du dir so vorstellen: Ein Kreis besteht in der Regel aus vier Stufen. An erster Stelle steht die Initiatorin, an zweiter Stelle zwei Frauen, die sie persönlich akquiriert hat, die wiederum weitere akquirieren. Auf der vierten Stufe werden acht Geberinnen benötigt, in unserem Fall Herzensladies genannt. Die bringen eine Einlage mit, in diesem Fall zehntausend Euro.«

»Zehntausend?« Sesle nahm ihre Brille ab, als könne sie so das Gehörte besser verdauen.

»Man kann sich auch einen Platz teilen. Aber weiter: Sobald genügend Geberinnen zusammengekommen sind, gibt es ein Treffen. In einer ausgeklügelten Zeremonie wird das Geld der anderen an die Initiatorin übergeben. Dabei wird diese Übergabe von einer Zeremonienmeisterin energetisch aufgeladen.«

»Wie bitte?« Sesle schüttelte ungläubig den Kopf.

»Dadurch soll sichergestellt werden, dass die Geldgeberinnen ein Vielfaches dessen, was sie abliefern, zurückerhalten.«

»Wie soll das gehen?« Sesles Stirn lag in Falten. »Das ist doch so durchsichtig, dass das nicht klappt.«

»Eben nicht. Die Initiatorinnen reden viel von Solidarität, Freundschaft, positiver Energie. Allen wird eingetrichtert, wie wichtig das Schenken ist. Man bemüht Karma, ein alternatives Finanzmodell, unendliche Frauenfreundschaft und Selbstverwirklichung. Nenn es Gehirnwäsche, vielleicht ist es auch der Druck der Gemeinschaft, der auf jeder Einzelnen lastet.«

»Und wie geht das weiter?«

»Die Frau in der Mitte nimmt ihr Geld und verlässt den Kreis erst mal.«

»Sie hat dann wie viel? Achtzigtausend?«

»Genau.« Kari nickte. »Sie verlässt den Kreis mitsamt dem Geld und ihre zwei Herzensladies rücken nach. Sie teilen sich aber jetzt auf und bilden zwei Kreise. Denn jetzt steht eine von ihnen jeweils in der Mitte.«

»Und bekommt das Geld.«

»Ja, zumindest in der Theorie. Denn die Neuankömmlinge müssen ja fleißig weitere Interessentinnen rekrutieren, um selbst aufrücken zu können. Und so setzt sich das fort. Aber eben nur so lange, wie neue Leute ins System kommen.«

»Das ist ein Schneeballsystem. Nur die ersten Frauen gewinnen, die letzten beißen die Hunde«, stellte Sesle ungewohnt scharf fest.

»So ist es. Irgendwann klappt das mit der Akquise nicht mehr und alle, die bis dahin nicht in der Mitte standen, sind ihr Geld los. Das geht dann auch flotter als gedacht, denn rein mathematisch ist es schon nach wenigen Runden nicht mehr möglich, genügend neue Mitspielerinnen zu finden. Zumal einige in mehreren

Kreisen unterwegs sind oder sogar mehrere Kreise initiieren. Geblendet von der Aussicht auf einen Geldsegen und, was vermutlich für einige noch mehr zählt,
auf solidarische und liebevolle Freundschaften.«

Sesle schaute ihre Freundin alarmiert an. »Und
Wiebke … hat wie viel geblecht? Zehntausend?«

Kari hob die Schulter und ließ sie wieder sinken.
»Reichlich. Das kann ich sagen.«

»Alles in der Hoffnung, irgendwann einmal selbst im
Inneren angekommen zu sein und die Geschenke entgegenzunehmen?« Das Wort Geschenke sprach Sesle
aus wie ein Schimpfwort.

»Sie wollte bei *Blumen-Astrid* einsteigen und
brauchte eine größere Summe. Hätte sie einen so hohen Betrag erhalten, wie man ihn angeblich mühelos
bekommen kann, wäre alles gut gewesen. Bis auf die
Tatsache, dass Wiebke, wenn sie jemanden angeheuert
und das System durchblickt hätte, damit hätte leben
müssen, dass diejenige ihr Geld verliert. «

»Das passt nicht zu ihr«, entgegnete Sesle leise.

»In der Tat«, bekräftigte Kari. »Was mich aber zu der
Frage bringt – wer hat Wiebke dort eingeschleust?«

»Diese Babette, nehme ich an.«

»Möglich. Das ließe vermuten, dass sie alle ihre Kursteilnehmerinnen anheuern würde. Das hat sie aber laut
meiner Tippgeberin nicht getan.«

»Dann sucht sie sich diejenigen aus, die am beeinflussbarsten sind. Oder es segelt jemand in ihrem
Windschatten. Ohne dass Babette das weiß.«

Kari dachte an Goldie. An ihre entzückt aufgerissenen
Augen und die Geschichten, die sie beim Schnupper-

kurs erzählt hatte. »Das wäre eine Möglichkeit«, pflichtete sie Sesle bei.

»Dass die so offen damit umgehen in der Gruppe«, wunderte die sich.

»Die fühlen sich sicher. Sie tun ja nichts Verbotenes, reden sie ihren Mitgliedern ein. Was kann an einem Geschenk schon Schlimmes sein? Wenn ich nicht vor Jahren einmal mitbekommen hätte, wie so ein Schenkkreis ausgehoben wurde, wäre ich vermutlich auch nicht so schnell drauf gekommen.«

»Und jetzt? Was machen wir jetzt mit unserem Wissen?«, brachte Sesle es auf den Punkt.

Kari biss sich auf die Lippen. »Das weiß ich nicht. Die junge Frau, die ich bei meinen Recherchen kennengelernt habe, Bascha, wird mir helfen. Ich bin sicher, früher oder später taucht jemand auf und erklärt ihr, wie sie zu einem Haufen Geld kommen kann. Dann sehen wir vielleicht auch, wer da gerade in der Mitte steht und abkassiert.«

Sesle sah traurig aus. »Wenn das der Grund ist, aus dem Wiebke sich das Leben genommen hat ... Wenn sie sich verschuldet hat für – nichts! Sich schämte und nicht getraut hat, mit jemandem darüber zu sprechen. Ich weiß nicht, was ich dann tue.« Sie fuhr sich mit der Hand übers Gesicht.

»Du kannst nichts dafür«, versuchte Kari, ihre Freundin zu beruhigen.

»Doch! Doch ich kann etwas dafür!«, fuhr die harsch dazwischen und sprang von ihrem Stuhl auf. Sie klopfte sich mit der Hand auf die Brust. »Ich war nicht da für Wiebke. Ich habe nicht gemerkt, wie schlecht es ihr ging. Ich, die ich für alle in meiner Gemeinde da bin.

Ansprechpartnerin bei Schmerzen und Trauer und Ängsten jeder Art. Und bei der eigenen Freundin funktioniert es nicht, ich merke es nicht einmal? Was bedeutet das für mich als Freundin, als Mensch? Sag es mir, Kari! Wenn nicht, sage ich es dir: Ich habe versagt, auf der ganzen Linie.« Sie krümmte sich, als habe sie Schmerzen. »Geld! Kari. Geld! Dafür bringen Menschen sich um. Werfen das Leben weg, das Gott ihnen geschenkt hat. Wie kann es sein, dass jemand des schnöden Mammons willen sein Leben wegwirft!« Sesles Gesicht war hochrot angelaufen und Kari befürchtete schon, ihre Freundin würde gleich zusammenbrechen. Doch so abrupt sie sich in ihre Schuldgefühle hineingesteigert hatte, so abrupt änderte sich jetzt ihre Stimmung.

»Ich will diese Leute zur Strecke bringen«, verkündete sie mit dunkel blitzenden Augen und energischer Stimme. »Sag mir, was ich tun kann, und ich werde es tun. Für Wiebke ist es zu spät. Für andere vielleicht noch nicht.«

Kari starrte Sesle sprachlos an. Dann nickte sie. »Okay. Ich weiß selbst noch nicht, wie es gehen soll, aber jetzt sind wir schon zu dritt.«

Die nächste Zeremonie sollte schon an einem der folgenden Tage stattfinden. Nachdem Kari über Bascha mit ihrem Fake-Profil in die Gruppe aufgenommen worden war, hielt die sich absprachegemäß zurück. Kari hatte sich mit dem Profil einer passionierten Kickboxerin, die unbedingt ihr eigenes Studio eröffnen wollte, eingeschlichen. Schon nach zwei Stunden lief ihre Nachrichtenbox fast über vor Komplimenten,

herzlichen Willkommenswünschen und Schmeicheleien. Sehr schnell stellte sie dabei fest, dass einige der
Frauen ganz offensichtlich an derselben Rechtschreib-
schwäche litten. Und genauso schnell hatte sich die
Zahl der angeblich fünfzig Teilnehmerinnen auf real
die Hälfte reduziert. Der Rest entpuppte sich als Fake-
Identitäten, wohl um die Euphorie hochzuhalten und
den Neuankömmlingen das Gefühl zu geben, Teil einer
großen Gemeinschaft zu sein.

»Schenken ohne Grenzen« und »Herzensfrauen für
Herzensfrauen«, lauteten die Schlagworte, die ständig
und immer wieder verwendet wurde. Ununterbrochen
war von Solidarität und Zusammenhalt die Rede. Von
dem Mut, den Sprung zu wagen, den ersten Schritt zu
gehen. Kari schwirrte bereits Stunden nach ihrer Aufnahme der Kopf. Immer wieder wurde sie gedrängt, zusätzlich einer WhatsApp-Gruppe beizutreten, was sie
aber ignorierte. Sie wusste, sobald die anderen im Besitz ihrer Telefonnummer waren, würde sie kaum noch
zu Atem kommen. Druck auszuüben gehörte offenbar
zum Geschäft.

Da Kari keine fünftausend Euro überweisen wollte
und daher auch nicht in die Gruppe des *Inneren Zirkels*
aufgenommen und dort zu der Zeremonie eingeladen
werden würde, versuchte sie, über einen anderen Weg
herauszufinden, wo diese stattfinden würde. Dazu
durchforstete sie die Profile sämtlicher Frauen, die in
der allgemeinen Gruppe posteten und sich bereits als
Mitglieder des *Inneren Zirkels* geoutet hatten. Was zunächst reichlich Sisyphusarbeit war, lohnte sich am
Ende. Eine Frau aus Husum berichtete auf ihrem allgemeinen Account von einem Treffen für »liebe

Menschen«, das sie gerade vorbereite. Man musste nicht lange suchen und zu erfahren, in welcher Straße sie wohnte. Auch wenn Kari die Hausnummer nicht herausfinden konnte, so hatte sie doch genügend Anhaltspunkte. Noch war ihr selbst nicht klar, wie sie vorgehen würde. Sie vertraute auf ihre Intuition, die ihr letztendlich bisher auch in extrem schwierigen beruflichen Situationen geholfen hatte, erfolgreich zu improvisieren.

»Wir fahren zu zweit«, erklärte Sesle, als Kari sie über den Stand der Dinge informiert hatte. Bascha, darüber waren sich beide einig, würden sie aus der Sache heraushalten.

Kapitel 33

Donnerstag, 10. März

Eine Woche, nachdem Kari das erste Mal von dem dubiosen Schenkkreis gehört hatte, saßen sie und Sesle um halb sechs abends in Husum im Wagen der Pfarrerin und beobachteten die Straße. Wenn Kari alles richtig kombiniert hatte, würden in der nächsten halben Stunde rund ein Dutzend Frauen hier eintreffen. Sie hofften, dadurch das richtige Haus identifizieren zu können.

»Hier ist die Bäckerei, in der sie immer einkauft. Und vor dieser Hauseinfahrt hat sie sich und ihren Sohn mit dessen neuem Fahrrad fotografiert.« Kari zeigte auf die Fassade eines Mehrfamilienhauses, das zwischen einer Bäckerei und einer Wäscherei wie eingeklemmt wirkte. Im selben Moment parkte ein Stück weit von ihnen entfernt ein Golf ein. Zwei Frauen stiegen aus. Eine trug eine Flasche Sekt, die andere eine Salatschüssel. Und beide hatten ein kleines, in Geschenkpapier verpacktes Päckchen bei sich.

»Bingo«, flüsterte Kari und sprang aus dem Wagen.

»Bleib du hier. Egal, was passiert.«

Sesle verdrehte die Augen, widersprach ihrer Freundin aber nicht.

Kari ging mit großen Schritten auf die Frauen zu. Die steuerten genau das Haus an, das sie beobachtet hatte. Kari wartete, bis sie klingelten, begab sich dann in die Nähe der Tür. Keine der beiden beachtete die Fremde. Sie waren nur mit sich und dem, was sie in Händen hielten, beschäftigt. Bevor die Haustür zuschnappen konnte, stellte Kari ihren Fuß in den Türspalt. Dann folgte sie den Besucherinnen. Die ließen den Lift links liegen und stiegen die Treppe hoch. Kari hörte, wie sie oben freudig begrüßt wurden. Als die Wohnungstür wieder geschlossen wurde, ging sie weiter. Die Gastgeberin wohnte im ersten Stock. »Herrmann«, stand an der Klingel. Die jetzt, so viel hörte sie auch nach draußen, erneut betätigt wurde. Kari lief die Treppe hinauf und spähte übers Geländer nach unten. Eine weitere Frau erschien, hochrot im Gesicht, wohl wegen der Treppe oder der Vorfreude auf das Kommende. Auch sie wurde freudig begrüßt. Dieses Mal konnte Kari auch das Johlen aus dem Inneren der Wohnung hören. In den nächsten zehn Minuten ging es so weiter. Jede der neu ankommenden Frauen wurde mit frenetischem Jubel begrüßt. Irgendwann kehrte kurz Ruhe ein. Dann drang lautes Gejohle und Geklatsche in den Hausflur hinaus. Wahrscheinlich hatte jemand eine Rede gehalten, um die Frauen in Stimmung zu bringen. Aus der Wohnung ertönten jetzt Musik und Gelächter. Vielleicht tanzten sie da drinnen erst einmal, bevor sie ihr Geld verschenkten. Kari ging zur Haustür zurück. Einfach die Versammlung sprengen konnte sie nicht. Sie hoffte darauf, mit einer der Frauen sprechen zu können. Wie sie das bewerkstelligen wollte, davon hatte sie jedoch nicht den Hauch einer Ahnung.

Als sie zum Wagen zurückkehrte, fiel ihr sofort auf, dass Sesles Miene wie versteinert wirkte.

»Was ist los?«, wollte sie von ihrer Freundin wissen. Die hob nur leicht das Kinn und deutete auf die Reihe der geparkten Wagen vor ihnen.

»Hast du es nicht gesehen?«

»Was denn?« Kari bemühte sich, vom Beifahrersitz aus zu erkennen, was Sesle meinte.

»Steig aus. Als du weg warst, habe ich mir ein bisschen die Beine vertreten.«

Kopfschüttelnd stieg Kari wieder aus und ging an der Reihe der Wagen entlang. Dann blieb sie plötzlich wie vom Donner gerührt stehen. Schaute zweimal hin. Es gab keinen Zweifel. Es war Mareikes Porsche, der hier stand. Sie konnte sich beim besten Willen nicht vorstellen, dass es sich dabei um einen Zufall handelte. Ihr Blick flog zum Haus hinüber. Hinter den Fenstern der Wohnung im ersten Stock waren das flackende Licht von Kerzen und schemenhafte Schatten zu erkennen. Womöglich teilten sie jetzt ihre Geschenke an die Frau in der Mitte aus. Mareike war eine von ihnen. Hatte auch sie zehntausend Euro zusammengekratzt? Wollte sie sich beruflich besser aufstellen? Die Geberinnen des heutigen Abends malten sich sicherlich aus, wie es wohl wäre, selbst bald dort in der Mitte zu stehen – an der Quelle für ein Leben in Wohlstand, wie es jemand in der Social-Media-Gruppe ausgedrückt hatte. Mareikes Porsche war geleast, hatte Bent gesagt. Ein Wunder, dass sie ihn noch fahren durfte. Jemand hatte einen

Sticker auf das Rücklicht geklebt. Kari beugte sich hinunter. Unter einem grünen Stinkefinger stand das Wort »Umweltsau«. Sie erhob sich. Am Himmel ballten sich dicke dunkle Wolken zusammen. Ein heftiger Windstoß fuhr durch die Straße und unter ihre Jacke. Langsam ging sie zum Wagen zurück.

»Mareike ist also auch darauf reingefallen.«

Sesle nickte, ihr Mund war ein Strich. »Soll sie doch. Mein Mitleid hält sich in Grenzen.«

Sie schwiegen. Die Stille im Wagen wurde durch das Klingeln von Sesles Handy unterbrochen. »Fieber?«, hörte Kari sie sagen. »Hast du ihm Wadenwickel gemacht?«, und »Ach so. Ja, ich komme.« Sie unterbrach das Gespräch und sah zu Kari hinüber. »Ist es okay, wenn wir zurückfahren? Lars hat sich wohl was zugezogen. Und ich weiß nicht so recht, was wir hier noch bewirken können.«

»Ja, lass uns zurückfahren«, antwortete Kari. »Ich weiß ja jetzt, wen ich fragen kann. Eine Insiderin. Was will man mehr.«

Die Fähre schaukelte durch die Nacht. Kari und Sesle saßen sich im fast leeren Gastraum an einem der Tische gegenüber. Die Positionslichter spiegelten sich im Wasser. Abendliche Ruhe lag über allem. Nur das das nervöse Spiel von Sesles Fingern verriet, wie es wirklich in ihr aussah.

»Machst du dir Sorgen um deinen Sohn?«, wollte Kari wissen. Ihre Freundin nickte. »In erster Linie, ja. Gleichzeitig macht mir etwas anderes zu schaffen, das ich erst jetzt einordnen kann«, fügte sie leise hinzu. »Wiebke, sie war vor einigen Wochen bei mir. Sprach über Pläne, die sie hatte.« Sesle stockte kurz, bevor sie weitersprach. »Konkret wurde sie nicht, hat nichts darüber erzählt, dass sie Geld braucht. Dennoch habe ich gespürt, dass sie unter Druck stand.«

»Du meinst, sie wollte sich etwas von dir leihen?«

»Nein. Nein, das wollte sie nicht. Sie hat mich gefragt, ob ich mir vorstellen könne, etwas Besonderes zu machen. Geld ... sinnvoll anzulegen. Sie redete von der Energie von Frauen, davon, sich gegenseitig zu unterstützten und gleichzeitig Geld zu vermehren. So in der Art.«

»Sie hat versucht, dich für diesen Schenkkreis zu begeistern?«

Sesle hob die Schultern und ließ sie wieder fallen. »Ehrlich gesagt hatte ich von sowas noch nie gehört, daher habe ich sie nicht verstanden. Genau gesagt, worum es geht, hat sie nicht. Mir kam sie fahrig vor. Gehetzt. An dem Tag hatte ich wenig Zeit. Wir haben unser Gespräch verschoben. Dann war sie tot.«

Sesle senkte den Kopf in die Hände. »Ich hätte nachhaken sollen. Vielleicht hätte ich sie vor einer Dummheit bewahren können, vielleicht wäre sie noch am Leben.«

»Dich trifft keine Schuld.« Kari griff über den Tisch nach Sesles Arm und zwang sie, sie anzusehen. »Niemand konnte ahnen, wo Wiebke da hineingeraten war. Außerdem war sie schon Monate vorher hoch verschuldet. Hat zuerst ihr Konto überzogen für die Kinderwunschklinik. Danach kam das Seminar bei Babette und erst dann der Schenkkreis. Der muss ihr gleichzeitig euphorische Hoffnung gemacht und jede Vernunft genommen haben.«

»Offensichtlich hat Mareike ihr zugehört und sich beeindrucken lassen«, murmelte Sesle.

Ja, weil Mareike ein anderer Typ war. Ihrem Lebensstandard nach viel eher zu begeistern für so eine Lotterie mit ungewissem Ausgang. Nichts anderes waren diese Schenkkreise. Später, Sesle setzte Kari bei ihr zu Hause ab, fiel der noch etwas ein. »Wo wohnt Mareike denn jetzt?«, wollte sie wissen.

»Wo sie immer gewohnt hat, nehme ich an.«

Also wusste sie es noch nicht. Oder Bent hatte sich geirrt. Kari wartete, bis Sesles Rücklichter in der Nacht verschwunden waren. Dann rief sie Bent an.

»Wo Mareike wohnt? Such dir eines der zurzeit leer stehenden Ferienhäuser aus«, meinte er. Was zu dieser Jahreszeit kaum ein hilfreicher Hinweis war. Mehr, so sagte er, wisse er nicht. Also blieb Kari nur der direkte Weg. Sie schickte Mareike eine Nachricht und bat um Rückruf.

Muss dich dringend sprechen

schrieb sie noch dazu. Zwei Stunden später ging sie zu Bett, ohne eine Antwort erhalten zu haben.

Kapitel 34

Freitag, 11. März

Als Kari am nächsten Morgen von ihrer Runde zurückkehrte, hatte Mareike geantwortet. »Was ist so dringend?«, schrieb sie kurz angebunden.

»Es geht um Geld«, antwortete Kari. »Ich brauche deine Expertise.« Das war jetzt ein bisschen dick aufgetragen und hart an der Grenze zur Flunkerei, aber es wirkte. »13 Uhr beim *Wattenläufer*?«

Kari signalisierte ihr Okay.

Eine weitere Nachricht stammte von Bascha.

Hast du was herausgefunden?

erkundigte sie sich.

Sie rief sie an und erfuhr, dass die andere sich mitnichten zurückgezogen hatte wie vereinbart. Vielmehr hatte Bascha ihre alte Patin aus dem Babette-Kurs kontaktiert, um ihr, wie sie sagte, auf den Zahn zu fühlen. »Könnte doch sein, dass die da bei dem Schenkkreis mitmischt. Da hätte ich ein schönes Druckmittel in der Hand, um mir mein Geld zurückzuholen.«

»Wir wissen nicht mit Sicherheit, ob Babette dahintersteckt. Und wir waren uns einig, dass du dich zurückziehst.«

»Wir? Du. Ich meine, das ist doch voll krass, wie du mich bevormundest.« Baschas Stimme klang trotzig. Kari hatte Mühe, ruhig zu bleiben.

»Bascha, hör zu. Du hast mit Babette einen Vertrag geschlossen über ein Seminar im Bereich Persönlichkeitsentwicklung. Das hast du durchlaufen, sie hat ihren Teil der Vereinbarung erfüllt. Du bist mit dem Ergebnis nicht zufrieden, aber das ist keine Grundlage, um dein Geld zurückzufordern. Der Schenkkreis, das ist eine völlig andere Geschichte. Da steckt kriminelle Energie dahinter, denn die meisten der Leute werden in einem solchen System nachweislich abgezockt. Aber dort hast du kein Geld investiert. Also, lass mich das machen. Wir kriegen die Drahtzieherinnen dran.«

Bascha war nicht überzeugt davon, die Dinge ruhen zu lassen, und führte nun vielwortig aus, warum. Weil in diesem Moment eine Textnachricht bei ihr einging, deren Absender sie sofort elektrisierte, hörte Kari ihr nur mit halbem Ohr zu. Anschließend ließ sie ihr Handy sinken und starrte aus dem Fenster. Keine Anrede. Kein *sorry*. Keine Abschiedsfloskel. Jo hatte ihr nur einen dürren Satz geschrieben.

Du bist raus.

Als Kari beim *Wattenläufer* ankam, entdeckte sie Mareike nirgendwo vor oder in dem Lokal, das am Deich zwischen Utersum und Dunsum lag. Ihr Wagen stand jedoch auf dem wenig besuchten Parkplatz. Kari stieg die Stufen zum Deich hinauf. Mittendrin hielt sie inne und stieg wieder hinab, betrachtete den schwarzen Porsche noch einmal. Insbesondere den Aufkleber, den sie am Vorabend gesehen hatte. Ihr kam in den Sinn, was der Mann in Witsum gesagt hatte. *Mir ist aufgefallen, dass eines der Rücklichter komisch aussah.* Wie das herunterhängende Lid eines Menschen, hatte er gemeint. Kari kniff die Augen zusammen. Genau so würde Mareikes Rücklicht nachts aussehen. Langsam stieg sie die Treppe wieder hinauf, bis sie ganz oben angekommen war. Hier blies immer ein heftiger Wind und Kari musste die Augen zusammenkneifen. Ihre Freundin entdeckte sie unten, wo sie mit den Schuhspitzen Figuren in den feuchten Sand malte. Als Kari näherkam, hob Mareike den Kopf. Nicht zum ersten Mal fiel Kari auf, wie blass Mareikes Haut war. Der typisch milchhelle Teint der Rothaarigen, lediglich die Sommersprossen wurden durch das Make-up kaschiert.

»Danke, dass du gekommen bist«, begann Kari das Gespräch. Die andere nickte nur und musterte sie fragend. »Ich bin da auf etwas gestoßen. Es betrifft Wiebke. Und, wie ich seit gestern weiß, auch dich.« Mareike drehte den Kopf und starrte zum Horizont. Noch herrschte Ebbe, aber das Wasser kam schon zurück und füllte die Vertiefungen im Sand. »Sagt dir der Name Babette von Strelitz etwas?«

Mareike wandte Kari ihr Gesicht zu. »Babette? Ja. Persönlichkeitsentwicklung. Besser im Leben, besser im Business. Oder so.« Ihr Blick wanderte wieder zum Horizont.

»Wiebke war dort. Sie hat eines der Seminare besucht. Du auch?«

Mareike zögerte kurz, bevor sie bejahte. »Das Einsteigerseminar. War nicht so doll. Hatte mir mehr davon versprochen.«

»Und dann bist du auf ein weiteres Angebot gestoßen. Frauen, die sich gegenseitig beschenken. Um sich ihren Lebenstraum erfüllen zu können.«

»Was?« Mareike trat einen Schritt von Kari weg. »Wie kommst du denn darauf?«

»Ich habe dich gestern Abend gesehen. In Husum.« Das stimmte nicht ganz, hatte aber die erhoffte Wirkung. Mareike atmete hörbar aus.

»Okay«, antwortete sie. »Ich war dort. Habe mir das mal angesehen.«

»Und Babette Geld übergeben?«

»Babette?« Mareike schien völlig irritiert, dann fing sie sich wieder. »Ach so. Ja. Natürlich. Babette.«

Etwas stimmte nicht, aber Kari arbeitete erst einmal ihre Fragen ab.

»Du weißt, dass das eine illegale Geschichte ist? Möglicherweise strafbar?«

Mareike lachte dumpf auf. »Blödsinn«, schleuderte sie Kari entgegen. »Wem ich mein Geld schenke, aus freien Stücken, geht niemanden etwas an.«

»Du erhoffst dir etwas. Dass andere dich beschenken. Du deinen Einsatz vervielfachst. Das ist eine völlig andere Nummer.«

»Du scheinst ja einiges darüber zu wissen.« Mareike ging ein paar Schritte ins Watt hinein, die Feuchtigkeit schmatzte unter den Sohlen ihrer glänzenden Stiefel. Überhaupt war sie viel zu edel gekleidet für einen

Spaziergang am Strand. Ihr Mantel war warm gefüttert, aber eindeutig eher für einen Stadtbummel geeignet.

»Weißt du Kari, wenn man kein Risiko im Leben eingeht, bleibt man stehen. Ich bin da anders als du. Ich will etwas erreichen. Und das Geld, das brauche ich, um mein eigenes Büro zu eröffnen. Ein schickes Ambiente mit ein, zwei Angestellten und ein paar Freelancern. Nur noch wirklich luxuriöse Hütten vermakeln. An Leute, die ihr Geld ausgeben wollen, nicht an solche, die an Kleinigkeiten herummäkeln, um den Preis zu drücken. Das ist mein Traum.«

Kari nickte. »Ich verstehe das sehr gut. Aber muss es so eine windige Angelegenheit sein? Wiebke war hoch verschuldet und ich glaube, das hat etwas mit diesem Schenkkreis zu tun.«

Mareike reagierte erstaunlich gelassen. »Sie hat es nicht richtig angepackt und hatte nicht die Geduld«, entgegnete sie wie zu sich selbst.

»Du hast gewusst, wie schlecht es ihr ging?« Kari trat nun direkt vor ihre Freundin und packte sie an den Oberarmen. Zwang sie, sie anzusehen. »Was weißt du genau?« Kari schüttelte ihr Gegenüber bei diesen Worten.

»Nicht mehr als du«, beeilte sich Mareike zu sagen. »Dass sie verschuldet war. Keinen Ausweg mehr wusste.«

Das Wasser stieg, Kari ließ Mareike los und trat ein paar Schritte zurück. Mareike blieb, wo sie war, und sah aufs Meer hinaus. »Ich wollte ihr einen Gefallen tun. Konnte ja nicht ahnen, dass sie so durchdreht.« Der Wind trug die Worte zu Kari. Die begriff im selben

Moment mehrere Dinge auf einmal. Nicht Wiebke hatte Mareike für den Schenkkreis rekrutiert, sondern umgekehrt. Sie holte tief Luft. »Wiebke hat dich bewundert. Deine Zielstrebigkeit. Deinen Erfolg. Sie wollte etwas anderes aus ihrem Leben machen. Und du hast das ausgenutzt!«

In Mareikes Augen standen mit einem Mal Tränen. »Sie hätte doch nur ein bisschen warten müssen«, presste sie hervor. Und dann kam Kari das in den Sinn, was Bascha am Morgen am Telefon gesagt hatte. Etwas, das sie kaum richtig wahrgenommen hatte, weil die Nachricht von Jo ihr den Boden unter den Füßen weggezogen hatte.

»Mareike! Kannst du dir das vorstellen? Wiebke, verzweifelt, weil sie das Geld für ihre berufliche Zukunft, den Einstieg bei *Blumen-Astrid* brauchte. Wie viel war das noch mal?«

»Siebzigtausend.«

»Also, sie glaubt einen Weg gefunden zu haben. Setzt zehntausend ein und hofft, achtzigtausend zurückzuerhalten.« Sie ließ es wie eine Frage klingen und Mareike nickte.

»Aber dann geht etwas schief. Was war das?«

Mareike atmete hörbar aus. »Sie hat die acht Frauen nicht rekrutieren können. Die braucht man, um seinen Einsatz mehrfach rauszubekommen.«

»Aber sie hat einen Kredit aufgenommen. Und noch einen. Und dann war es einfach zu viel. Sie hat ihren Abschiedsbrief geschrieben. Ihn auf den Schreibtisch in ihrer Wohnung gelegt. Den Schlüsselbund in den Briefkasten geworfen und sich umgebracht.«

»Schlimm«, murmelte Mareike und strich sich eine
Träne aus den Augen.

»Schlimm«, entgegnete Kari sanft, um dann schrei-
end fortzufahren »Schlimm! Weißt du, was ich
schlimm finde! Dass du mich hier anlügst!« Sie packte
Mareike und schüttelte sie so fest, dass der die Mütze
vom Kopf rutschte. Sie wollte sich bücken, um sie auf-
zuheben, aber Kari stellte ihren Fuß darauf und starrte
ihr Gegenüber an, dem der Wind nun die Haare ins Gesicht wirbelte. Mareikes Augen waren groß vor Entset-
zen, doch Kari hatte kein Mitleid. Wut hatte sie erfasst
und raste wie eine Hitzewelle durch ihren Körper.

»Was soll das!?«, kreischte Mareike und versuchte,
sich aus Karis Griff zu winden.

»Ich will die Wahrheit wissen. Jetzt. Sofort.« Kari ließ
Mareike los, indem sie sie von sich stieß. Die stolperte,
fiel aber nicht. Die Angst in ihren Augen war so deutlich, dass Kari, hätte sie noch den geringsten Zweifel gehabt, ihn in diesem Moment abgelegt hätte. »Du hast
Wiebke in Babettes Kurs geholt! Warst ihre Patin. Und
als die Ergebnisse auf sich warten ließen, hast du sie
auch noch in diesen Schenkkreis gebracht. Den Turbo,
der alles angeblich schneller laufen lassen sollte.« Kari
holte tief Atem, bevor sie erneut schrie. »Sie war deine
Freundin! Verdammt! Warum? Sag mir, warum?« Eine
Frage, die überflüssig war. Sie sah die Mareike von
heute. Nicht mehr das gehänselte Mädchen mit den roten Haaren. Sondern die angeblich so erfolgreiche
Maklerin mit den teuren Klamotten, dem Porsche, einem Lebensstil, der drei Nummern zu groß war. Alles
nur, um andere zu beeindrucken? Nein. Kari wusste,

dass es da etwas gab, das tiefer in Mareikes Seele verborgen lag. Das Gefühl, nicht wirklich dazuzugehören.

»Weißt du noch, wie wir früher immer ins Watt gegangen sind, um zu reden?«, sagte die nun prompt. Gerade so, als könne sie Karis Gedanken lesen. »Wir haben uns all unsere Geheimnisse und Sehnsüchte anvertraut.« Kari, die so aufgebracht war, dass sie sich am liebsten auf die andere gestürzt hätte, hatte Mühe, an sich zu halten. »Es war schon immer so, dass ich das Gefühl hatte, mich mehr anstrengen zu müssen als ihr. Sesle, die wusste genau, was sie wollte. Klassensprecherin, Bestnoten. Du warst damals bereits voller Energie und hast die Dinge angepackt, als könne gar nichts schiefgehen. Und Wiebke – alle mochten sie, obwohl sie krankhaft schüchtern war. Und dann diese Eltern, die ihre Tochter mit Liebe überschütteten.« Sie verzog kläglich das Gesicht und Kari hätte ihr am liebsten eine geknallt wegen ihres Selbstmitleids. »Ich war immer die am Rand. Die sich abstrampeln musste, um andere zu beeindrucken.«

»Mich beeindruckst du keineswegs mit deinen Designerhandtaschen und deinem Porsche«, gab Kari kalt zurück. »Aber du solltest mir jetzt die Wahrheit sagen, bevor ich mich vergesse.«

»Sie wollte wissen, wie sie ihr Geld zurückbekommt.« Mareike zuckte mit den Schultern. »Aber das geht nicht so einfach. Verschenkt ist verschenkt. Ich habe ihr geraten, ein bisschen Geduld zu haben. Irgendwann steht jede von uns mal in der Mitte und kassiert. Es konnte doch niemand ahnen, dass sie durchdreht.«

Dass Mareike diesen Mist auch noch verteidigte, machte Kari fast krank.

»Sie war schwanger. Und demnächst arbeitslos«, knurrte Kari. »Auch das ein Grund, so schnell wie möglich im Blumengeschäft einzusteigen. Sie hätte sich ihre Arbeitszeit dort selbst wählen und das Kind mitnehmen können. Darum wollte sie ihr Geld, so schnell es ging, zurück.«

Kari fixierte Mareike. Die Erleichterung in deren Miene war nicht zu übersehen. Erleichterung darüber, dass Kari nicht alles zu wissen schien. Aber das stimmte nicht mehr. Kari wusste, dass Mareike log. Sie war so blass. Genauso blass wie an dem Abend bei Kari. Als sie so überstürzt aufgebrochen war. Kari hatte sich gefragt, was der Anlass gewesen war. Und vorhin, als sie auf dem Parkplatz den Aufkleber gesehen hatte, war ihr noch etwas klar geworden. Erneut hatte sich alles vor ihrem inneren Auge abgespult, was bei Mareikes Besuch bei ihr abgelaufen war. Wie sie von der Toilette gekommen und zu Kari ins Wohnzimmer geschlendert war. Ihr Blick. Sie hatte Wiebkes Laptop gesehen, der wieder an seinem Platz gestanden hatte. Auf dem Sideboard.

»Warum hast du Wiebkes Laptop aus meinem Haus gestohlen?«

»Waaas?! Ich?!« Mareikes Augen schienen gleich aus den Höhlen zu treten.

»Dein Auto wurde gesehen, als du das Gerät in eine Mülltonne in Witsum geworfen hast.«

Mareikes Mund öffnete sich und schloss sich wieder.

»Du bist bei mir eingebrochen, weil du von dem lockeren Haken an der Hintertür wusstest, denn du bist auch vorher schon einmal um mein Haus geschlichen. Fast hätte ich dich damals schon erwischt. Wonach hast du gesucht? Bei mir oder in Wiebkes Laptop?«

Mareikes Kopf pendelte hin und her. Sie wirkte wie jemand, der gerade den Boden unter den Füßen verlor. Was auch im übertragenen Sinn stimmte, denn das Wasser schwappte bereits über ihre Stiefel.

»Mir war schon bei unserem ersten zufälligen Treffen klar, dass du deine Nase in Wiebkes Angelegenheiten stecken würdest. Du hast mir damals erzählt, dass ihre Eltern dich gebeten haben, den Grund für ihren Selbstmord herauszufinden. Ich wollte nur wissen, ob du etwas gefunden hast. Dabei habe ich Wiebkes Laptop bei dir stehen sehen. Habe befürchtet, dass womöglich dort etwas über den Schenkkreis zu finden ist. Er war gesichert, aber du mit deinen Kontakten hättest dir vielleicht Zugang verschafft. Darum habe ich ihn mitgenommen. Dann bin ich in Panik geraten. Hätte man den Laptop bei mir gefunden ... da habe ich ihn einfach in eine Mülltonne geworfen, damit er verschwindet.«

Das hätte beinahe geklappt, denn wenn der Anwohner nicht aufmerksam geworden wäre, hätte die Müllabfuhr die Tonne geleert und weg wäre der Laptop gewesen.

»Was ist an Wiebkes Todestag geschehen?«

»Woher soll ich das wissen«, versuchte Mareike sich herauszureden.

»Ich weiß, dass du etwas damit zu tun hast.

»Nein. Nein!«, schrie Mareike und holte im selben Moment mit ihrer Tasche aus. Es war nur Karis schnellen Reflexen zu verdanken, dass sie sie lediglich am Unterarm traf und nicht am Kopf.

»Verdammt!« Kari hatte nach der Tasche gegriffen und so heftig gezogen, dass Mareike zu Fall kam. Auf allen vieren hockte sie im schleimigen Watt, schwer atmend. Kari baute sich vor ihr auf.

»Und jetzt die Wahrheit. Die ganze Wahrheit. Ich weiß über den Brief Bescheid.«

»Den Brief?« Noch war Mareike nicht am Ende, versuchte, sich herauszureden.

»Wiebke hat diesen Brief geschrieben. Aber nicht am Tag ihres Todes. Sondern schon Monate vorher.« Alles, was Bascha Kari erzählt hatte, machte nun Sinn. Erklärte das fehlende Datum. Die fehlende Anrede. »Jede von euch hat einen solchen Brief verfasst, gleich zu Anfang in Babettes Seminar. Ein Abschied vom alten Leben, das nicht die Ergebnisse gebracht hat, die ihr euch wünschtet. Ein Aufbruch in eine neue Zeit, in eine Ära des Lichts. Gedacht dafür, von der jeweiligen Patin gegebenenfalls als Motivation zitiert zu werden, die andere wieder daran zu erinnern, was sie wollte. Bei Wiebke warst du das. Wiebkes Abschiedsbrief an ihr altes Leben, der lag die ganze Zeit bei dir. Du hast ihn auf ihren Schreibtisch gelegt und du hast ihren Schlüsselbund in den Briefkasten geworfen. Das heißt, ...« Sie musste sich unterbrechen, weil Übelkeit in ihr aufstieg. »Du warst mit Wiebke im Watt. Du musst gewusst haben, dass sie nicht zurückkehren würde.«

Mareike blinzelte nervös.

»Was ist zwischen euch geschehen?«

Mareike schwieg so lange, dass Kari schon dachte, es käme gar nichts mehr.

»Wir wollten uns aussprechen, hatten uns zu einem Spaziergang verabredet. Als Wiebke kam, war sie außer sich. Bei ihr ging alles den Bach runter. Sie drehte fast durch. Ich habe versucht, sie zu beruhigen, aber das klappte nicht. Wir haben gestritten. Sie fiel hin. Das Wasser kam. Ich habe sie nicht mehr hochbekommen und bin zurück zum Strand gelaufen, um Hilfe zu holen. Aber es war zu spät.«

»Nein«, sagte Kari mit gnadenloser Gewissheit. »Du hast sie sterben lassen.«

Mareike ließ den Kopf hängen. Dann fing die an zu weinen. Und dann begriff sie, dass es vorbei war, und erzählte endlich die Wahrheit.

Mareikes Geständnis offenbarte eine völlig aus dem Ruder gelaufene Geschichte um Freundschaft, Vertrauen und ein illegales Finanzsystem. Nicht Babette war es, die den Schenkkreis gegründet hatte. Es war Mareike selbst gewesen. Sie hatte keine Mühe gehabt, in Babettes Kurs die ersten Frauen zu finden, die sich auf die windige Geldanlage einlassen wollten. War doch Mareike das beste Beispiel dafür, dass es funktionierte. Exklusiver Lebensstil, teure Reisen, Luxus. Dass sie nicht halb so erfolgreich war, wie sie nach außen tat, immer mehr ausgab, als sie einnahm, fiel vielen nicht auf. Dass sie auf Sylt Luxusimmobilien vermakelte, war komplett gelogen. Aber das wussten ihre ersten *Herzensladies* nicht. Als Wiebke, die unbedingt ihr Leben ändern wollte, vom Schenkkreis erfuhr, was sie laut Mareike Feuer und Flamme.

»Sie sah die Chance. War sich sicher, auch andere Frauen dafür begeistern zu können. Aber dann lief nichts. Niemand wollte anbeißen. Sie hat es bei ihren Kolleginnen versucht, bei einer Bekannten aus dem

Sportverein, bei einer Nachbarin. Erfolglos. Alle sind abgesprungen. Aber ohne neue Mitglieder gibt es halt kein Geld, das wissen alle. Jede will ja in die Mitte. Da habe ich ihr einen Ausweg angeboten. Ich habe ihr ein paar Püppchen gebaut.«

»Püppchen?«, fragte Kari.

»Schein-Teilnehmerinnen. Erfundene Namen für das Organigramm, das die Basis bildet. Die Frauen wollen ja sehen, wie es läuft. Jede der Fakes hat zehntausend Euro Einlage geleistet, sodass Wiebke nur noch vier oder fünf weitere Interessentinnen benötigt hätte, um auf die geforderte Zahl von acht zu kommen.«

»Moment! Du hast dir von Wiebke die Einlage von … nicht-existierenden Teilnehmerinnen bezahlen lassen, damit sie schneller vorrückt?«

»Genau so. Die Rechnung war einfach. Sie setzt etwas mehr an Einlage ein als einen einmaligen Betrag, bekommt aber am Ende auf jeden Fall achtzigtausend raus. Ihre Gewinnspanne wäre nicht so hoch gewesen. Aber wenigstens wäre sie in die Mitte gerückt und beschenkt worden.«

»Warum hast du ihr das Geld nicht zurückgegeben, als sie es so dringend brauchte?«

Noch immer hockte Mareike im Schlamm, inzwischen stand ihr das Wasser bis zu den Ellbogen, durchnässte ihren teuren Mantel. Sie wollte nicht aufstehen, stierte nur vor sich hin. Und dann kannte Kari die Antwort auf die Frage, bevor Mareike etwas sagen konnte. »Du hattest das Geld nicht mehr.«

Mareikes ließ den Kopf hängen. Sie heulte. Aber sie erregte bei Kari nur Widerwillen und kein Mitleid.

»Du hast es verzockt, ausgegeben, um dein Luxusleben zu finanzieren. Und das hat Wiebke in diesem Moment begriffen.«

»Sie schrie herum, meinte, dass sie mich anzeigen würde. Die Teilnehmerinnen meiner Schenkkreise warnen würde.«

Sie hatte also mehrere gegründet! Kari konnte es kaum fassen. Mareike redete weiter. »Meinen Ruf als Maklerin könne ich mir dann ebenfalls an den Hut stecken. Sie war völlig anders, als ich sie kannte. Mir war klar, dass sie es ernst meinte.«

»Und dann? Hast du ihr deine Tasche an den Kopf geknallt wie mir vorhin?«

»Sie hat mich angegriffen«, behauptete Mareike. »Ich musste mich wehren.«

Kari griff nach der Handtasche. Sie war nicht allzu groß, aber aus festem Leder gearbeitet und recht schwer. »Was schleppst du so mit dir herum?«, wollte Kari wissen und wagte einen Blick hinein. Handy, Tablet, zwei dicke Schlüsselbunde. Wenn man so etwas direkt an den Kopf bekam, konnte man schon mal zu Boden gehen.

»Sie fiel hin. War ohnmächtig, rührte sich nicht mehr. Ich geriet in Panik. Unmöglich, sie an Land zu ziehen. Das Wasser kam schon zurück. Wir waren weit draußen, viel weiter als wir beide jetzt.«

Kari wandte den Kopf. Sie waren nicht weit gegangen, das Ufer war noch gut zu erkennen. Dennoch – sie mussten zurück, bevor das Wasser noch weiter stieg. Aber noch hatte Mareike nicht alles gesagt.

»Du hättest einen Notruf absetzen können.«

»Kein Empfang«, behauptete Mareike.

»Mit Wiebkes Handy?«

»Konnte ich nicht entsperren.«

»Stattdessen hast du es ins Watt geworfen, Wiebkes Schlüssel aus ihrer Tasche genommen und bist am Abend, als du sicher sein konntest, dass sie sich nicht hat retten können, in ihre Wohnung gegangen. Hast den Brief platziert und alles nach Selbstmord aussehen lassen. Eiskalt. Hätte fast geklappt.«

Das Wasser stieg nun in beängstigender Geschwindigkeit. Kari packte Mareike am Arm und zog sie hoch. Es war, als habe sie einen nassen Sack in der Hand.

»Du bist eine Mörderin!«, zischte sie ihrer ehemaligen Schulfreundin zu.

»Nein, das bin ich nicht!«, Mareike befreite sich aus Karis Griff.

»Eine Hochstaplerin noch dazu«, fuhr Kari unbeeindruckt fort.

»Ich wollte nicht, dass sie stirbt. Es war einfach ... in diesem Moment, als sie bewusstlos am Boden lag, das Wasser kam ... ich sah ganz plötzlich einen Ausweg aus der Misere.«

»Misere?« Kari hatte Mühe, nicht gewalttätig zu werden. »Wiebkes Eltern – hast du mal an die gedacht?«

Mareike riss die Augen auf und wedelte mit den Händen. Gerade so, als müsse sie etwas abwenden.

»Jetzt weiß ich auch, warum du nicht bei der Abschiedsfeier für Wiebke dabei warst. Aber du wirst den beiden in die Augen sehen müssen. So, wie du mir in die Augen sehen musst.«

»Hör auf!«, schrie Mareike gepeinigt. »Ich habe genug gelitten!«

»Du? Du weißt gar nicht, was das heißt. Ich sorge dafür, dass du in den Knast gehst für das, was du getan hast.«

»Sicher nicht«, entgegnete Mareike mit so eisiger Ruhe, dass es Kari kalt den Rücken hinunterlief. Und dann riss sie sich los und rannte in die einströmende Flut. Sie war bereits bis zu den Hüften im Wasser, als die Erkenntnis, was ihre ehemalige Freundin vorhatte, Kari aus ihrer Erstarrung holte. Sie folgte ihr. Die Kälte haute sie fast um. Ein Sog erfasste sie und ließ sie schwanken. Sie wusste, dass das, was sie tat, lebensgefährlich war. Aber sie konnte Mareike nicht davonkommen lassen. Karis Arme pflügten durch das Wasser. Mareike hatte bereits ihren Mantel ausgezogen und von sich geworfen. Er schwamm Kari auf dem grauen Wasser entgegen wie ein überdimensionaler Rochen. Woher Mareike die Kraft nahm, sich in einem solchen Tempo fortzubewegen, war Kari schleierhaft. Sie konnte nur hoffen, dass sie Mareike gleich zu fassen bekommen würde. Bevor sie beide verloren waren. Im selben Moment verschwand Mareikes Kopf unter Wasser. Vielleicht war sie in eine Vertiefung getreten. Oder sie hatte sich fallen lassen. Alles, was noch an der Oberfläche trieb, war ihr heller Wollschal. Auf den watete Kari zu, obwohl der Schrecken über das, was hier geschah, sie fast lähmte. Sie sich vorkam wie in einem der Träume, in denen man sein Ziel trotz aller Anstrengungen nie erreichte. An der Stelle angekommen, tauchte Mareike direkt vor ihr auf. Eine Sekunde sahen sie sich in die Augen. Etwas geschah in Mareikes Miene. Etwas, das Kari berührte. Eine alte Verbindung, die nur einen Sekundenbruchteil währte. Dann war der Moment vorbei und Kari spürte einen Tritt. Abgefangen durch das Wasser war er nicht wirklich heftig, dennoch traf Mareikes Schuhspitze genau den Punkt unterhalb ihres Knies, der sie ins Straucheln brachte. Sie holte aus und schlug der anderen heftig ins Gesicht. Noch konnten sie beide stehen, das Wasser reichte ihnen jetzt bis zur Brust. Es gab nur eine Möglichkeit, sie beide lebend hier rauszubekommen. Sie musste Mareike auch gegen deren Willen an Land schleppen. Vom Ufer her hörte sie warnende Rufe. Sie hatte keine Zeit, sich umzudrehen. Mareikes Blick wanderte über Karis Schulter zum Strand. Ein Ausdruck tiefer Ruhe überkam sie, dann tauchte sie wieder ab. Aber dieses Mal hatte Kari damit gerechnet. Sie griff nach der anderen, bekam mit der Rechten ihren Pullover zu fassen, mit der Linken griff sie unter der Achselhöhle durch, um sie dann rückwärtsgehend wie ein Krebs mit sich zu schleifen. Mareike zappelte und wehrte sich, ließ sich absichtlich schwer treiben. Kari keuchte. Obwohl sie im eiskalten Wasser stand, schien sie zu schwitzen. Sie kam kaum vorwärts. Mareike drehte sich um ihre eigene Achse und rutschte Kari aus den Händen. Eine Welle hob den schmalen Körper an, dabei gelang es Kari, Mareike an den Beinen zu packen. Und gleich darauf, ihre Fußgelenke zu greifen. Sie stapfte vorwärtsgehend auf den Strand zu und zog Mareike mit sich. Die zappelte erst, dann ließ sie sich hängen und Kari musste sie zu sich heranziehen, um sie erneut unter den Armen packen zu können, damit sie sich nicht einfach untergehen ließ. Am Strand standen inzwischen ein halbes Dutzend Menschen in einer kleinen Gruppe zusammen. Sie gestikulierten wild. Vermutlich hatte keiner von ihnen mitbekommen, was wirklich im Wasser geschehen war. Sie glaubten an ein Unglück. Einer, ein schwer gebauter Mann in Allwetterjacke und Stiefeln, lief ins Wasser und kam ihnen entgegen. Kari hatte kaum noch Kraft. Sie musste nicht nur gegen Mareike, sondern gleichzeitig gegen den unebenen Untergrund, die Kälte und die Strömung ankämpfen. Jeder Schritt, den sie auf das rettende Ufer zumachte, wurde von einem Ansteigen des Wassers begleitet. Dann, sie war fast schon bei dem Mann angekommen, der seine Hand nach ihr aussteckte, rutschte Mareike ihr erneut aus den klammen Händen. Kari war so erschöpft, dass sie einen Moment brauchte, um zu reagieren. Mareike schaukelte prustend im Wasser, schon wieder in Bewegung Richtung offene See.

»Kommen Sie, geben Sie mir Ihre Hand«, rief der Mann und griff nach Kari, um sie die letzten Meter zu unterstützen.

»Ich schaffe es alleine«, rief sie ihm zu. »Kümmern Sie sich um sie«, sie deutete auf Mareike. Von der war nur noch der kastanienbraune Schopf zu sehen. Das einströmende Wasser schob ihr Haar hin und her, doch mit jeder Welle schien sie es zu schaffen, weiter aufs Meer hinauszutreiben.

»Was macht sie?«, schrie der Mann, der Kari an den Armen gepackt hatte, um sie aus dem Wasser zu ziehen. Ein jüngerer Mann rannte nun ebenfalls ins Meer. Im selben Moment tauchte Mareike unter und dann sahen auch die Menschen am Strand, dass sie gar nicht gerettet werden wollte, sondern hinausschwamm ins offene Meer. Alle schrien durcheinander. Jemand verständigte die Rettungswache, doch Kari, die schon kurz

darauf völlig ausgepowert, nass bis auf die Haut und
außer Atem am Strand hockte, wusste, dass es zu spät
war. Mareike hatte sich entschieden, auf genau dieselbe Weise zu sterben wie Wiebke, und Kari hoffte in-
ständig, dass sie die letzten Sekunden ihres Lebens
nutzte, um ihre Tat zu bereuen.

Sesle kam noch am selben Abend. Als Kari ihr die Tür
öffnete, riss ihre Freundin sie in ihre Arme und hielt sie
lange fest. Danach saßen sie in Karis Wohnzimmer.
Der Kamin brannte. Mareikes Leiche war geborgen
worden. Man hatte Kari und die Zeugen vom Strand
vernommen. Dann hatten sie gehen dürfen. Jette, die
schon wieder alles wusste, war fünf Minuten später mit
Ingwertee und einem Topf heißer Suppe gekommen,
hatte aber wenig gesagt und nichts gefragt, nur gemeint, wenn Kari reden wolle, sei sie jederzeit da. Kari
hatte Sesle alles geschildert. Die war über die Geschichte mit dem Brief entsetzt. Es hatte auch bei Kari
eine Weile gedauert, bis das, was Bascha ihr am Telefon
erzählt hatte, einen Sinn ergeben hatte. »Sie alle haben
einen solchen Brief geschrieben und Mareike hat ihn
benutzt, um Wiebkes Tod wie einen Selbstmord aussehen zu lassen.«

Obwohl sie heiß geduscht und sich warm eingepackt
hatte, zitterte sie. Die Kälte, die aus ihrem Inneren kam,
konnte sie auch nicht abstellen.

»Ich muss es Wiebkes Eltern sagen. Bevor etwas in der
Zeitung steht. Oder die Polizei … oh mein Gott«, entfuhr
es Sesle.

»Wir machen das gemeinsam«, schlug Kari leise vor.
»Gleich morgen früh. Aber … müssen wir ihnen alles

erzählen?« Sie blickten sich lange an, ohne die Frage zu beantworten.

Kapitel 35

Samstag, 12. März

Bents Kneipe war an diesem Samstagabend gut besucht. Umso erstaunlicher war es, dass er nicht selbst hinter dem Tresen stand. Als Kari dort ankam, war es zehn Uhr abends. Die zwei Tage, die hinter ihr lagen, gehörten zu den schlimmsten ihres bisherigen Lebens. An diesem Morgen hatten sie und Sesle Wiebkes völlig versteinerten Eltern gegenübergesessen. Sie hatten sich für eine etwas abgemilderte Form der Wahrheit entschieden, die vor allen Dingen Mareikes Rolle weniger deutlich machte. Es würde, so hatten sie sich verständigt, niemandem mehr etwas nützen. Das Geld war weg. Mareike hatte sich ihrer gerechten Strafe entzogen. Es würde keinerlei Ermittlungen geben. Den beiden ihren Seelenfrieden noch mehr zu zerrütten, würde letztendlich nichts bringen außer noch mehr Kummer. So erfuhren Herr und Frau Jaspers nun zwar die Wahrheit über Wiebkes Schuldenberg, aber nicht, was danach geschehen war. Sesle fremdelte spürbar mit diesem Arrangement. Sie war nur zu überzeugen gewesen, indem Kari ihr versprochen hatte, nichts unversucht zu lassen, um wenigstens den Frauen aus Husum ihr Geld zurückzubringen. Tatsächlich hatte man nach längerer Suche Mareikes momentane Bleibe aufgespürt und dort acht liebevoll verpackte Geschenke gefunden, die nun darauf warteten, ihren Schenkerinnen zurückgebracht zu werden. Verbunden mit einer Ansprache über die kriminelle Seite dieser Schenkkreise.

Und noch jemanden hatte Kari trösten müssen. Frau Bienhaus hatte durch sie erfahren, dass ihre Tochter Sonja wegen eben jenes Schenkkreises gestorben war. Nur, dass sie sich tatsächlich selbst das Leben genommen hatte.

Später hatten sie und Sesle lange geredet. Über Freundschaft und darüber, dass sie nur gelingen konnte, wenn man offen miteinander sprach. Auch über dunkle Phasen, über Misserfolge und Ängste. Und Kari hatte genau das getan. Sie hatte Sesle von ihrer Arbeit erzählt, von ihrem Fehlschlag und ihrer Suspendierung. Davon, dass sie nicht wusste, wie alles weitergehen sollte. Und Sesle hatte zugehört und Anteil genommen. Und ihr am Ende gesagt, dass, egal was geschehen würde, Kari nicht alleine wäre. Es war das Beste, was Kari hatte passieren können. Dann war sie durch die kühle Nacht gefahren, dem dünnen Strahl ihres Fahrradlichts gefolgt. Nach der Fahrt durch die dunkel daliegenden Marschwiesen, nur begleitet vom leichten Singen des Windes, hatte sie sich seltsam aufgepulvert gefühlt. Aus diesem Grund war sie nicht zum Haus eingebogen, sondern der Straße weiter gefolgt, bis sie bei der *Blauen Möwe* angekommen war. Und nun fühlte sie ein leises Bedauern darüber, dass der Inhaber nicht anwesend war.

Trotz des Weines, den sie bei Sesle getrunken hatte, und trotz der Tatsache, dass sie den ganzen Tag über kaum etwas gegessen hatte, bestellte sie einen Grog und dann noch einen. Den dritten stellte der junge Mann ihr mit den Worten: »Das ist jetzt aber der letzte für heute. Okay?«, hin und sie murmelte etwas von *harter Tag* und *muss mich aufwärmen*. Bents Aushilfe blieb hart, sie hatte ihn eigentlich nur testen wollen, aber dann wollte sie nicht heimgehen und am Tresen sitzen und nichts trinken, das ging doch auch nicht.

»Ich kenne den Chef«, trumpfte sie auf und versuchte, ihre Augen scharf zu stellen. Vor ihrem Blick war schon einiges verschwommen, aber jetzt kam ein merkwürdiges Schwindelgefühl dazu. »Der gibt mir bestimmt noch was. Ruf ihn!«, verlangte sie von dem Jungen. Bevor der antworten konnte, ertönte eine Stimme ganz dicht an ihrem Ohr. »Schon da!« Im selben Moment kippte sie nach hinten und dann ging das Licht aus.

Kapitel 36

Sonntag, 13. März

Sie erwachte mit heftig wummernden Schmerzen im Kopf und dem Gefühl, in etwas bereits Totes gebissen zu haben. Stöhnend warf sich Kari herum und schrie gleich darauf entsetzt auf.

»Was machst du hier?«, krächzte sie. Bent lag mit aufgestützten Ellbogen neben ihr und betrachtete sie. Amüsiert, wie ihr schien.

»Ich wohne hier«, antwortete er. Ihr Blick wanderte weiter. Er hatte recht. Sie befanden sich in seiner Wohnung. Sie lag in seinem Bett.

»Was zum ...«, sie versuchte, sich aufzurichten, fiel aber stöhnend wieder in die Kissen.

»Du warst gestern ziemlich angetrunken und nicht mehr in der Lage, nach Hause zu fahren«, erklärte er und warf seine Decke beiseite. Entsetzt stellte Kari fest, dass er lediglich einen schwarzen Slip trug. Dabei präsentierte er einen Körper voller schlanker Muskeln. Sie drehte den Kopf. Neben dem Bett stand ein Stuhl, darauf fein säuberlich zusammengelegt ihre Kleidung, darunter ihre Stiefel. Sie hob ihre Decke an und stellte erleichtert fest, dass sie Unterwäsche trug.

»Wir haben doch nicht …«, fragte sie vorsichtshalber dennoch nach. Ihre Stimme klang wie ein Reibeisen.

»Sag bloß, du erinnerst dich nicht mehr an unsere wilde Nacht?« Er hob die Brauen und betrachtete sie mit funkelndem Blick.

»Mistkerl«, warf sie ihm an den Kopf. Trotz ihres Katers erkannte sie seine Ironie.

»Ich habe es ganz gern, wenn die Frauen bei Bewusstsein sind«, entgegnete er trocken und verschwand in der Küche.

Zwei doppelte Espressi, einen halben Liter Wasser und eine Alka-Seltzer später schälte sie sich aus dem Bettzeug. Noch immer schmerzte ihr Kopf und jede einzelne Haarwurzel fühlte sich an, als stünde sie unter Strom. Das Einzige, was jetzt wirklich half, war frische Luft.

»Wird's denn gehen?« Bent hatte sich ein T-Shirt und eine Jeans übergezogen. Er stand in der Küche und presste Orangen aus.

»Es muss«, gab Kari von sich.

»Du hast viel mitgemacht in den letzten Tagen. Sicher, dass du nicht bleiben möchtest?« Er streckte ihr ein Glas entgegen. Sie nahm es und trank es gierig aus. Wann hatte ein Saft jemals so gut geschmeckt?

»Danke, dass du mich aufgenommen hast.« Sie zog ihre Jacke über. »Aber jetzt muss ich gehen.«

»Kommst du wieder?« Er stellte das Glas ab und sah sie an. Sein Blick war wie eine Berührung und sie trat einen Schritt zurück. Als ob das etwas ändern würde.

Sie sahen sich an und die Zeit schien einen Moment lang stillzustehen. »Mal sehen«, sagte Kari. Sie räusperte sich und riss den Blick von ihm los.

»Dann bis bald.« Er begleitete sie zur Tür. Sie spürte seinen Blick, während sie die Treppe hinunterstieg. Als sie auf die Straße trat, erkannte sie zum ersten Mal in diesem Jahr den Frühling in der Luft. Sie hob den Kopf und sog den Duft tief ein, bevor sie in Richtung Strand fuhr. Dort stellte sie ihr Rad vor dem Deich auf dem Parkplatz beim *Haus des Gastes* ab, stieg den sandigen Wall hinauf und auf der Seeseite hinab und lief zum Wasser. Ove schenkte ihr lediglich einen kurzen Seitenblick. Olga gab einen erfreuten Laut von sich und wedelte mit dem Schwanz, als sie sie am Kopf kraulte. Dann schob Kari die Hände in die Hosentaschen und blickte ebenfalls zum Horizont. Sie dachte an Sesle, an Jette, an Tanja Sievers und – ja, auch an Bent Sörensen. Mit jeder Welle, die herankam, wurde sie ruhiger. Sie wusste nicht, wie es weitergehen würde mit ihrem Leben. Aber für den Anfang war es nicht schlecht, einfach hier am Meer zu stehen, in die Unendlichkeit zu schauen, den eigenen Atem zu spüren und zu wissen, dass sie nicht alleine war.

Nachwort und Dank

Dieser Roman ist reine Fiktion. Jegliche Ähnlichkeit mit realen Personen – lebenden oder toten – wäre reiner Zufall und unbeabsichtigt.

Die geschilderten örtlichen Gegebenheiten entsprechen weitestgehend den tatsächlichen. Gelegentlich habe ich mir als Autorin aber die künstlerische Freiheit genommen, die reale Kulisse zu ergänzen oder der Geschichte anzupassen.

Der in Kapitel 26 zitierte Grabspruch wurde so übernommen, wie er auf dem Friedhof St. Laurentii einst in Stein gemeißelt wurde.

Beim Schreiben der Geschichte hatte ich dankenswerterweise zu einigen Themen wertvolle Unterstützung. Meine Autorenkollegin Tanja Wirnitzer gab mir bei der Entwicklung einer meiner Figuren Anregungen. Von Margit und Udo Holstein erhielt ich Insidertipps zum Erkunden von Föhr. Prof. Dr. Claas Buschmann half mir bei rechtsmedizinischen Fragen auf die Sprünge. Christine Chmielewski teilte ihr großes Wissen über Homöopathie mit mir. Eine wahre Fundgrube war auch die Facebook-Gruppe Inselfreunde Föhr, wo ich reichlich Inspiration für meine Schauplätze fand. Mein Ehemann Wolf-Ingo war, wie immer, stets bereit, sich mit mir über meine Ideen auszutauschen und mich zu unterstützen. Im Leben wie beim Schreiben.

Auch die Zusammenarbeit mit dem dp Verlag und meiner Lektorin Mona Dertinger war eine reine Freude. Dafür bedanke ich mich bei allen ganz herzlich!
Für eventuelle Fehlinterpretationen oder sonstige Patzer übernehme ganz alleine ich die Verantwortung.
Darüber hinaus danke ich von Herzen meiner Leserschaft – all denjenigen, die meine Bücher lesen, sie verschenken oder weiterempfehlen.

Bis bald wieder auf Föhr!